Anne Müller

Sommer in Super 8

Roman

Für meine Mutter

»Strange, it is huge nothing that we fear.«

Seamus Heaney

Teil I

Die Sehnsucht der Fische

Alles Wichtige in meinem Leben ist an einem Mittwoch passiert. Es war noch Mittwoch, spätabends, als ich geboren wurde, an einem Mittwoch bekam ich meinen ersten Kuss, wenn auch ganz anders als erwartet, und die Sache mit meinem Vater ist ebenfalls an einem Mittwoch passiert. Und mittwochs kam immer der Fischmann. Er fuhr mit seinem blaugrauen Lieferwagen über die Dörfer, klingelte mit einer Glocke, rief: »Der Fischmann ist da! Fiiiische, frische Fiiiische!« Und wenn er vor unserem Haus anhielt, schnappte meine Mutter ihr Einkaufsnetz, das Portemonnaie und mich.

Am Mittwoch hatte ich schulfrei. Die anderen Tage lernte ich lesen, schreiben, gehorchen, stillsitzen, nicht in der Nase zu bohren, keine dummen Fragen zu stellen, nicht zu träumen, lernte Kopfrechnen, Lehrer berechnen. Aber am Mittwoch, dem schulfreien Tag, lernte ich am meisten.

Am Mittwoch aßen wir Fisch. Butt, Heringe, Makrelen, Dorsche lagen in den Holzkisten, im Eis. Tot, ganze Fische mit ihren Köpfen, von denen nur eine schuppige Hälfte mit einem Fischauge zu sehen war. Die eine Pupille fixierte einen Punkt im Nirgendwo, die andere starrte ins Eis. Das sah ich mir jeden Mittwoch an, während meine Mutter mit geübtem Blick die Holzkisten taxierte. Für sie war der Fisch die Nahrung, mit der sie uns sieben, vor allem meinen ewig hungrigen Vater, satt kriegen musste. Es gab, je nach Jahreszeit, Butt mit Béchamelkartoffeln oder Kartoffelsalat, gebratene Heringe, gekochten Dorsch mit Salzkartoffeln. Für meine Mutter war der Mittwoch Fischtag, für mich der Tag, an dem ich den Tod studierte.

Der Fischmann in seinem blaugrauen Kittel war klein und noch gar nicht alt. Ich mochte ihn, er war immer nett. Wenn er Schlachter gewesen wäre, hätte er mir eine Scheibe Jagdwurst oder ein Wiener Würstchen geschenkt. Aber als Fischmann hatte er nichts, was er mir geben konnte. So köderte er mich jedes Mal mit einem Lächeln, bei dem seine hellblauen Augen in einem Hefeteiggesicht blitzten. Es war ein gütiges Lächeln. Ich wollte daher nie diesen Moment am Mittwoch verpassen und lief immer mit meiner Mutter, dem Einkaufsnetz und dem Portemonnaie mit.

Gemeinsam mit den Nachbarinnen aus der Straße warteten wir vor der offen stehenden Lieferwagentür. Ich hätte die Fische stundenlang betrachten können. Ich hatte nämlich das Gefühl, dass sie noch gar nicht wirklich tot waren, sondern nachdachten, während sie auf dem Eis lagen. Ich war mir sicher, dass den Fischen in den Holzkisten zwischen den Eisstücken sehr kalt war und sie sich nach dem Meer zurücksehnten.

Frau Lassen von gegenüber und Frau Lorenzen drei

Häuser weiter standen vor uns in der Schlange, so nah nebeneinander, dass sich ihre Kittelschürzen oben an den Schultern beinahe berührten, während sie sich gegenseitig etwas zuraunten. Ich musste diese Silhouette bewundern, die Farben und das Muster der Kittelschürzen, darunter die strammen Waden in dunklen Strumpfhosen. Frau Lassen hatte eine Laufmasche, und unter Frau Lorenzens Strumpfhosen dehnten sich Krampfadern aus. Ich hörte nur Fetzen ihres Gesprächs, und bei den interessanten Stellen sprachen sie etwas leiser, sodass ich sie nicht verstand.

»Haben Sie schon gehört?«

»Ach, nee, sieh mal einer an.«

»Sie soll ja zu ihm gesagt haben … und dann soll er …«

»Ohauehaueha, watn Aggewars!«

»Ich will ja nichts gesagt haben, aber …«

Ich stand da und musste mir selbst ausmalen, um was es ging, und platzte fast vor Neugier. Das Nichtgesagte, das Ausgelassene und Verborgene, das Geflüsterte war immer das Spannendste, das, was einen noch lange weiter beschäftigte. Sie soll ja … und dann soll er … ja was denn?

Manchmal flüsterten auch meine Eltern, meist wenn es um etwas Wichtiges, Geburtstags- oder Weihnachtsgeschenke für uns Kinder ging, oder sie redeten auf Französisch und waren dann bass erstaunt, als ich, ohne Französisch zu können, sofort kapiert hatte, dass »bissiklett« Fahrrad bedeutete, denn tatsächlich sollten die Zwillinge Fahrräder geschenkt bekommen. Seitdem

redeten meine Eltern Latein oder schickten mich aus
dem Zimmer.

Meine Mutter tratschte nie mit am Fischwagen, die
junge Frau Doktor im Twinset und den modischen
Röcken aus Flensburg oder Kiel. Mama unterhielt sich
gerade mit der Witwe von Papas Vorgänger. Frau Peters
wohnte seit dem Tod ihres Mannes allein in der ersten
Etage unseres Hauses, einer Jahrhundertvilla, die früher
ihnen gehört und die sie samt Praxis an meine Eltern
verkauft hatten. Jetzt stand auf dem Schild »Dr. med.
Roman König – praktischer Arzt«. Auch Frau Peters
war nicht wie die anderen Dorffrauen, viel eleganter
und das feine Silberhaar hochgesteckt mit Kämmen aus
Perlmutt. Sie erklärte gerade, dass sie an den Sud für
den Dorsch noch ein Lorbeerblatt tat, und meine Mutter hörte ihr aufmerksam zu.

Wenn der Fischmann kam, dann stand gegenüber
auch der Friseur Christiansen im hellblauen Kittel vor
der Tür seines Salon Chic. Herr Christiansen rauchte
und guckte rüber zu den Frauen, die den Fischmann
umlagerten, die meisten waren seine Kundinnen. Vielleicht hoffte Christiansen, wenn er vor seinem Salon
stand und rauchte und lächelte wie Cary Grant, dass
die Kundinnen sich an ihn erinnerten, daran, dringend
mal wieder zum Friseur zu müssen. Waschen, schneiden, föhnen. Dauerwelle. Farbe. Nur Christiansen war
nicht Cary Grant mit seiner Knollennase und den großen Poren. Christiansen kaufte jedenfalls nie Fisch,
überhaupt tauchte selten ein Mann in der Schlange vor
dem Fischwagen auf. Der Fischmann war allein unter

Frauen, manche hatten ihre kleinen Kinder am Rock- oder Schürzenzipfel hängen. Es herrschte eine besondere Art des Einverständnisses zwischen den Frauen und dem Fischmann, er brachte ihnen eine Herzlichkeit und Wertschätzung entgegen, wie sie es von ihren Ehemännern nicht gewohnt waren. Der Fischmann wusste viel über seine Kundinnen, oft, ohne mit ihnen über anderes als das Wetter und den Fisch geredet zu haben. Als blickte er tiefer, weiter, woanders hin, als sähe er den Schatten ums Herz. Er wusste, dass Frau Lorenzens Mann soff und sie schlug, er wusste um die Totgeburten von Frau Götze, die Verzweiflung Frau Lassens wegen ihres Sohnes, der schon wieder im Gefängnis saß, er wusste, dass der jüngste Sohn von Frau Peters sich im Alter von neun Jahren beim Klettern über einen Zaun die Leber aufgespießt hatte und dass meine Mutter alles andere als glücklich war in ihrer Ehe.

Auch ich fühlte mich vom Fischmann wahrgenommen, als spürte er, dass ich seine Fische eher philosophisch betrachtete. Der Fischmann selbst war vielleicht der größte Philosoph, der herumfuhr, getarnt mit einem blaugrauen Kittel und einer altmodischen Waage und kleinen Gewichten, die er auf die Waagschale legte mit einer Zartheit, die gar nicht zu einem Fischmann passen wollte, als läge er bei jeder Kundin ein anderes Seelengewicht auf die Waage. Auch das Bezahlen, das Entgegennehmen von Geld und Herausgeben von Wechselgeld aus seiner schwarzen Lederbörse wirkte bei ihm nicht geschäftsmännisch. Es passierte so nebenbei, während er mit allen sprach und für alle ein gutes, das hieß nichts anderes als ein passendes Wort fand. Als wenn er gar nicht wegen des Geldes unterwegs wäre, sondern den Fisch unter die Menschen bringen müsste. Wahrscheinlich wurde er nie gefragt, ob er Fischverkäufer sein wollte. Schon sein Großvater war zum Fischen rausgefahren und sein Vater, und nun hatten sie diesen Laden eröffnet, und er war zuständig für den Verkauf auf dem Land, fuhr über die Dörfer, den Lieferwagen voller Kisten mit Fisch und Eis.

Mit dem Fischmann kam mittwochs eine frische Brise ins Dorf. Er brachte die Hoffnung, die Güte, die Wertschätzung für die Frauen, für ihre Treue, jeden Mittwoch kam er, der fahrende Beweis dafür, dass es Jenseits des Dorfes noch etwas anderes gab, das große Meer, das alles miteinander verband, uns und die anderen, die Menschheit, das Leben.

Mittwochs war Fischtag. Ich folgte meiner Mutter in die Küche, wo sie ihren Verlobungs- und ihren Ehering abnahm und auf die Fensterbank legte, als müsste sie für das, was sie jetzt tat, ungebunden, frei sein. Ich schaute ihr gern dabei zu, wenn sie ganz selbstverständlich grausame Dinge tat, nur um uns zu ernähren. Mama hatte ihre weiße Schürze dabei an, ein Verlobungsgeschenk von meinem Vater. Mit dem scharfen Messer schlitzte sie die Fische an der Unterseite auf. Erst wenn meine Mutter die Fische ausnahm, alles aus ihnen herausriss, das Herz, die Nieren, Leber und Gedärme, erst dann war ich überzeugt, dass die Fische wirklich tot waren. Danach wusch Mama die Fische aus, trocknete sie auf Küchenkrepp, salzte sie, füllte die Heringe mit Dill. Jetzt rauchte sie im Wohnzimmer eine Zigarette, dann wurden die Fische in Mehl gewendet und in viel Butter gebraten. Manchmal bogen sich vor allem die Buttschwänze noch in der Pfanne nach oben, ein letzter Gruß aus dem Jenseits, und meine Mutter musste sie mit dem Pfannenwender wieder herunterdrücken. Und während sie die zwei abgelegten Ringe zurück auf den Finger schob, bat sie mich mit ihrer weichen, warmen Stimme, die erst gar keinen Widerspruch aufkommen ließ, den Tisch zu decken. Meine Mutter wurde nie laut. Wenn sie wütend war, dann schwieg sie wie ein Fisch.

Verkehrt herum

Am Abend meiner Geburt, einem Mittwoch, stand der Vollmond über dem Flensburger Sankt-Franzis-kus-Krankenhaus, dem einzigen katholischen Hospital weit und breit, in dem mein Vater in der Chirurgie als Medizinalpraktikant eine Stelle hatte. An diesem Oktoberabend war, so Papa, die Hölle los. Ein Schädelbasisbruch nach einer Schlägerei am Hafen, eine schlimm zugerichtete Frau, deren betrunkener Ehemann sie aber persönlich vorbeibrachte und die ganze Zeit beklagte, was er ihr angetan hatte, ein schwer Verwundeter nach einem Autounfall und auch auf der Geburtsstation, wie immer bei Vollmond, großer Andrang. Mein Vater assistierte dem Gynäkologen, wollte unbedingt bei der Geburt seines dritten Kindes dabei sein. Die Geschichte meiner Geburt war seine Geschichte, und er gab sie so oft und anschaulich zum Besten, dass ich das Gefühl hatte, bei meiner eigenen Geburt dabei gewesen zu sein.

Papa erzählte immer ganz stolz, dass es wegen der zahlreichen Geburten in jener Nacht für die Neugeborenen nicht genügend weiße Decken gab und ich, seine Tochter, als Einzige ein fliederfarbenes Handtuch bekam, und dass sein Chef ihm gratulierte zur »Königs Tochter«. Gerne hörte ich, dass ich gleich zu Beginn meines Lebens und trotz des geburtenstarken Abends etwas Besonderes gewesen sein soll, weniger gern die immer wieder von Papa, dem Entertainer, nie von Mama, zum Besten gegebene Geschichte meiner Steißgeburt. Ich hätte der Welt als Erstes meinen Hintern entgegengestreckt, die Anwesenden bekamen zunächst einen großen Schreck, da sie meinen Arsch für mein Angesicht hielten. An dieser Stelle übertrieb Papa, der Pointe zuliebe, den Schrecken stets etwas. Jedenfalls, so bekundete mein Vater es immer wieder, waren alle heilfroh, als endlich Arsch, Gesicht und Menschenkind, wenn auch in falscher Reihenfolge, heil heraus waren.

Nachdem ich kleiner Bundesbürger mich zu den anderen Menschen, die 1963 schon da waren, gesellt hatte, und während ich zu leben und gleichzeitig auch schon wieder zu sterben begann, packte mich Oberschwester Clementia an den Beinen, hielt meinen Kopf nach unten und schlug mir sehr geübt mit der Hand auf meinen nackten Po, und ich schrie in den Kreißsaal hinein. Papa nabelte mich ab und machte mir den »Bikinibauchnabel«, seine Spezialität und Erfindung, wie er immer stolz betonte. Ich schrie also, bis meine Mutter mich endlich auf den Arm nehmen dufte, und da war es gut, eingewickelt in ein fliederfarbenes Handtuch, dessen Farbe mir in diesem Moment vermutlich total schnurz war. Mama, die in der Wartezeit bis zu den Geburtswehen bei einer Krankenschwester die Zopfpatience erlernt hatte, hielt mich, fest und gleichzeitig

17

liebevoll, wie nur Mütter es können – ich war ihr und Vaters Wunschkind. Die Dritte, bisher alle Kinder im gesitteten Abstand von drei Jahren.

Sie habe ihre ersten beiden Kinder im selben Jahr wie Jackie Kennedy bekommen, nur bei ihr war es zuerst ein Sohn und dann eine Tochter und bei den Kennedys umgekehrt. Dass auch John Kennedy und mein Vater etwas gemeinsam hatten, erwähnte Mama nicht, aber sie fühlte sich der modernen, stets modisch-eleganten First Lady der USA in ihrem Mutterschicksal und, wer weiß, vielleicht überhaupt in gewisser Weise verbunden.

Es gab da dieses eine Foto, schwarz-weiß, von Papa mit seiner Leica geschossen und wie alle seine Bilder in der Dunkelkammer von ihm selbst entwickelt. Mama hielt mich, wenige Wochen alt, im Arm und lächelte zärtlich und voller Mutterstolz, mein älterer Bruder, Sven, sechs, stand rechts von ihr, legte den Arm um sie und guckte ebenfalls ganz stolz und voller Liebe auf mich. Aber auf der linken Seite, da stand meine Schwester Irene, drei Jahre alt und alles andere als begeistert von meiner Ankunft, meinem Dasein und Dableiben. Und sie machte für das Foto keinen Hehl daraus, dass ich ihr zuwider war, zog eine Schnute, guckte mich missmutig an, streckte auf einem anderen Abzug desselben Motivs unserem Vater, dem Fotografen, sogar die Zunge heraus.

Papa sagte später manchmal zu mir: »Du warst die Einzige von euch fünfen, die geplant war.« Und Mama erzählte, dass sie, als sie Wochen später wieder schwanger wurde, obwohl sie mich noch stillte, erst mal natürlich nicht begeistert war. Sie und Papa dachten sich aber irgendwann: »Na gut, dann kriegt die Lütte noch einen Spielkameraden.«

Dass es ausgerechnet Zwillinge wurden, Hendrik und Claas, die nicht mal elf Monate nach mir das Licht der Welt erblickten, die einander als Spielgefährten haben und in Zukunft alles andere als auf mich angewiesen sein würden, das stand auf einem anderen Blatt. Jedenfalls geriet ich schneller als gedacht aus dem Status der Jüngsten zum mittleren von fünf Kindern.

Mein Vater, nicht katholisch, war beliebt im Krankenhaus. Die Patienten mochten seine freundliche Art, Frauen mochten Papas Charme, selbst die katholischen Nonnen, auch die ganz Spröden wie Oberschwester Clementia, konnte Papa bezaubern und schaffte es, in ihre schmalen, geraden Lippen eine Kurve zu bringen. Er hatte einen Schlag bei Frauen, anders konnte man es nicht sagen. Sein Chef mochte ihn, weil Papa wie er selbst Mozartliebhaber war, klug und sehr geschickt und sorgfältig, aber dennoch effizient arbeitete. Und die Kollegen? Die einen mieden ihn, weil sie befürchteten, ihre Karriere zu gefährden, denn mein Vater und ein paar der anderen Kollegen hatten viel Spaß in der Flensburger Klinik, machten öfter mal Streiche, und immer wieder erzählte Papa uns Kindern beim Abendbrot davon, und immer wieder wollten wir diese Geschichten hören, die vor unserer Zeit spielten und nach denen wir süchtig waren. Und vielleicht wollte Papa auch deswegen gern viele Kinder haben, um eine

19

ständig aufmerksame Zuhörerschaft um sich zu scharen. Er erzählte von einem Volksschullehrer aus Wanderup, der nach dem Aufwachen aus der Narkose gefragt hatte, ob man seinen Blinddarm aufbewahrt habe und er ihn mitnehmen könne, um ihn seinen Schülern zu zeigen. Papa hatte geantwortet, natürlich, das ließe sich machen, und hatte dann im Garten des Krankenhauses mit einem Spaten nach einem Regenwurm gebuddelt, diesen schön abgespült, in ein Glas mit Spiritus getan, es lateinisch beschriftet und dem Lehrer ans Krankenbett gebracht. Der, so Papa grinsend, habe sich überschwänglich bedankt bei ihm und ganz erstaunt festgestellt, dass der menschliche Blinddarm dem Regenwurm doch verblüffend ähnlich sehe.

Oder als sie die Flensburger Möwen, die am Fenster des nahe der Förde liegenden Krankenhauses vorbeiflogen, gefüttert hatten. Mit in hochprozentigem Alkohol getränkten Brotstücken. Irgendwann fingen die Möwen an, sturzbesoffen, ja, fast torkelnd im Sturzflug zu fliegen, und auch ihre Schreie waren anders als sonst. Papa lachte, und wir Kinder lachten über die besoffenen Möwen, und wir wollten wissen, wie das genau aussah, wenn Möwen besoffen flogen, standen auf und machten es vor und fragten »War es so? Oder so?«, und unsere Mutter bat uns, uns zurück an den Abendbrottisch zu setzen.

Papas Leben war voll von diesen Jungenstreichen. So hatten sie als Gymnasiasten in Gelsenkirchen keine Kosten gescheut, um ihre Musiklehrerin zu ärgern, und Anfang Januar eine Anzeige mit deren Telefonnummer

in die Zeitung gesetzt: »Kaufe gebrauchte Weihnachts-
bäume!«

Auch Mama schmunzelte, wenn unser Vater davon
erzählte, aber manchmal, so sagte sie später, hätte sie
sich einen etwas reiferen Mann an ihrer Seite gewünscht,
dabei war Papa neun Jahre älter als sie.

Unser Vater war nicht nur ein großes Kind, sondern auch der Gott von Schallerup, als er dort, kurz
vor meiner Zeugung, eine Landarztpraxis übernahm
von einem alten Arzt, der sich endlich zur Ruhe setzen wollte und händeringend einen Nachfolger suchte.
Eigentlich hatte Papa immer von einer wissenschaftlichen Laufbahn geträumt, aber eine Existenz als praktischer Arzt schien angesichts seiner inzwischen kleinen
Familie handfester, vernünftiger. Da Schallerup ein
Kaff am Ende der Welt, fast in Dänemark war und das
nächste Konzerthaus ziemlich weit entfernt, lockte der
alte Dr. Peters Vater, indem er ihm sagte, dass er hier
fantastisch verdienen könne und alle zu ihm aufschauen
würden. Die Idee, sich endlich einen dicken Mercedes
leisten zu können und darin über die Dörfer auf Patientenbesuch zu fahren, ein Gott zu sein in einem kleinen
Dorf, eine alte Villa mit einer florierenden Praxis zu
übernehmen, reizte unseren Vater. Und Mama stachelte
ihn zusätzlich noch an, weil die Aussichten wesentlich
rosiger waren, als wenn er ein schlecht bezahlter, ange-
stellter Arzt geblieben wäre in einem Krankenhaus, in
dem Papa keine Karriere machen konnte, weil er, wie
er uns sagte, nicht katholisch war. Aber vielleicht war
das auch nicht der einzige Grund, denn mein Vater, als

Erzähler stets darum bemüht, selbst blendend dazuste-
hen, sagte uns nicht immer die ganze Wahrheit. So auch
bei der Geschichte vom Kennenlernen meiner Eltern,
die ich am meisten liebte.

Der vergilbte Karton

Auf der Liegewiese des Freiburger Freibades fragte Papa Mama, nachdem sie ihm in der Mensa schon aufgefallen war, frech: »Junges Frollein, darf ich Ihnen den Rücken eincremen?« Mama dachte sich: Du unverschämter Kerl, und sagte, nur um ihn zu verblüffen, Ja. Papa, erst verdattert, dann erfreut, cremte ihr, ein kleiner Skandal 1956, den Rücken ein, und nun war Mama wiederum hin und weg von ihm und seinen Massagekünsten und diesen zärtlichen Händen und ahnte da noch nicht, dass dieselben Hände auch ganz anders zupacken konnten. Ebenso wenig wusste sie, dass dieser Roman König direkt von einer Prüfung in »topografischer Anatomie« kam und seine Hände in den Stunden zuvor eine Leiche seziert hatten. Allerdings hatten er und seine Kommilitonen den Leichenwärter geschmiert und sich die infrage kommende Leiche tags zuvor schon mal zeigen lassen. Sie waren bestens vorbereitet, und Papa konnte zur Freude seines Professors problemlos eine »Hufeisenniere« diagnostizieren.

Wir Kinder waren vertraut mit der Kennenlerngeschichte unserer Eltern, doch keiner kannte sie so gut wie ich. Und so wie mein Vater meine Geburt zu seiner

Geschichte machte, so eignete ich mir die Geschichte des Aufeinandertreffens meiner Eltern, der Sportstudentin und dem Medizinstudenten, an. Ich stellte mir vor, wie sie gemeinsam schwimmen gingen, um sich abzukühlen in der Mittagshitze, und wie die Julisonne glitzernde Diamanten auf die Oberfläche des türkisfarbenen Wassers streute, und Mama und Papa schwammen um die Wette. So gern Papa die Geschichten erzählte, in denen er sich einen Jux mit anderen erlaubte und ihnen überlegen war, so ungern hörte er, dass unsere Mutter bei diesem Wettschwimmen die Schnellere gewesen war, knapp war es wohl, das musste sie zugeben, und unser Vater gab es gar nicht gern zu, nicht mal, dass er nur knapp verloren, überhaupt, dass er verloren hatte. Er erzählte die Geschichte immer so, als wenn ganz eindeutig er zuerst am Beckenrand gewesen wäre. Warum er der so viel jüngeren Sportstudentin, blond, blauäugig, ganz und gar nordisch einschließlich ihres Namens Freya, die sechzehn Stunden die Woche trainieren musste und in Volkstanz und Rudern bald staatlich geprüft sein würde, warum er, der Junge aus dem Ruhrpott, ihr, die aus einer kleinen Stadt in Norddeutschland kam, diesen Sieg nicht gönnte, war mir schleierhaft.

Nach dem Schwimmen trockneten sich meine zukünftigen Eltern ab und verabredeten sich an den Fahrrädern, und Mama, nicht nur schneller beim Schwimmen, sondern auch im Umziehen, was Papa durchaus zugab, war zuerst an ihrem Fahrrad. »Da hatte ich das Gefühl, jetzt kannst du vor deinem Schicksal noch davonfahren«, hatte sie Irene und mir mal anvertraut. Aber sie tat es nicht, und so nahm alles seinen Lauf.

In einem alten Pappkarton bewahrte mein Vater einen Teil seiner Fotos von früher auf, alle mit der Leica gemacht und selbst entwickelt. Da gab es aus dieser Freiburger Zeit auch ein Foto von Mama, damals noch eine freie Freya, zwanzig, modisch gekleidet in Steghosen und einem Pullover mit Fledermausärmeln, den kurzen, blonden Haaren, den blauen Augen, was man dem Schwarz-Weiß-Bild natürlich nicht ansah. Sie umfasste eine Säule und steckte ihren Kopf keck hervor und zeigte lächelnd etwas zu viel Zähne. Kann ich dir vertrauen?, schien der Blick zu sagen.

Unser Vater stand auf den nordischen Frauentyp. Er hatte, bevor er nach Freiburg zum Studium ging, jahrelang in Schweden gelebt und einem Professor in Uppsala bei wissenschaftlichen Laborversuchen mit Mäusen assistiert. Papa konnte fließend Schwedisch in Wort und Schrift, sogar Artikel für schwedische Zeitungen hatte er verfasst, seine Fotoalben aus der Zeit waren schwedisch beschriftet, so sehr war er dort angekommen und gewillt zu bleiben, für immer. Er wollte heimisch werden in diesem Land, das ihm Chancen bot und wo es nicht so trist war wie in Deutschland Mitte der 50er-Jahre. Doch sein Professor, ein Ungar, riet ihm, zurück nach Deutschland zu gehen und ein Studium zu absolvieren, dann könne er wiederkommen. In Schweden zu studieren, ging aus irgendwelchen Gründen nicht.

Meine Mutter schwärmte: »Euer Vater war dadurch, dass er erst im Krieg und danach in Schweden war, ein relativ alter Student und viel interessanter als die anderen und vor allem nicht so langweilig wie meine Lehramtskommilitonen. Und wenn er mit seinem schönen Bariton zur Gitarre schwedische Lieder von Bellmann sang, da war ich hin und weg.«

Außerdem sah Papa gut aus, war sportlich, trainiert, und dass ausgerechnet er sich für sie, die so viel jünger war und im Grunde noch nicht viel gesehen hatte von der Welt, interessierte, schmeichelte ihr vermutlich. Sie hatte zwar schon Gerüchte gehört über diesen Roman König, dass der selbst Schnaps brennen könne und ein Hallodri sei, dessen Freunde ihn mit Spitznamen »Pirsch« nannten. Mama war zudem von einer aus Ostfriesland stammenden Kommilitonin aus dem Studentenwohnheim gewarnt worden vor unserem potenziellen Vater, der sei ein schlimmer Weiberheld, aber Mama, in ihrer kleinstädtischen Unschuld, wie sie später zugab, behauptete: »Ach, das werden oft die besten Ehemänner, wenn sie sich erst mal ausgetobt haben.«

An Regentagen, von denen es in Schallerup sehr viele gab, holte ich mir manchmal aus dem Wohnzimmerschrank den vergilbten Karton mit den Fotos von Papa. Die meisten davon Bilder aus Schweden. Der Karton war voller Frauen, und nur von wenigen gab es mehrere Bilder. An diesen Nachmittagen, wenn der Regen fiel in einer Monotonie und Lässigkeit und man nicht wusste, ging das jetzt noch drei Tage oder drei Wochen

lang so, sah ich mir in einem Zustand süßer Langeweile
die Fotos an. All die fremden, so vertrauten Frauen,
ihre gute Haut, ihre glatten oder gelockten, kurzen oder
langen Haare, Bubiköpfe, Pagenschnitte. Sie trugen
Schuhe mit Absatz und Mäntel, lächelten vor Straßen-
bahnen, an Brücken gelehnt ihr schwedisches Lächeln,
hatten Handtaschen und Baskenmützen, deren Farben
ich nur erraten konnte, und sahen alle sehr hübsch aus.
Und ihre Lippen glänzten dunkelgrau. Ich war fasziniert, solche Frauen gab es in Schallerup nicht. Auf den
Rückseiten hatte Papa die Fotos beschriftet, mit seiner geschwungenen Handschrift, »Uppsala, Uta, '56«
stand da oder »Doris, Uppsala, '55«. Und ich fragte
mich, was gewesen wäre, wenn er eine dieser Frauen
geheiratet hätte und dort geblieben wäre in dem fernen
Land. Dann hätte er Mama, die schwedischer aussah
als so manche Schwedin, nicht in Freiburg getroffen,
und sie wären nicht um die Wette geschwommen, und
es gäbe weder Sven, Irene, noch mich und meine jüngeren Brüder auch nicht. Das Betrachten der Bilder war
ein Kartenlegen in die Vergangenheit, und immer kam
dabei heraus, dass es uns nicht gegeben hätte und dass
ich jetzt nicht hier in Schallerup bei Regen, der jede
Faulheit rechtfertigte, vor diesem Karton sitzen und
die Fotografien betrachten würde, wenn mein Vater
einer anderen aus dem Karton ein Kind gemacht und
sie dann eben auch geheiratet hätte.

Zu Papas schwedischen Freundinnen gab es immer
nur lustige und leichte Geschichten, so erzählte Papa oft
grinsend von Greta, die ihm unbedingt einen Pyjama

schneidern wollte, aber nicht nähen konnte. Jedenfalls sollte er sich auf den Stoff legen, und sie zeichnete seine Umrisse mit Nähkreide auf den Stoff. Nur hatte Papa die Arme leicht schräg neben dem Körper, und später bekam er bei dem Pyjama die Arme nicht hoch. Von den vielen Geschichten aus seinem Leben, die mein Vater so oft wiederholte, dass wir sie schon als unsere eigenen empfanden, mochte ich diese besonders gern. Und ich stellte mir diese Freundin vor, die ihm unbedingt einen Pyjama nähen wollte, der eine Zwangsjacke wurde, und Papa lachte noch lange über diese Nähaktion und auch wir Kinder, nur Mama nicht. Sie ignorierte auch den Fotokarton, tat so, als gäbe es ihn nicht, sie, die Meisterin im Drüber-hinweg-Gehen. Wenn ich den Zauberkarton wieder mal hervorgeholt hatte und die Fotos wie aufgedeckte Patiencekarten auf der Auslegware nebeneinander auslegte, war das eine Patience, die nie aufging. Bekam Mama es mit, hatte ich das Gefühl, dass sie mir mit ihrem sechsten Sinn an der Nasenspitze ansah, dass ich mir Papas Leben vor ihr vorstellte, sein Leben ohne sie, sein Vorleben, die anderen Frauen.

Wenn er von Schweden erzählte, strahlte unser Vater jedes Mal. Als wäre sein Leben dort unbeschwert gewesen. Als wäre er erst dort, weit weg von seinen Eltern und der Heimat, bei sich angekommen. Als hätte das Land seine guten Anlagen hervorgekitzelt. Als bräuchte er uns nicht zum Glücklichsein, ja, als wäre er dort, ohne uns, glücklicher gewesen.

Das Meer am Sonntag

Sonntagmorgen, ganz früh, weit und breit nur unser Peugeot auf der Strandkoppel. Wenn sich alle Autotüren gleichzeitig öffneten, dann kullerten wir sieben aus dem Inneren, Mama, Papa und wir Kinder. Meine Mutter war noch immer schlank, und man sah ihr die vielen Geburten innerhalb von sieben Jahren nicht an. Adrett sah sie aus im gestreiften rosafarbenen Leinenanzug von der Schneiderin. Sie trug ihre große Sonnenbrille, wie die abgebildeten Filmstars in den Zeitschriften im Praxiswartezimmer, und sie hatte ein Kopftuch umgebunden, als sei sie eine Frau von Welt, dabei hatte Mama ihre Heimat, die nun die unsere, aber nicht die unseres Vaters geworden war, nie verlassen. Nur für ihr kurzes Studium in Freiburg, das ja durch Sven im dritten Semester bereits wieder beendet wurde. »Ich bin aber noch staatlich geprüft in Volkstanz und Rudern«, sagte Mama oft mit diesem speziellen Grinsen, bei dem ihre blauen Augen leuchteten vor Schalk. Sven hatte Mama und Papa endgültig zusammengebracht, zusammengezwungen, oder wie sollte man es sagen? Sven hatte Fakten geschaffen, auf jeden Fall bedingte seine Existenz die unsere, die von Irene, mir, Hendrik und Claas.

Man konnte vielleicht sogar so weit gehen zu behaupten, dass wir ohne Sven jetzt nicht zu siebt an den Strand gefahren wären, um eines jener Sonntagmorgenpicknicke zu machen, die gerade Sven so gar nicht leiden konnte. Jimi Hendrix, sein Idol, wäre vermutlich nie in aller Herrgottsfrühe zum Frühstücken an einen Strand mitgefahren. Ich mochte meinen großen Bruder, wenn er so verpennt war, wehrlos, mit offener Flanke, verletzlich und noch Schlaf zwischen seinen langen, dichten Wimpern, wenn seine Gliedmaßen schlaff an ihm herunterhingen.

Papa trug eine Lee und ein kurzärmeliges, weißes Hemd, sodass seine Schuppenflechte am Ellenbogen zu sehen war. Für mich gehörten die roten Stellen an der Haut und die weißen Schuppen, die immerzu von ihm rieselten, zu meinem Vater dazu, als wenn jeder Vater eine Schuppenflechte hätte. Er holte aus dem Kofferraum die große Korbtasche mit dem Proviant und den Windschutz heraus, wir Kinder griffen unsere Handtuchrollen, von unserem Vater darauf gedrillt, zu Hause schnell die Badesachen in ein Handtuch zu rollen, mehr durften wir nicht mitnehmen, höchstens noch einen Ball. T-Shirts und Shorts hatten wir an, und unsere Schuhe ließen wir alle im Auto. Jetzt gingen wir barfuß auf dem noch taufeuchten Boden den schmalen Weg Richtung Wasser, eine kleine Freizeit-Freiwilligen-Armee, die als erste den Strand eroberte. Dieser ganz besondere Duft nach Heckenrosen und Strandhafer, nach Gräsern und feuchtem Sand. Und dann lag es vor uns. Das Meer. Der Grund, warum wir uns zu siebt ins Auto gequetscht hatten und über zwanzig Kilometer gefahren waren.

Die Ostsee schien, wie mein großer Bruder, auch noch nicht richtig wach. Sie wirkte unentschieden, ob sie heute lieber blau oder grün sein wollte. Es war erstaunlich, wie viele Farben das Meer haben konnte. Manchmal wirkte es auch grau. Unser Windschutz dagegen knallte richtig. Orange, zur Freude der Marienkäfer, Gewitterfliegen und Rapskäfer. Als Erstes wurde immer der Windschutz aufgebaut, alle halfen mit. Mein Vater befeuchtete seinen Zeigefinger und hielt ihn in die Luft, bestimmte, aus welcher Richtung der Wind kam und wie der Windschutz aufgestellt werden musste. Die Metallstäbe wurden erst ineinander, dann in die Tunnelbahnen im Stoff geschoben, die Leinen befestigt und die Heringe mit Steinen in den Sand geschlagen. Und schon stand unsere Burg, die uns schützte, vor dem Süd-Ost-Wind, zu viel Sonne und vor Blicken.

Die Badesachen an, noch vor dem Frühstück das erste Bad, nur wir Kinder und Papa. Papa lief wie immer mit einem lauten »Jappadappaduh!« ins Wasser, stürzte sich dann freudig in die Fluten, als umarme er das Meer, das Leben. Mama saß im Sand auf einer Decke und schaute uns von ferne zu, dabei rauchte sie Lord Extra. Sie liebte die sonntäglichen Ausflüge, ließ uns jedes Mal im Auto noch auf sie warten, und dann endlich kam sie als Letzte, wohlduftend und mit Lippenstift stieg sie ein, und Papa, der ungeduldigste Mensch, sagte: »Das wurde aber auch mal Zeit«, und konnte doch nicht verbergen, wie stolz er war und wie

31

schön er unsere Mama fand. Sie lehnte sich auf dem Beifahrersitz zurück, und noch während unser Vater den Wagen rückwärts aus der Einfahrt fuhr, rief sie diesen einen bestimmten Satz, ohne den ein Ausflug kein richtiger Ausflug war: »Ach, Kinners, ist das schön, dass wir losgekommen sind!«

Das Wasser war sonntags anders als sonst. Keiner konnte mir erzählen, dass die Ostsee nicht wusste, dass Sonntag war. Selbst der Militärhafen am Ende der Bucht wirkte heute verlassen. Wenn der Russe schlau war, dachte ich, dann kam er an einem Sonntag. »Lieber tot als rot!«, sagte Herr Boysen immer. Boysen war Bauer und Patient bei Papa, und wir besuchten ihn regelmäßig. Herr Boysen sagte auch nicht »die Russen«, sondern »der Russe« oder »der Iwan«.

Gemeinsam mit den anderen und doch allein schwamm ich hinaus Richtung Horizont. Vielleicht war meine Mutter beim ersten Schwimmen aber doch dabei, zum Schutz der Frisur die Badekappe mit den bunten Plastikblumen auf, die sie so alt machte und die wir alle deswegen nicht mochten. Mit der Badekappe sah sie aus wie eine, die es nie von hier oben weggeschafft hatte, höchstens ins nächste Kaff, und genau das sagte Mama ja selbst von sich: »Ich hätte mir doch niemals in meinem Leben träumen lassen, später mal ausgerechnet in Schallerup zu landen!« Unser Vater hasste die Badekappe besonders und machte immer einen abfälligen Kommentar, Mama sähe aus wie aus einem Krampfadergeschwader.

Ich fand meine drei Brüder schön, wenn sie nass waren, ihre Augen glänzten, umrahmt von nassen Wimpern, die Haare lagen zurück am Kopf, und sie hatten auf einmal eine Stirn. Meine Schwester schwamm schon sehr gut, und ich eiferte ihr nach, blieb aber, wie immer, etwas zurück und konnte die drei Jahre nie aufholen, was ich aber auch nicht schlimm fand.

Papas sonst weiße Schuppenflechte auf der Kopfhaut leuchtete im Wasser rot durch das Haar. Er kraulte Richtung Dänemark, und man sah seine Fersen abwechselnd wie helle Tennisbälle auf- und abtauchen. Ich hatte immer etwas Angst, dass er nicht mehr zurückkehrte. Jedenfalls ließ er uns Kinder zurück, und wir tauchten gegenseitig durch unsere geöffneten Beine hindurch und spielten, wer am weitesten tauchen konnte, bis uns kalt wurde und wir bibbernd an Land gingen. Und dann tauchte Papa wie Jonny Weissmüller aus den Fluten wieder auf und winkte uns, »Kommt, Kinder!«, und nun liefen wir fünf der Größe nach hinter ihm am Ufer her, ich den Blick auf die Waden meiner Schwester, ein kleiner Dauerlauf zum Trocknen über Kiesel und Sand. Und Sven, jetzt wach vom frischen Ostseewasser, lief voran und schien Jimi Hendrix ganz vergessen zu haben. Mama sah uns Strandläufern stolz hinterher, gleichzeitig glücklich, noch einen Moment für sich zu haben.

Nach dem kleinen Dauerlauf streiften wir die nassen Badesachen ab und die trockenen über, das war ein Gebot, nie durften wir die nassen Sachen anbehalten. Über den Bikini zog ich das so weiche T-Shirt

33

aus Frottee an. Hungrig waren wir, und jetzt kam das Allerbeste: belegte Brote, hart gekochte Eier, Kaffee für meine Eltern aus der Thermoskanne. Dieser besondere Duft: Nach Salami, Graubrot, Kaffee und nach Süd-Ostwind roch es, nach der Sonnenmilch Delial, Faktor zwei, nach Strandhafer, dem Stoff des Windschutzes, ja, sogar leicht nach dem Dachboden, auf dem er überwintert hatte. Wer uns so sah, musste uns für eine glückliche Familie halten.

Nach dem Frühstück gingen wir Kinder am Strand entlang zum nördlichen Ende Richtung Mole. Die Mole ragte weit ins Meer hinein, setzte dem Strand ein abruptes Ende. Das Wasser hier hinten war flach und fast türkis, doch der Seetang am Ufer stank faulig in der Hitze. Auf den Felsen im Wasser kletterten wir entlang an der Mauer der Mole, darüber ein Nato-Stacheldrahtzaun, wie Papa uns einmal erklärte hatte. Es war ein anderer Stacheldraht als der an Koppeln, und ein Schild war daran angebracht: »Betreten und Fotografieren verboten!« Und immer versuchten wir, einen Blick nach drüben zum Militärhafen zu erhaschen, gaben uns gegenseitig eine Räuberleiter. Es lagen große graue Schiffe im Hafen, die uns im Ernstfall gegen den Russen verteidigen sollten. Seltsamerweise sahen wir aber nie jemanden da drüben im Marinehafen, als lägen die Boote nur zur Abschreckung da, Geisterschiffe, ohne Besatzung. Das konnte natürlich nicht sein, denn ab und zu fuhren die Schiffe raus auf die Ostsee, und wir sahen sie am Horizont. Vielleicht

34

mussten sie einfach nur bewegt werden, oder sie sollten dem Russen zeigen, dass wir da waren und uns wehrten, wenn er angriff.

Beim Klettern bestaunten wir die besonders schönen Exemplare an Seesternen, die lila und rosa unter Wasser an den Felsen klebten, zwischen Algen, Seepocken und Muscheln. Ich fragte mich, ob Seesterne echte Tiere waren, Lebewesen mit einem Herzen, und wenn ja, wo das Herz der Seesterne saß.

An die Mauer der Mole hatten Liebespaare ihre Namen geschrieben und Herzen darum gemalt. »Michaela + Rüdiger« oder »Claudia + Ralf« stand da, mit Datum versehen, manche verblasst und eines ganz frisch. So gut wie wir Kinder alle die Mole und jeden ihrer Felsen kannten, genau wussten, von welchem Stein man am besten auf den nächsten sprang, so gut kannte ich die Liebespaare und bekam immer mit, wenn ein neues Paar dazugekommen war. Es schien mir ein Beweis für eine wirklich große, romantische Liebe zu sein, sich an einer Wand zu verewigen, und ich sehnte mich, obwohl erst sechs Jahre alt, schon jetzt nach genau so einer Liebe später. Vielleicht steigerte ich mich auch in diese Idee so hinein, weil meine Eltern in ihrem Umgang miteinander so gar nichts davon hatten. Sie hielten nie Händchen oder waren zärtlich zueinander vor unseren Augen. Meine Eltern hätten auch nie »Roman + Freya« irgendwo an eine Wand geschrieben und ein Herz drum herumgemalt und hatten es auch in Freiburg damals bestimmt nicht getan.

Die Felsen wurden in der Sonne immer heißer, und nun kehrten wir um und liefen zurück zum knallorangefarbenen Windschutz, der gut von Weitem zu erkennen war und den unsere Eltern vielleicht auch deshalb in dieser und keiner anderen Farbe gekauft hatten, damit wir immer zu ihnen zurückfanden.

Der Strand hatte sich inzwischen gefüllt. Bald würden wir wieder nach Hause fahren, müde vom frühen Aufstehen, von der Sonne, dem Meer. Der schönsten und sattesten Müdigkeit, die es gab. Noch Sand zwischen den Zehen und in den Haaren, Salz auf der Haut, quetschten wir uns alle wieder ins Auto, die Autotüren schlugen zu, und wir fuhren von der jetzt vollgeparkten Koppel, als wäre alles ein Super-8-Film, den man rückwärts laufen ließ.

Königs Tochter

Frau Paulsen in Dünewatt hatte Bluthochdruck und eine Kuckucksuhr mit Schwarzwaldmädchen, die sich im Kreis drehten, bei Bauer Boysen in Barneby mit seinem Diabetes roch es, sobald wir auf den Hof fuhren, ganz intensiv nach Schweinestall, und bei Frau Möller in Nörreby bekam ich immer eine kleine durchsichtige Plastiktüte, in die sie extra für mich mit ihren verbogenen Gichtfingern eine Naschkrammischung abgepackt hatte, und Papa musste ihren selbst gemachten Schlehenschnaps probieren.

Nach der Schule kam ich mit auf Patientenbesuch, das hatte ich aber auch schon früher gemacht, als ich noch kleiner war. Papa fuhr auf Praxis, zu denen, die nicht zu ihm in die Sprechstunde konnten. Zu den Alten und Gebrechlichen, zu den Bauern, zu denen ohne Auto oder die im Bett lagen und zu krank waren. Zweimal täglich, von Montag bis Freitag, machte mein Vater, der Landarzt, diese Touren über die Dörfer, und ich war oft dabei.

Es hatte damit angefangen, dass meine Mutter die Zwillinge füttern und hinlegen musste zur Mittagsstunde, und Papa nahm ihr mich dann ab. Dieses Ritual

37

hatten wir beibehalten. Jetzt war ich sieben. Mein kurzes Haar so schwarz wie das meines Vaters, saß ich auf dem Beifahrersitz und genoss es, ihn ganz für mich zu haben. Wir fuhren über die schmalen und kurvigen Landstraßen, gesäumt von Knicks, dahinter die Felder, das leicht gewellte Land, als habe es jemand zusammengeschoben, um es lieblicher zu machen, in der Ferne das Meer, das man nicht sah, aber an bestimmten Tagen roch. Papa schien meine Begleitung zu gefallen. Die öden Äcker, die ewig kurvigen Straßen – war doch alles viel netter zu zweit. Wir unterhielten uns, sangen oder hörten Radio. NDR. Und regten uns gemeinsam auf, wenn die Sprecher in den Verkehrsnachrichten die Orte bei uns oben falsch aussprachen, Lindáunis statt Lindaunís sagten, was nur zeigte, wie weit weg die von uns und wir von Hamburg waren. Im Auto konnten wir auch Diagnosen besprechen, zum Beispiel fragte ich Papa, was denn Diabetes bedeutete. Er sagte, Boysen habe Zucker, doch ich verstand nicht, was das für eine Krankheit sein sollte, Zucker zu haben.

Durch die Patientenbesuche kannte ich viele gute Stuben, in die wir eingelassen wurden, Sitzecken mit bestickten oder selbst geknüpften Kissenbezügen. Zimmer, die unbelebt wirkten, unbeheizt, ungemütlich und ungastlich, obwohl doch gerade Gästen vorbehalten, als läge der Schonbezug nicht nur über den Möbeln, sondern über dem Leben dieser Menschen. Andere wiederum hatten Wohnzimmer, in denen wirklich gewohnt wurde. Räume voller Bilder, Bücher, Nippes, die wortlos über die Bewohner viel erzählten. Manche Einrichtungen waren aus dem Katalog. Und überall sah es ganz anders aus als bei uns zu Hause mit den skandinavischen Möbeln, den modernen Lampen und der Tapete mit den großen sonnengelben Mustern darauf. Und niemand außer uns schien eine in die Bücherwand eingelassene, ausklappbare Hausbar zu haben, eine Sonderanfertigung in Teakholz vom Tischler, und wirklich niemand anderes hatte eine Lavalampe, der ich so gern zusah bei ihrem ewigen Steigen und Fallen. Ich konnte stundenlang davor sitzen und fand es auf eine gemütliche Art aufregend, wie die zähe rote Flüssigkeit in der Lampe anstieg und sich dabei Kugeln, Quallen, kleine Minigespenster bildeten, rote Bälle, die dann lang und eierig wurden, bis sie auseinanderfielen und in andere Formen übergingen und hinabsanken, schwerelos, langsam, beruhigend, nie langweilig, jeder Aufstieg der roten Flüssigkeit ein neues Wunder. Die Lavalampe stand bei uns zu Hause neben dem Kamin, den Papa oft abends anmachte, und sowohl das erst lodernde Feuer als auch später die glühenden Holzscheite betrachtete ich gern, weil sich ständig etwas veränderte.

Die alte Frau Marxen mit ihrem Bluthochdruck hatte sich trotz ihrer mageren Rente einen künstlichen Kamin angeschafft, den sie Papa stolz vorführte. Als sie ihn anschaltete, wurde ein Holzscheit aus Metall indirekt beleuchtet und glühte so wie Frau Marxen selbst an manchen Tagen. Sie nannte einen sehr hohen Preis, den sie gezahlt hatte, und Papa sagte: »Der ist aber schön!« Ich wunderte mich in diesem Moment, denn für mein Empfinden war der Kamin ganz und gar nicht

39

sein Geschmack. Als wir wieder im Auto saßen, sagte Papa zu mir, dass der Kamin natürlich kitschig und scheußlich war, er das aber unmöglich sagen konnte, weil Frau Marxen doch so stolz gewesen war. Das verstand ich. Papa log nicht, Papa sagte Sachen, die die anderen glücklich machten wie »Schicke Frisur« zu den alten Frauen mit ihren ewig gleichen Dauerwellen, und sie lächelten und wurden wieder ein bisschen zu jungen Mädchen, und nach der Behandlung brachten sie beschwingt ein Glas eingemachte Bohnen oder Reneklloden wie Liebesgaben. Manchmal gab es für den Herrn Doktor auch gehäkelte Klorollenhüte aus Polyesterwolle, die Papa scheußlich fand, aber er ließ sich nichts anmerken, bedankte sich immer herzlich und machte damit den Patienten eine Freude.

Ich sah bei den Besuchen Geweihe an Wänden, Alpenveilchen in Übertöpfen und ekelte mich vor diesen honigfarbenen Klebebändern, die an Lampen hingen und auf denen sich die toten Fliegen über Tischdecken sammelten. Ich sah auf Abreißkalendern, welcher Tag war, und stellte fest, dass die Patienten nie vergaßen, das Kalenderblatt abzureißen, während die Banken- oder Apothekenkalender mit den eckigen roten Schieberahmen gern ein paar Tage hinterherhingen, als hielte man das Schieben des roten Rahmens von Tag zu Tag für erlässlich. Spruchweisheiten, in Kreuzstich gestickt, schmückten die Wände: »*Ohne Fleiß kein Preis. Froh erfülle deine Pflicht! Nur ein Viertelstündchen!*« Und während ich mir all das genau ansah, stellte Papa den Patienten Fragen nach ihrem Gesundheitszustand, legte die Manschette vom Blutdruckmessgerät an oder fühlte den Puls. Manchen gab er eine Spritze in den Oberarm, bei anderen hörte er die Lunge ab mit dem Stethoskop, füllte Rezepte aus mit seiner geschwungenen Handschrift, dabei erkundigte er sich interessiert nach der Ernte, den Schweinepreisen, dem Gemüsegarten, den Kindern oder Enkeln. Auf den Kommoden standen neben ausgeblichenen Sträußen aus Plastik- oder Stoffblumen alte Schwarz-Weiß-Fotos von jungen Soldaten, die hier noch stolz in die Kamera lächelten und nun schon lange tot waren. Jung gestorben, jung geblieben. Brüder, Verlobte, Ehemänner. Dod bleben. Gefallen, hieß es. Er ist bei Stalingrad gefallen, oder er ist im Krieg geblieben. Gut dreißig Jahre her, dass sie in den Krieg gezogen waren. Ein Krieg, der immer noch anwesend war, in Form von Fotos und Krankheiten, Splittern, die noch in manchem Körper eiterten, Wunden, die nie heilten, Phantomschmerzen, die nie vergingen, Erinnerungen, die nicht ausgesprochen wurden. Die jeder der Zurückgekehrten mit sich ausmachte. Die aber im Inneren weiter gärten, einsam machten und krank.

Papa musste als Sechzehnjähriger zur Flak, wurde dann noch eingezogen und kam nach seiner Ausbildung als Marinesanitätskadett in den letzten Kriegsmonaten zu den Kleinkampfverbänden nach Holland als Sanitäter. Doch seine Kriegserlebnisse klangen auch immer nur wie Jungenstreiche. Vom Kommissbrot hatten sie stets Blähungen und Riesenfürze, die sie anzündeten, und der mit der längsten Stichflamme hatte gewonnen. Einmal hatte Papa ein Paar neue Turnschuhe mitgehen

41

lassen, und als er zur Rede gestellt wurde, hatte er gesagt: »Was soll's? Hier ist doch sowieso bald Feierabend.« Dafür hätte er vor ein Kriegsgericht kommen und man ihn erschießen können, doch irgendjemand drückte ein Auge zu.

Die Anfahrt zum Haus von Asmussens führte über einen huckeligen Feldweg. Meike, die ich entfernt vom Sehen kannte und die nur wenig älter war als ich, hatte eine Lungenentzündung und durfte nicht zur Schule. Ihre weißblonden Haare waren streng zurückgebunden. Sie wirkte noch blasser als sonst, ihr Gesicht war gerahmt von der weißen Bettwäsche, und es schien, als wenn kein Tropfen Blut mehr in ihr wäre. Papa fühlte ihren Puls, hörte sie ab, sie sagte, sie habe Kopfschmerzen, da löste er das Haargummi, erlöste sie von ihrem Pferdeschwanz, den die Mutter zu straff gebunden hatte. Nun lag sie da, mit offenen Haaren und offenem Mund, erstaunt, dass ihr der Arzt einfach die Frisur zerstört hatte, die ihr die Mutter doch gerade noch extra für seinen Besuch gemacht hatte. Und als sie ihn dann aus ihrem Kissen heraus anlächelte, als wäre Papa Jesus persönlich, und er ihr auch noch über die Haare strich, gab mir das einen Stich. So wie ich auch eifersüchtig war, wenn Papas bester Freund Helmut mit Familie zu Besuch kam und Papa deren jüngste Tochter auf den Schoß nahm. Das war mein Platz, nachdem Irene ihn irgendwann geräumt hatte.

Gegen Ende der Besuche kam, nicht nur bei Bauer Boysen, fast immer die Frage: »Na, Herr Dokter, een

Schnaps!?« Und ehe Papa antworten konnte, sagte Boysen: »Een mut doch sien.« Und schon nahm er zwei Gläser und schenkte ein, einen gelben Aquavit, den Köm, oder Angeliter Muck. Und ich sah das kurze Aufleuchten in Papas Augen, die Freude, die sich auf das gefüllte Glas richtete, zumindest noch beim ersten Schnaps, als sei damit eine Hoffnung, die Erfüllung einer Erwartung verbunden. Und dann sagte Boysen: »Nicht lang schnacken, Kopf in Nacken«, dieses zackige Hoch-das-Glas und an die Lippen, dabei kippte der Kopf wie bei einem Trinkroboter automatisch in den Nacken, und dann, auch das automatisch, schüttelten sie sich, als gruselte es sie selbst vor dem Zeugs. Was manche Patienten aber nicht davon abhielt, die Gläser erneut zu füllen, auch wenn mein Vater jetzt abwehrte. »Kam' Se, Herr Dokter, up een Been kann en nich staan.« Und ich spürte genau, dass sie selbst diesen zweiten Schnaps und meinen Vater und den Hausarztbesuch als Vorwand brauchten.

Bei Papas Lieblingspatienten, Herrn Burger, der Robert Lemke von *Was bin ich?* erstaunlich ähnelte und dessen Frau schwer krank war, bekam Papa immer einen Cognac angeboten, den mochte er viel lieber als Schnaps, und ich saß da auf dem Sofa zwischen Knickkissen, fixierte die laut tickende Wanduhr und die Cognacschwenker von Herrn Burger und Papa. Cognac wurde ja viel langsamer getrunken als Schnaps. Ich wurde allmählich etwas ungeduldig, und wenn ich quengelte, dass wir doch zum Mittagessen müssten, dann lächelte Papa mich an, trank aus, und wir fuhren endlich nach Hause.

Waren wir Kinder selbst mal krank, bekamen wir von Außenstehenden oft blöde Kommentare zu hören wie: »Und das als Arztkinder?« Papa hatte uns gesagt, wir sollten dann antworten: »Die Kinder eines Pastors sterben ja auch!« Irene hatte sich zudem bei Papa beschwert, dass sie als Einzige in ihrer Klasse keinen richtigen Hausarzt habe. Da war was dran, denn erstens hatten wir nie krank zu sein, zweitens niemals über Krankheiten zu reden, und drittens wurden wir, wenn wir mal krank waren, so nebenbei von Papa behandelt. Papa hatte Irene auf ihre Beschwerde hin prompt ins Wartezimmer der Praxis, die sich im Souterrain unseres Hauses befand, gesetzt (und wir anderen setzten uns aus Neugier dazu) und sie wie eine echte Patientin etwas warten lassen. Er hatte sich in der Zwischenzeit seinen Arztkittel angezogen und das Stethoskop um den Hals gehängt und sie ins Behandlungszimmer gerufen, wir anderen sind hinterher. Papa hatte dann Irenes Blutdruck gemessen, ihren Puls gefühlt, ihre Größe gemessen, sie auf die Waage gestellt, die Lunge abgehört, ihre Reflexe geprüft, und sie musste ihren Mund öffnen und laut »Aaaaa« sagen, dabei legte er einen Holzspatel auf ihre Zunge und sah tief in ihren Rachen mit einer speziellen Taschenlampe. Er machte Notizen in ihrer Krankenakte und stellte ihr noch ein Rezept für Lebertran aus, unterschrieb es. Danach war sie hochzufrieden, und Papa musste dasselbe jetzt auch noch bei uns Geschwistern machen, damit wir Arztkinder das Gefühl hatten, wenigstens einmal richtig beim Arzt gewesen zu sein.

Alexandra

Es war ein heißer Sommertag Ende Juli, die Fliegen brummten durch die Küche und flogen dem Collie, der in der Ecke auf seinem Lager lag, um die Schnauze. Es roch, wie immer bei Nissens, nach einer Mischung aus gekochtem Pansen und Kohl, und Claudia empfing uns mit den Worten: »Habt ihr es auch schon gehört? Kam gerade im Radio.«

Wir hörten bei uns zu Hause kaum Radio, schon gar nicht während des Mittagessens. Claudia sah sofort, dass wir ahnungslos waren, und spannte uns noch einen Moment auf die Folter, bis sie sagte: »Alexandra ist tot, Autounfall.«

Der Satz knallte. Wir hatten soeben die große, schattige Küche von Nissens betreten, eine Küche, die ganz anders war als unsere. Meine Schwester war auch dabei, oder besser gesagt, ich war dabei, denn Claudia und Irene waren gleich alt und ich die kleine Schwester, die sie mitspielen lassen mussten. Ich wurde meiner Schwester nachmittags aufs Auge gedrückt, und sie ließ es mich spüren.

»Sie ist auf dem Weg nach Sylt mit einem Laster zusammengestoßen und war sofort tot«, sagte Claudia.

45

Wir saßen auf den Stühlen um den Küchentisch, Claudias Eltern arbeiteten schon wieder, nach der Mittagspause um vierzehn Uhr öffnete ihr Lebensmittelladen.

Meine Eltern schliefen noch zu Mittag, da war bei uns Totenruhe angesagt, und wehe, jemand störte die. Das heißt, *wir* hatten ruhig zu sein, sie selbst machten manchmal erst noch komische Geräusche hinter der Tür, die uns Kindern je nachdem Angst und Schrecken einjagten oder ein Gefühl von Scham erzeugten und die wir nicht einordnen konnten.

»Sie hatte den Führerschein ganz frisch, und das Auto war nagelneu, ein Mercedes.«

Claudia warf uns die Happen hin und triumphierte, die Allwissende zu sein.

Ich stellte mir Alexandras zerquetschten Mercedes vor und wie meine Lieblingssängerin geborgen wurde. Wir hatten einmal auf dem Rückweg aus dem Sommerurlaub in Dänemark einen schweren Autounfall mitbekommen. »Kinder, guckt nicht hin!«, hatte Mama gesagt, und Papa regte sich über die Schaulustigen auf, die extra langsam fuhren und dadurch einen Stau verursachten. Jedenfalls wurden wir alle ganz still im Auto, denn wir hatten gesehen, dass weiße Tücher die Unfallopfer bedeckten, und ohne dass es uns jemand erklären musste, war uns klar, was das bedeutete. Jetzt lag Alexandra vermutlich unter so einem Tuch.

Wir hingen auf den Stühlen und überlegten, was wir tun sollten. Der Nachmittag war durch die Nachricht von Alexandras Tod aus dem Gleichgewicht geraten.

Herr Nissen kam und brachte uns eine Tüte Gummibärchen.

Claudias Eltern kannte ich nur im Kittel und am
Arbeiten, immer mussten sie Waren auspacken und in
die Regale einsortieren, sie waren an der Kasse und im
Lager, sie putzten das Schaufenster oder wischten den
Boden im Laden. Nissens hatten nur eine Angestellte
und einen Lehrling, machten sonst alles selbst.

Ich kannte den Laden gut, meine Mutter schickte uns
oft rüber, wir kauften hier alle unsere Lebensmittel ein.
Bezahlen mussten wir nicht, wir ließen anschreiben.

Wenn wir Claudia besuchten, war es nicht so, dass
wir uns im Laden einfach bedienen konnten wie im
Schlaraffenland. Meist brachte uns Herr Nissen etwas,
er vergaß uns nie. Waffelkekse, Prinzenrolle oder wie
heute eine besonders große Tüte Haribo-Gummibär-
chen. Ich mochte Herrn Nissen, er war nett. Klein,
drahtig, das Haar immer ordentlich gekämmt mit
einem Seitenscheitel und mit Haarwasser geglättet. Die
Stimme von Claudias Vater war leise und der Mann in
jeder Hinsicht das Gegenteil von meinem Vater. Herr
Nissen hätte niemals einen Witz erzählt, schon gar
nicht einen schmutzigen.

Es war ganz seltsam, Gummibärchen zu essen und zu
wissen, dass es Alexandra nicht mehr gab. Wir hatten
nur eine einzige Schallplatte von ihr, eine LP. Manchmal
drehten wir nachmittags bei uns drüben im Wohnzimmer auf der neuen Stereoanlage unsere Lieblingslieder
laut auf, »Ich will 'nen Cow-uh-boy als Mann! Ich will
'nen Cow-uh-boy als Mann! Denn ich weiß, dass so

47

ein Cowboy schießen kann!« von Gitte oder Wencke Myhres »Er steht im Tor, im Tor, im Tor und ich dahinter!«. Wir spielten Schlagerparade, jede sang mit einem Sprungseil als Mikro in der Hand ihr Lieblingslied laut mit und tanzte dazu, eine andere sagte sie an: »Jetzt kommt Alexandra mit ihrem Lied *Sehnsucht*. Sie liegt momentan auf Platz 2!«

Ich wusste alle ihre Texte auswendig. Wusste, wann sie Pausen machte und wie sie »Balalaika« langzog und »Tränen« betonte. Ich imitierte Alexandra nicht, sondern ich war sie – sobald ihr Gesang begann. Ich war voller Sehnsucht, ich wollte zurück in die Heimat, ich vermisste die tiefen Wälder, die nebligen Flüsse und die traumbedeckten Felder. Ich versuchte, tiefer zu singen als sonst, schloss beide Hände um das Mikro, nahm es ganz nah an meine Lippen und beugte den Kopf leicht darüber, wie ich es mal im Fernsehen bei einem Auftritt von Alexandra gesehen hatte, sendete tiefgründige Blicke ins imaginäre Publikum und versuchte Irenes und Claudias Feixen, so gut es ging, zu ignorieren. Alexandra hampelte auch nicht herum wie die anderen Sängerinnen, und selbst dann, wenn sie vom Glück sang, klang sie traurig. Typisch russisch eben.

Papa und ich, wir mochten beide Alexandra. Und sicher würde Papa auch traurig sein, wenn ich ihm später von ihrem Tod erzählte. Da sich die Praxis im Souterrain befand, war unser Vater, sobald er keine Sprechstunde hatte oder auf Praxis fuhr, meist zu Hause und saß im Wohnzimmer.

Nissens Kühlschranktür summte. Wir lungerten auf

48

den Stühlen herum und taten das, was wir immer taten, nur Alexandra würde nie mehr aufwachen. Für immer tot. Sie kam nie wieder zurück. Die Nachricht hatte mir den schönen Sommertag verdorben. Der Collie lag an seinem Platz, und ein paar Fliegen sausten ihm um die Schnauze, aber er ließ sich nicht stören. Weder durch die Fliegen, noch durch uns oder Alexandras Tod. Dem Collie war alles egal. Er musste nur anschlagen, wenn jemand Fremdes kam, und auch bei uns bellte er jedes Mal, und ich hatte einen Heidenrespekt vor ihm. Ich wusste, dass nicht alle Collies so lieb waren wie »Lassie«, und der Collie von Nissens hatte auch schon mal jemanden gebissen.

Wir trugen Frotteeshirts, liefen in kurzen Lederhosen herum, unsere Beine waren Landkarten des Sommers. »Wollen wir Apollo-Mission spielen?«, fragte Irene. Vor gut zehn Tagen waren die ersten Menschen auf dem Mond gelandet, und mein großer Bruder Sven und Irene waren ganz aufgeregt gewesen, schon den ganzen Tag über, und dann hatte Papa uns fünf Kinder mitten in der Nacht geweckt, damit wir das Jahrhundertereignis, wie er es nannte, mitbekamen. Wir kleinen Geschwister saßen schläfrig vor dem Schwarz-Weiß-Fernseher und dem krisseligen Bild, ein Raumschiff, das auf dem Mond landete, und ein Mann stieg federnd aus in seinem weißen Anzug mit einer Haube auf und sagte etwas auf Englisch. Und obwohl Papa mehrmals betonte, dass gerade etwas ganz Besonderes passierte, war und blieb ich hundemüde und sehnte mich nach meinem Bett zurück. Papa zuliebe

49

bemühte ich mich, die Augen offen zu halten. Warum musste das Jahrhundertereignis aber auch mitten in der Nacht stattfinden? Irgendwann erlöste uns Mama und sprach ein Machtwort: »Roman, die Lütten sind hundemüde! Geht wieder ins Bett!« Ich war ihr unendlich dankbar und tapste, ein taumelnder Astronaut im Frotteepyjama, zurück in meine Bettkapsel. Seitdem wollte Irene immer wieder mit Claudia und mir Mondlandung spielen, und sie war natürlich Armstrong, der als Erster den Mond betrat und die großen Worte sagte, und Claudia war immer Aldrin und ich der Dritte, der nicht rauskam aus der Kapsel. Claudia winkte ab, sie hatte keine Lust auf Astronautenspielen.

Durch die offene Küchentür hörten wir aus der Ferne die Jungs und das dumpfe Klatschen des ollen Lederballs. Claudias jüngerer Bruder Peter spielte mit Hendrik und Claas hinten im Garten Fußball. Manchmal wünschte ich mir, ein Junge zu sein. Es schien unkomplizierter. Die Jungs konnten, egal wie viele sie waren, immer im Garten oder woanders rumbolzen. Und wenn Hendrik und Claas verschwitzt, rotwangig und mit blauen Flecken und Grasspuren an den Knien hungrig zum Abendbrot kamen, beneidete ich sie.

»Wollen wir nicht noch mal die Nachrichten hören?«, schlug ich vor.

»Wieso?«

Claudia und Irene blickten mich an.

»Vielleicht war alles nur ein Irrtum.«

»Du meinst, sie ist nur scheintot? Wie Schneewittchen?«

»Ja, vielleicht.«

Sie lachten mich aus, so fies, wie einen nur drei Jahre ältere Mädchen auslachen konnten. Doch Claudias Lachen war das eines Mädchens, das keine kleine Schwester hatte und sich eher über mich amüsierte, das Lachen meiner Schwester war bitterer, denn es war ihr Schicksal, ihre drei Jahre jüngere Schwester Nachmittag für Nachmittag mitspielen lassen zu müssen.

Vor ein paar Tagen hatte Irene mich in der Küche gefragt, ob ich den Jungen auf der Packung vom Brandt-Zwieback hübsch fände. Dabei kam heraus, dass ich den blonden Jungen für Willy Brandt als Kind hielt. Es stand für mich vollkommen außer Frage, dass ein Kinderfoto des Politikers abgebildet war auf dem nach ihm benannten Zwieback. Doch Irene sagte, das sei Quatsch, das sei doch nicht Willy Brandt, sondern irgendein Junge, und lachte mich aus. Wie gerade eben.

»Wollen wir Gummitwist spielen?«, schlug Claudia vor.

Da brauchten sie jemand Drittes, also durfte ich mitspielen.

»Heute? Wo Alexandra tot ist?«, fragte ich ungläubig.

»Komm, spiel mit!«, befahl Irene, »Alexandra wird dadurch auch nicht wieder lebendig, wenn wir hier nur rumhängen.«

Claudia war sehr gut beim Gummitwist, aber auch sie machte mal einen Fehler.

»Ab! Du bist ab!«

Nach spätestens fünf Minuten hatten wir uns sowieso

wieder zerstritten, sehr viel länger ging Gummitwist bei uns nie. Papa nannte das Spiel daher immer nur Gummizwist.

Ich zog gekränkt ab, ging rüber zu uns, wo mein Vater inzwischen beim Nachmittagskaffee saß. Mama war beim Bridgespielen. Mit drei älteren Damen, darunter Frau Peters, der Witwe von Papas Vorgänger, trafen sie sich reihum alle vierzehn Tage und spielten nachmittags von drei bis sieben.

Ich beschwerte mich über Irene und Claudia bei Papa, der mich dann zu trösten versuchte, aber die Tatsache, dass ich, wo ich auch hinkam, meist das fünfte Rad am Wagen war, nicht ändern konnte. Es gab einfach in der Nachbarschaft kein Kind in meinem Alter, und die anderen ließen mich mitspielen, wenn es gerade passte, waren aber nicht auf mich angewiesen. Ich war geduldet. Papa, selber das mittlere von drei Geschwistern, hatte immer viel Verständnis für meine Lage des Dazwischenseins, und er löste dann mit mir das Bilderrätsel »Original und Fälschung« oder das Kreuzworträtsel in der *Hörzu*, nahm mich dazu auf seinen Schoß. Er nannte mich oft ein »Sandwichkind«, aber lange Zeit verstand ich gar nicht, warum. Das lag vermutlich daran, dass wir zu Hause nur belegte Brote aßen. Ich verstand aber auch andere Ausdrücke meiner Eltern nicht. Wenn sie zum Beispiel meine Redefreude zugunsten der anderen bremsen wollten, forderten sie in seltener Eintracht: »Mach mal fünf Minuten Ölsardine, Clara!« Ich spürte nur, dass es nicht nett war,

52

was sie da sagten, und eine Umschreibung für »Halt einfach mal die Klappe!«, aber was das oder, genauer gesagt, was *ich* mit fettgetränkten Ölsardinen in einer kleinen Metalldose zu tun hatte, war und ist mir bis heute schleierhaft.

Das mit Alexandra wusste Papa schon. Er nahm mich auf seinen Schoß und in die Arme und knuddelte mich, und auch ihn schien das auf eine gewisse Weise zu trösten. Mein Kummer war schnell verflogen, seiner dagegen schien immer da zu sein, und ich spürte seine Traurigkeit selten so stark wie in diesen innigen Momenten auf seinem Schoß. Dann versuchte ich, ihn aufzumuntern mit einem neuen Witz, den ich aufgeschnappt hatte, oder irgendwelchen lustigen Geschichten, die ich mir ausdachte, und ich war glücklich, wenn ich ihn zum Lachen brachte, was für mich nicht schwer war.

Um mich wieder ins Spiel zu bringen bei den anderen, und weil es wirklich ein sehr heißer Tag war und Alexandra tot, spendierte Papa ein großes Softeis für alle, drückte mir drei Mark in die Hand, und ich lief los, um den anderen die frohe Botschaft zu überbringen. Sven war nicht da, aber Irene und Claudia turnten an der Reckstange hinten im Garten, und Claudias Bruder, Peter, und Hendrik und Claas, die zu dritt auf dem Baumhaus saßen, rief ich zu: »Alexandra ist tot, und Papa spendiert ein großes Softeis für jeden!«

»Ej toll!«, riefen sie zurück aus dem Laub, und dann waren wir auch schon alle unterwegs zur Großen Straße, unserer Dorfstraße, liefen barfuß und eishungrig über das heiße Pflaster des Bürgersteigs.

53

Opa Weiß saß in seinem Kiosk und las gerade die *Bild*. Das mit Alexandra stand da ja noch nicht drin, aber er hatte es sicher auch schon gehört aus seinem kleinen Transistorradio, das auf einem Regal hinter ihm stand und immer eingeschaltet war, leise.

»Sechs Softeis zu fünfzig, bitte«, übernahm Irene das Kommando.

»Dauert noch fünf Minuten«, sagte Opa Weiß, ohne aufzublicken. Ich legte die drei Mark hin, er machte immer Vorkasse.

Normalerweise verkaufte er Fritten, Currywurst und Zigaretten, Bier und Schnaps, aber in den Sommermonaten hatte er diese Wundermaschine. Ich liebte es, in die Eismaschine von Opa Weiß zu sehen, eine große Metallschüssel, die vor ihm stand und sich die ganze Zeit drehte und das Eis in wunderschöner, langsamer Regelmäßigkeit und Sanftheit herstellte, eine Masse, die genau dieselbe Farbe hatte wie die Haare von Opa Weiß. Keine Ahnung, ob er in Wirklichkeit mit Nachnamen Weiß hieß oder ob wir Kinder ihn wegen seiner Haare oder wegen des Softeises so getauft hatten. Oder wegen des weißen Kittels, den er immer trug und der je nach Tageszeit noch sauber war oder schon ein paar Flecken hatte. Die weißen Arztkittel von unserem Vater waren immer sauber und gebügelt, und ich hatte darauf noch nie einen Fleck gesehen.

Opa Weiß war kein Patient bei Papa, und ich wusste nicht, was er für Krankheiten hatte, aber vom vielen Rauchen waren seine Fingerkuppen schon ganz gelb, und auch seine weißen Haare schienen einen Niko-

54

tinschimmer zu haben. Seine Haut war grau, und die Pupillen lagen in rot geäderten Augen.

Endlich war es so weit, und Opa Weiß stoppte die Maschine. Die Waffel bei dem Softeis zu fünfzig Pfennig schmeckte viel besser als die beim kleinen zu dreißig, das wir normalerweise bekamen. Sie war viel knackiger. Opa Weiß griff zu den knackigen Waffeln und schwenkte mit einem Metalleisportionierer ins frische Softeis und drückte den Inhalt auf die Waffel. Ich beobachtete das jedes Mal ganz genau, denn was Opa Weiß da tat, war ja nichts anderes, als pures Glück und den Sommer in Portionen auf unsere Existenzen zu häufen. Dann schlenderten wir die Große Straße zurück und schleckten genüsslich unser Eis, und die Häuser am Horizont flimmerten in der Hitze. Und ich hatte ganz vergessen, dass Alexandra an diesem Tag gestorben war.

Super 7

Im selben Wohnzimmerschrank, in dem sich der vergilbte Pappkarton mit Papas alten Fotos befand, waren noch viele andere interessante Dinge: eine blaue Plastiktüte mit schwarzem Lavasand aus Lanzarote, wo Mama und Papa ohne uns Urlaub gemacht hatten, Papas Pistole, nutzlose Mokka-Silberlöffel von unseren Taufen, ein Tigerauge, das ich von meiner Patentante zur Taufe bekommen hatte, samt einem alten Goldstück, um das mich alle beneideten und das wir Kinder fälschlicherweise für sehr, sehr wertvoll hielten. Und die Super-8-Filme. Mehrere elfenbeinfarbene Boxen, in denen die schmalen Filmrollen nebeneinanderstanden, herausklappbar, beschriftet mit Papas geschwungener Handschrift.

»Wenn das Haus brennt, werde ich nach euch Kindern die Filme als Erstes retten!«, sagte Mama, und ich zweifelte nicht eine Sekunde an ihren Worten. Unsere Mutter, die Retterin des von Papa geschaffenen Familienheiligtums. Ein ratterndes, buntes, manchmal verwackeltes Familieneigentum, auf das das Wort Eigentum im eigentlichen Sinne passte. Denn auf den bewegten Bildern waren wir selbst, wir waren die

Hauptpersonen, die anderen Nebendarsteller oder Komparsen. Unser Vater war Produzent, Regisseur, Kameramann, alles in einer Person. Wir Kinder und Mama Darsteller und Publikum. Entweder hielt Papa beim Dreh einfach die Kamera auf uns drauf, wenn wir gerade am Reck turnten oder im Planschbecken badeten, dann war er Dokumentarfilmer, oder es gab eine kleine Inszenierung mit Regieanweisungen, von wo wir wann zu kommen und wohin wir zu gehen hatten, und er filmte uns, wie wir einen Maulwurf hinten im Garten würdig beerdigten, mit einem Ziegel als Grabstein, einem gebastelten Kreuz aus Holzspateln aus der Praxis, und wir Kinder standen da und beteten für den toten Maulwurf. In einem Film, der dem Adventskranz nach an einem zweiten Advent gedreht wurde, sollte sich ein Kind nach dem anderen bäuchlings auf den Boden legen, ich machte den Anfang, legte mich auf Papas Geheiß meiner Geschwisterposition entsprechend in die Mitte, dann kamen nach und nach die anderen. Da wir alle zufällig an dem Adventssonntag Rot trugen, lagen da fünf rotwangige und in rote Pullover gekleidete Geschwister nebeneinander, lächelten brav und fast ein bisschen schüchtern in die Kamera. Gerade die Farbe Rot stach auf den Filmen immer besonders heraus, wie auch Gelb, ein gelbes Ölzeug zum Beispiel knallte regelrecht, und ich hatte nicht den Eindruck, dass die Filme im Laufe der Jahre verblassten, im Gegenteil, eher dass sie knalliger und Wolken und Schwäne gelb wurden. Jetzt stellte Mama entsprechend der Regieanweisung die neue Spieluhr vor uns

57

hin, die wir alle eingehend studierten, und Papa zoomte heran, und die aufziehbare Spieluhr war von Nahem zu sehen, wie sie sich drehte, die Musik nicht zu hören.

Mein Vater schickte die vollen Filmrollen in speziellen, gefütterten, gelben Taschen an Kodak, und ein paar Wochen später kamen sie in ebenfalls gefütterten Taschen entwickelt zurück. Sobald er die Zeit dafür fand, holte Papa die Utensilien aus dem Wohnzimmerschrank und sichtete am Couchtisch das Material in einem kleinen Gerät mit einem Minibildschirm und einer Kurbel, schnitt mit einem speziellen Schneidegerät und klebte dann die Streifen zusammen. Dabei durfte man ihn nicht stören, aber ich liebte es, ihn aus entsprechendem Abstand bei dieser Handarbeit zu beobachten, die er, ein guter Filmchirurg, mit seinen schönen Händen fingerfertig verrichtete.

Irgendwann war er fertig, und aus mehreren kurzen Filmen war ein langer geworden, und es gab abends die Uraufführung. Der Zauber dieser Premieren! Dunkel musste es sein, was es im Sommer abends nie war bei uns hier im Norden, und so ergab es sich, dass die Filme eher im Sommer bei Tageslicht gedreht, aber in der dunklen Jahreszeit vorgeführt wurden. Alle sieben waren wir anwesend; Papa schaltete den Projektor ein, der sausend und brausend zum Leben erwachte, ein großes, erleuchtetes Rechteck mit abgerundeten Ecken erschien auf der ausrollbaren Leinwand, die extra für diese Zwecke hervorgeholt wurde. Wir Kinder lagen verstreut in den Ecken des Sofas, neben Mama, zu ihren Füßen am Boden, und Papa saß im Fernsehsessel, neben dem Projektor, der auf einem kleinen Beistelltischchen stand. Papa war Gott, der all das hier und den Film zum Leben erschaffen hatte. Wir redeten aufgeregt durcheinander, bis er endlich die Filmspule eingefädelt hatte, dann sagte unser Gottvater »Es werde Dunkel!«, und Mama löschte das letzte Licht der Stehlampe neben ihr. Wir wurden alle sehr still, und die Spannung stieg noch mehr an. Der Film begann, kein Vorspann, kein Text, kein Ton, außer dem heimeligen Rattern des Projektors, es ging gleich los, mitten hinein ins Leben, in Farbe. Und dann saßen wir sieben da im dunklen Wohnzimmer und guckten Super 8. Wir Kinder kreischten, wenn wir uns selbst sahen oder die anderen, und die festgehaltenen Momente, die doch Wochen, manchmal Monate zurücklagen, sie rückten wieder ganz nah. Auch wenn es Herbst war und eisiger Novemberregen an die Panoramascheibe des Wohnzimmers peitschte, wir waren am Strand und planschten in der Ostsee, und je mehr der Regen an die Scheiben trommelte, desto gemütlicher war es hier drinnen, wo wir gebannt auf die Leinwand starrten, die zurückwarf, wer wir waren und wie viele. Immer wuselte es auf der Leinwand, waren es mit Nachbarn und Freunden sehr viele Kinder, die sich bei uns Königs im großen Garten in Badesachen auf dem Rasen nass spritzten mit dem Gartenschlauch, die ein Zelt aufbauten, turnten, Kindergeburtstag feierten. Papas Filme waren nie langweilig, und das lag sicher nicht nur daran, dass wir auf ihnen zu sehen waren, sondern an seiner Begabung, Landschaft und Menschen einzufangen, auch Nahaufnahmen, an seiner

Gabe, uns zu kleinen Verrücktheiten vor der Kamera zu animieren, am Bierglas zu nippen, einen Handstand zu versuchen, ein Rad zu schlagen, zu tanzen, ausgelassen zu sein. Unser Vater filmte diese Momente, regte uns an, so zu sein wie immer, vielleicht etwas mehr als sonst auf die Tube zu drücken, denn es sollte ja ein Film werden, und wir waren uns des Besonderen der Situation durchaus bewusst. Wir inszenierten uns für das Surren der Kamera, die uns gerade anschaute und wahrnahm, für Papa, den Kameramann. Jeder versuchte ein paar Augenblicke auf dem Filmstreifen zu erhaschen, und ich frage mich, ob meine Geschwister bei den Filmvorführungen genauso wie ich darauf achteten, wie oft jeder im Vergleich zu den anderen im Film vorkam. Wir hatten die Konkurrenz mit der Muttermilch aufgesogen. Ständig war da ein mehr oder weniger spielerisches Kräftemessen und auch Buhlen um die Aufmerksamkeit unserer Eltern.

Als wir noch ganz klein waren und meine Mutter jeden Nachmittag einen Spaziergang mit uns »drei Lütten« machte, verteilte sie nicht nur die Zeiten, die man an ihren begehrten Händen gehen durfte, sondern auch fünfminütige Redezeiten, damit die Zwillinge ebenfalls mal zu Wort kamen. Wenn Claas dran war, stammelte er vor Aufregung: »Du, Mama ... äh ... du Mama.« Und hatte nichts zu sagen, woraufhin ich innerlich die Arme verschränkte und mich nur wunderte, warum ich für dieses Gestammel bitte schön stillschweigen sollte, wo ich doch so viel zu erzählen hatte.

Ein Super-8-Film von Papa zeigte den großen Kindergeburtstag meiner Schwester, als sie sieben wurde, alle Mädchen trugen Kleider und Kniestrümpfe, auch ich. Papa filmte kurz die Wettspiele im Garten, dann die Siegerehrung mit Preisverleihung. Seit die Gewinne auf dem Tisch ausgelegt waren, hatte ich mich auf einen kleinen Taschenspiegel mit Kamm in einer bunten Plastiktasche konzentriert und war froh, als die anderen Kinder, die vor mir lagen, sich alles Mögliche andere schnappten und meinen Taschenspiegel, zu meiner Erleichterung, aber auch leichten Verwunderung, links liegen ließen. Es blieben nicht mehr viele Preise übrig, und je weniger es wurden, desto intensiver fixierte ich Kamm und Spiegel, die kleine bunte Plastiktasche, als könnte mein Blick den Preis für mich reservieren, ja, ich sah ihn bereits in meinem Besitz, alles andere war nur eine Formsache. Und dann war Claudia, unsere Nachbarin, dran und griff sich mit einer geradezu obszönen Selbstverständlichkeit *meinen* Preis und strahlte, und ich fing an zu weinen. Papa jedoch hielt die Kamera gnadenlos auf mich, und ich hob vor Scham den Unterarm vor die Augen, um nicht gesehen zu werden von den anderen, von der surrenden Kamera, die mein Weinen, mehr noch die tiefe Frustration, für immer festhielt. Meine Mutter, die Wettkampfleiterin, versuchte mich zu trösten, ging kurz auf mich ein, aber es war wohl mehr ein Vertrösten, denn die Preisverleihung wurde fortgesetzt und ich samt meinem Kummer beiseitegestellt, und mein Bruder Claas, der Letzter geworden war, wurde jetzt von Mama auf das Gartentisch-Siegerpodest gehoben. Sie steckte ihm eine kleine

Trillerpfeife als Trostpreis in den Mund und knuffte ihn liebevoll in die Wange, und Claas freute sich, im Mittelpunkt zu stehen. Er nahm seinen Applaus, den er gar nicht als Trostapplaus zu empfinden schien, in Empfang. Ein König im Verlieren. Oder aber das Gewinnen und Verlieren war ihm nicht wichtig, und er freute sich darüber, dass er völlig unvermittelt zu einer Trillerpfeife kam und im Mittelpunkt stand, und seine Fröhlichkeit strahlte auf uns alle aus. Ein Claas im Glück. Und obwohl er der Jüngste war, schauten wir alle in diesem Moment zu dem Dreijährigen auf, auch ich fühlte, dass er mir haushoch überlegen war, und er war es bei jedem Abspulen des Filmes immer wieder.

Ein anderer Film auf einer anderen Spule zeigte den fünfunddreißigsten Geburtstag meiner Mutter, ihren Gabentisch, einen Strauß mit fünfunddreißig roten Rosen, schönes Rosenthal-Kaffeeservice, das sie sammelte, selbst gemalte Kinderbilder und lauter alte Erwachsene um sie herum, ihre Eltern, Schwiegereltern, und Frau Peters, die Witwe von Papas Vorgänger, war ebenfalls eingeladen. Meine Mutter, im weißen Etuikleid, schlank und braun gebrannt, ging einmal durchs Wohnzimmer im Bild, und die Kamera hielt ihren so anziehenden Gang fest. Sportlich-elegant, ganz in ihrem Körper zu Hause, nie schlurfend.

Wir Kinder hatten uns verkleidet als Cowboys und Indianer und führten für unsere Mutter ein kleines Theaterstück auf, in dem eine leere Weinflasche bei dem tonlosen Wortwechsel und den großen Gesten zwischen Irene und mir eine Rolle spielte, Feuerwasser. Mama saß da, die Kamera umkreiste zärtlich die Szenerie und hielt ihren Mutterstolz und ihr herzhaftes Lachen über ihre Kinder und das kleine wortreich-stumme Theaterstück fest. Meine Mutter lächelte flirtend in die Kamera, zu Papa.

Ich mochte es, wenn Papa Mama filmte und unsere Mutter wie ein Star auf der Leinwand zu sehen war, sie, die doch nach dem Abitur so gern Schauspielerin geworden wäre, was ihr aber ihr Vater, unser Opa, damals nicht erlaubt hatte. Auch Volkswirtschaft, wofür sie sich interessierte, durfte sie nicht studieren, das gehörte sich für ein Mädchen nicht.

Wenn unsere Eltern ohne uns in den Urlaub fuhren, dann brachten sie uns nicht nur die tollsten Mitbringsel mit, sondern auch ihre Urlaubsfilme. Wochen später konnten wir Kinder teilhaben an der Reise unserer Eltern nach Lanzarote, Teneriffa und Gran Canaria, wohin sie gemeinsam mit einer der Bridgefreundinnen von Mama und deren Ehemann, einem Bauunternehmer aus Schallerup, gereist waren. Papa filmte schon aus dem Flugzeug die Insel und den Vulkan, dann unsere Mama auf der Hotelterrasse. Sie wiederum filmte ihn am Pool in modischer Badehose, extra neu für den Urlaub angeschafft. Er filmte sie bei einem Ausflug vor Palmen und Kakteen, und beide wirkten sehr glücklich ohne uns, hatten Zeit für einander. Die Schallplatte mit der fröhlichen Musik einer Gruppe von Teneriffa lief ständig bei uns im Wohnzimmer und brachte die Sonne der Kanaren bis nach Schallerup.

Aber auch auf anderen Filmen war unser Papa ab und

63

zu und wenigstens für eine kurze Szene zu sehen. Wie er zum Beispiel mit Irene, Sven und mir im flachen Wasser der Ostsee unser Lieblingsritual spielte. Wir fassten uns im Kreis an den Händen und hüpften alle gleichzeitig hoch und riefen dabei die Wochentage. Montag, Dienstag, Mittwoch, Donnerstag, Freitag, Samstag, und bei Sonntag tauchten wir alle vier gemeinsam unter. Ein Heidenspaß.

Nicht selten gab es bei den Filmvorführungen Komplikationen, was die Super-8-Filme, kleine Mimosen, so interessant machte. Manchmal wurde der Projektor beim Abspielen auch zu heiß, und man konnte auf der Leinwand dem Bild beim Schmelzen zusehen, bis es braun wurde und der Film durchbrannte und es fürchterlich stank. Und unser Vater, der Filmvorführer und Filmnotarzt, reparierte schnell den Schaden, schnitt den Film mit einer Schere an der verbrannten Stelle ab und klebte ihn wieder. Nach einer uns ewig erscheinenden Wartezeit ging es weiter mit der Filmvorführung.

Am Ende der Welturaufführung eines neuen »Königlichen« Super-8-Filmes wurde begeistert applaudiert. Wir beklatschten Papa, der stolz schien, aber auch uns selbst, alle gegenseitig. Wir beklatschten die Erfindung dieser Filme, unser Dasein, uns als Familie. Wir beklatschten unser Leben, die Farbigkeit, wir beklatschten die Verwandten und Freunde.

Der krönende Abschluss bei den Super-8-Vorführungen war jedoch, dass Papa am Ende den Film rückwärts laufen ließ und ihn damit gleichzeitig wieder richtig auf die Rolle zurückspulte. Wir lachten mehr als bei *Dick und Doof*, denn das waren ja wir, die sich überschlugen, rückwärts rannten oder die Rutsche wieder raufflutschten, die Dünen hochrollten, bei denen sich die Gläser beim Trinken wie im Märchenwunderland wieder füllten und deren Dreiräder und Kinderfahrräder rückwärtsfuhren, wir, die alle Naturgesetze außer Kraft setzten und dank Papa zu kleinen Super-8-Helden und Komödianten wurden. Danach musste sich nicht nur der Projektor erst mal abkühlen, sondern auch unsere erhitzten Kinderköpfe und -körper.

Moll und Dur

Da Mama und Papa fanden, dass ich mich in der ersten Klasse zu sehr langweilte, kamen sie auf die Idee mit den Klavierstunden. Gefragt wurde ich nicht. Herr Turau war Patient bei meinem Vater und einziger Klavierlehrer in Schallerup. Also musste ich meinen Unterricht bei ihm nehmen. So wie bereits meine Schwester. Das Haus, in dem Herr Turau wohnte, war mit grauen Fertigplatten verkleidet, das Wohnzimmer im ersten Stock, in dem das Klavier stand, immer dunkel, vermutlich lag es gen Norden. Herr Turau war rheumakrank und sehr kurzsichtig, hatte einen Schrebergarten, und seine Frau schenkte Papa ab und zu ein Glas mit eingemachten Wachsbohnen, die er so gern aß. Frau Turau sah ich nur kurz zur Begrüßung, immer stand sie in ihrer Kittelschürze in der Küche, eingehüllt in einen Duft von gekochtem Essig. Im Wohnzimmer roch es nach Zigarre.

Von meinem Vater wusste ich, dass die Turaus aus Ostpreußen geflüchtet waren. Doch nichts in ihrem Wohnzimmer wies auf ein aufregendes Flüchtlingsschicksal hin. Und Flüchtlinge mit einem Klavier? Das erschien mir seltsam, wo doch immer alle Flüchtlinge nur das Nötigste mitnehmen durften und stets in ihren

Schilderungen noch den allerletzten Zug bekommen hatten, bevor der Korridor geschlossen wurde und die Russen kamen. Das Klavier war mittelbraun, und »A. Schütz und C. Brieg Pianoforte Fabrik« stand in der Mitte auf einem Messingschild. Drei Blüten rankten sich oben im Holz auf jeder Seite. Die weißen Tasten hatten inzwischen den Farbton gelblicher Zähne, vielleicht vom Zigarrenqualm. Herr Turau rauchte auch während der Klavierstunde und paffte von der Seite über die Tasten. Ein Aschenbecher stand links neben der Tastatur auf der kleinen Holzablage. Beim Klavierunterricht biss mich der Zigarrenqualm in die Augen, zwickte den Magen, und das dunkle Zimmer legte sich auf meine Kinderseele.

Trotz allem versuchte ich ein Allegro zusammenzubringen. »Noch mal«, hörte ich Herrn Turau von der Seite oder »Von vorn« oder »Da steht eine Achtel«. Punkte und Striche und Balken, deren tieferer Zusammenhang mir verschlossen blieb. Neue Worte lernte ich, wie Violinschlüssel und Bassschlüssel, aber ich verstand sie nicht, ebenso wenig die Erklärungen meines Klavierlehrers. Aber irgendwie lavierte ich mich durch, und ab und zu lobte Herr Turau mich für meine Musikalität. Mit seinem Bleistift schrieb er Bemerkungen an den Rand meiner Noten. »Nicht zu schnell!«, »Vorsicht, staccato!«, »Ruhig und besinnlich!«. Er hatte die typische Handschrift alter Menschen, zackig und krakelig.

Herr Turau war geduldig, freundlich, langweilig. So saß ich jede Woche stumm und steif beim Klavierunterricht. Erst kamen die Tonleitern und Etüden, dann die von mir mehr oder weniger geübten Stücke, und am Schluss der Stunde rückte er seinen Stuhl neben mich, und wir spielten vierhändig die *Ungarischen Tänze*, er unten, ich oben. Die Tänze brachten etwas Fröhlichkeit in das Wohnzimmer, ich stellte mir die ungarischen Mädchen in bunten Trachten vor, wie sie auf einer Blumenwiese unter einem blauen Himmel mit ihren Männern tanzten. Und die Männer waren so schön wie »Arpad der Zigeuner« aus einer meiner Lieblings-Fernsehserien.

Vielleicht mochte ich das Vierhändigspielen auch deshalb, weil es das Ende der Klavierstunde ankündigte. Dann packte ich schnell die Noten ein, als wäre *ich* auf der Flucht, und wenn ich das Haus meines Klavierlehrers verließ, erschien es mir draußen immer hell und sonnig.

Meine Klassenkameradinnen mussten kein Klavier lernen. Ich ging mit einigen von ihnen gemeinsam zum Blockflötenunterricht. Wir besaßen alle die gleiche Blockflöte aus hellem Holz von Hohner und spielten gemeinsam je nach Jahreszeit *Kuckuck, Kuckuck, ruft's aus dem Wald!* oder *Es ist für uns eine Zeit angekommen*. Der Unterricht war von der Kirchengemeinde organisiert und umsonst, dafür mussten wir auf Altenkaffees im Gemeindesaal vorspielen und die mit der krakeligen Handschrift erfreuen. Wir waren hauptsächlich optisch eine Freude. Zehn kleine Mädchen in Kleidchen, die Fingerchen auf den Löchern der Blockflöte, immer an den falschen Stellen atmend, nie genug Luft, und unsere Mädchenspucke flog wild durch die

Gegend. Genau genommen spielten wir nämlich nie gleichzeitig, sondern unserer Lehrerin, der grauhaarigen Fräulein Greve, deren obere Mundpartie dem Mundstück der Blockflöte seltsam ähnelte, immer hinterher. Unser Blockflötenspiel glich einem musikalischen Eierlauf, bei dem manche eher am Ziel ankamen. Warum die Alten von Schallerup trotzdem mit leuchtenden Augen dasaßen und tatsächlich hinterher klatschten, ich verstand es nicht. Vermutlich waren sie schwerhörig.

Beim Blockflötenunterricht in der Gruppe gab es viel zu lachen. Wir liebten es, uns mit den bunten Bürsten, mit denen die Blockflöten gereinigt wurden, gegenseitig am Nacken oder an den Waden zu kitzeln, und wenn eine aufkicherte, dann guckte Fräulein Greve jedes Mal bitter enttäuscht, dass wir ihr das Leben, das sie doch ganz in den Dienst der Kirchenmusik gestellt hatte, so schwer machten. Einmal ermahnte sie mich mit den Worten: »Clara König! Naja, kein Wunder bei dem Vater …«, und die anderen Mädchen guckten, wie ich reagierte. Als ich den Überbiss von Frau Greves Blockflötenmund hinter ihrem Rücken nachmachte, kicherten alle erneut. Frau Greve war nicht Patientin bei Papa, das wusste ich. Sonst hätte sie mich mit mehr Respekt behandelt.

Mein Klavierlehrer Herr Turau dagegen wurde nie zornig, war immer gleichmäßig ruhig in seiner Tonart. Moderato. »Wir üben nicht genug«, sagte er höchstens mal oder: »Das üben wir bis zur nächsten Stunde noch einmal ordentlich.« Für dieses *wir* hasste ich ihn.

69

So sprachen Erwachsene, vor allem Lehrer, alle, die es nicht selbst ausbaden mussten.

Mama erinnerte mich immer wieder daran, dass ich Klavier üben musste, oder fragte, ob ich schon geübt hätte, was dasselbe war. Sie versuchte zu Beginn noch, mir Notenlesen beizubringen, aber auch bei ihr verstand ich zunächst nicht, was ein schwarzer Punkt auf einer Linie oder zwischen zwei Linien bedeutete, auch wenn sie es immer wieder in einer strengen Art der Geduld erklärte. Meine Mutter hatte früher auch Unterricht gehabt, setzte sich inzwischen jedoch nur noch selten ans Klavier. Aber manchmal tat sie es, spielte aus ihren vergilbten Noten mit den Anmerkungen von ihrer ehemaligen Klavierlehrerin Sonaten von Mozart oder Beethoven, und ich war immer ein kleines bisschen irritiert, ja, befremdet von der Klavier spielenden Mutter, denn sie zeigte eine Seite von sich, die ich nicht kannte und nicht einordnen konnte.

Meine Schwester übte im Gegensatz zu mir regelmäßig und fleißig und machte entsprechende Fortschritte. Sie war es auch, die vorspielte, wenn wir Besuch bekamen, ich wurde erst gar nicht gefragt. Und weil es mir einfach keinen Spaß machte bei Herrn Turau, blieb ich in einer ewigen Anfängerschleife hängen. Ich spielte meist nur die mir bekannten Lieder runter, war aber nicht bereit, die neuen Stücke so richtig zu üben. Vielleicht weil ich das Gefühl hatte, gegen meine Schwester nicht anzukommen, ihr Vorsprung entmutigte mich, war nicht Ansporn wie bei anderen Dingen. Mein Vater fragte mich dann manchmal mit einem leicht generv-

70

ten Unterton, ob ich bei Turau eigentlich auch mal ein neues Stück lernte.

Ganz anders als der Klavier- und Blockflötenunterricht verlief das Musizieren bei uns zu Hause, wenn sich Papa am frühen Abend ans Klavier setzte, losspielte und wir Kinder, manchmal auch Mama, uns bei ihm einfanden und mit ihm sangen. Wir hatten keine Wahl, die Auftakte am Klavier waren wie der aufwärmende Dauerlauf am Strand nach dem Schwimmen ein Ritual, dem man sich nicht entziehen durfte. Unser Vater wollte jetzt gern Hausmusik machen, und wir hatten seinem Wunsch zu folgen, was wir aber gern taten, zumal er uns mit unseren Lieblingsliedern lockte, Seemannslieder mit krachenden Refrains oder Weihnachtslieder aus einem bestimmten Liederbuch, das er aus Schweden hatte. Es waren englische Lieder, »großartig gesetzt«, wie Papa immer wieder betonte, und »wunderbar illustriert«, und wir kannten diese englischen Lieder noch besser als die deutschen, auch wenn wir die Texte natürlich nicht immer verstanden. Der Advent begann bei uns pünktlich Ende Oktober, ab da ging es los mit den Weihnachtsliedern, die wir alle aus dem Effeff konnten.

Papa war die Wucht am Klavier. Ich liebte es, seine Hände über die Tasten tanzen zu sehen, seine Sicherheit auf dem Instrument, sein Improvisieren, als wäre er in seinem Element, als gäbe die Musik ihm etwas, was ihm das Leben verwehrte, als wäre es leicht, in der Musik glücklich zu sein, so wie es leicht war damals in Schweden. Die Musik lenkte ihn ab vom ewigen Regen und der frühen Dunkelheit da draußen in seiner neuen Heimat, wo er jetzt festhing mit uns und dieser Praxis, die ihn wiederum ans Haus nagelte, und vielleicht zweifelte er auch manchmal an der Entscheidung, sich ausgerechnet in einem Kaff wie Schallerup, fernab allen kulturellen Lebens, als Landarzt niedergelassen zu haben. Musik machte ihn froh, lebendig, gab ihm etwas zurück, was er irgendwo unterwegs verloren hatte, und auch wenn es nicht ausgesprochen wurde, irgendwie spürten wir es alle und versuchten unseren Vater durch das Mitsingen aufzumuntern. Wir besangen daher die Natur, den Mai, den Sommer, Advent und Weihnachten, den Abschied vom Winter, wir besangen den Frühtau, die Berge, den Kuckuck, den Esel, die Sehnsucht der Seemänner nach ihrer Heimat und der Liebsten, wir besangen den Mond, den Wald, die Liebe, das Leben, die holde Kunst. Wir besangen uns als singende Familie, und selten spürte ich das Zusammengehörigkeitsgefühl so stark wie in diesen Stunden am Klavier.

Draußen bleiben

Es gab bei unseren Besuchstouren manchmal Patienten, zu denen ich nicht mit reindurfte, und Papa bereitete mich schon bei der Anfahrt auf das Haus darauf vor: »Hier musst du bitte gleich im Auto bleiben! Ich beeile mich.« Ich wusste dann, dass es sich um sehr ernste Krankheiten handelte, und meine Anwesenheit entweder von den Patienten nicht erwünscht war oder mein Vater mich schonen wollte, weil es offene, unappetitliche Wunden gab.

Wenn Patienten am Wochenende oder nach Feierabend an der Praxistür klingelten, musste jemand von uns hingehen und sie ins Wartezimmer bitten, denn ein Arzt empfing seine Patienten nicht selbst an der Tür. Ein Arzt musste immer gerufen werden. Ich hasste es, wenn jemand da stand, der eine blutende oder eiternde Wunde hatte und verzweifelt fragte, ob »de Dokter« da war. Gerade vergangenen Samstag stand Frau Wohlsen mit ihren vier Kindern vor der Praxis. Ihr fünfjähriger Sohn Erik war mit seinem großen Zeh in den Rasenmäher gekommen, und sie hatte den Zeh in ein inzwischen blutgetränktes Taschentuch gewickelt dabei und fragte, ob Papa den wieder annähen könne, was er verneinte.

Erik weinte, und Papa machte eine erste Notversorgung und schickte sie nach Flensburg ins Krankenhaus weiter.

Ich konnte nicht gut Blut sehen und ekelte mich auch etwas beim Durchblättern der Arztzeitschriften im Wohnzimmer vor den abgebildeten Farbfotos mit schlimmen Wunden. Allerdings waren die Fotos immer in einer Reihe abgebildet und die Verstümmelung auf dem ersten Bild am schlimmsten, auf dem zweiten Foto, dank der Anwendung von Medikament XY, schon besser und meist auf dem dritten Bild, geheilt, sodass ich aufatmen konnte. Das dritte Bild war das gute Ende.

Allein im Auto beim Warten auf Papa wurde es irgendwann sehr langweilig, und mit der Langeweile kamen düstere Gedanken. Es war, als hätte das Haus der Patienten meinen Vater geschluckt und gäbe ihn nicht mehr heraus, als wenn ohne ihn die Zeit stehen geblieben wäre, mehr noch, als wenn sie sich endlos ausdehnte und ich dazu verdammt war, in diesem Auto auf dem Beifahrersitz ewig warten zu müssen, vaterseelenallein. Ich betrachtete die Armaturen, den stillgelegten Scheibenwischer, das verstummte Radio und fixierte zwischendurch immer wieder meinen Seitenspiegel. Umso erleichterter war ich, wenn ich endlich Papas leicht tänzelnde Schritte auf dem Kies hörte und meinen verloren geglaubten Vater im Rückspiegel sah, in seiner Hirschlederjacke, den Arztkoffer in der einen Hand. Und mit der anderen mir freudig zuwinkte, als hätte er mich auch vermisst.

Tante Rena war keine echte Tante, sondern eine Bekannte meiner Eltern, und auch sie besuchten Papa und ich regelmäßig. Was sie genau hatte, wusste ich nicht, es musste aber schlimm sein, denn ich durfte nicht mit rein und sollte draußen im Garten warten. Die Besuche bei ihr waren immer am Schluss einer Tour, bevor wir dann zum Mittagessen wieder pünktlich um halb eins zu Hause waren.

Tante Rena hatte ein Hexenhaus mit einem Bauerngarten und einem Teich mit Tierskulpturen. Nachdem ihr Mann gestorben war, trug sie Schwarz, was mich beeindruckte, und färbte sich die Haare rot, was Papa furchtbar fand, wie er am Mittagstisch Mama gegenüber sagte. »Rena sieht jetzt aus wie eine Emanze«, und ich fragte mich, was das war, eine Emanze. Nett klang es jedenfalls nicht. Tante Rena hängte ihren Mädchennamen an ihren Nachnamen an, was Papa erneut aufregte, und fuhr auf Mittelmeerinseln, von denen sie uns, der ganzen Familie, Postkarten schrieb. Das alles war inzwischen zwei Jahre her. Manchmal wurde unser Vater von Tante Rena außerhalb des festen wöchentlichen Besuchstermins gerufen, und Mama kam vom Telefon: »Rena hat wieder Schmerzen. Ob du mal nach ihr sehen kannst?« Papa stöhnte dann auf, denn Tante Rena wohnte weit weg, und er musste viele Kilometer über unsere kurvigen Landstraßen fahren, um zu ihr zu kommen. Mama sagte dann zu mir: »Clara, fahr doch mit und leiste deinem Vater etwas Gesellschaft.«

Tante Rena war ganz anders als meine Mutter. Gröber und fröhlicher. Sie kam uns immer tänzelnd auf

75

dem Plattenweg entgegen, beugte sich zu mir herunter, strich mir durch die Haare, als ob sie sich über meinen Besuch freute.

»Willst du so lange in den Garten gehen?«

Beide sahen mich an. Ich nickte. Das war natürlich besser, als im Auto zu warten.

»Ich hab die Hängematte für dich aufgehängt«, schlug Tante Rena vor, als hätte ich eine Wahl gehabt. Die Nachmittagssonne hinter den Blättern des Kirschbaums. Ich lag gern in der Hängematte. Ich blinzelte. Die Sauerkirschen waren rote Sterne an einem grünen Himmel. Bei uns zu Hause im Garten gab es nur Mirabellen. Ich mochte Mirabellen nicht besonders. Erst waren sie zu hart zum Essen, dann sauer, später schmeckten sie so fade wie die Nachmittage, an denen nichts passierte und keiner mit keinem richtig spielte, und am Ende des Sommers lagen sie tonnenweise matschig auf dem Rasen, und wir rutschten beim Federballspielen auf ihnen aus, und die Wespen kamen in Scharen.

Von der Hängematte aus konnte ich auch den kleinen Teich sehen, ein Teich ohne Fische. Wegen Melchior, Renas Kater. Manchmal kam Melchior zu mir in die Hängematte. Er wusste auch nicht, wohin mit sich. Wir waren beide ausgesperrt. Ich kannte nur Katzen, die Mohrle oder Peterle hießen. Ich mochte keine Katzen, aber Melchior war interessant. Er stellte seinen Schwanz hinten hoch und zeigte mir sein kleines, rosa Poloch, mit winzigen Fältchen.

Ich stieß die Hängematte leicht an, liebte die Schaukelbewegung. Wir hatten zu Hause zwar eine Hollywood-Schaukel, um die wir uns immer stritten, aber eine Hängematte ganz für mich mitten in einem Baum, das war noch besser. Schade, dass Tante Rena keine Kinder hatte, dann hätten wir gemeinsam hier im Garten spielen können wie bei Tante Anita, die Papa auch manchmal besuchte und wo wir Kinder zu den Behandlungen rausgeschickt wurden an die frische Luft und uns mit Verstecken oder Doktorspielen hinten im Garten zwischen den Sträuchern die Zeit vertrieben.

Ob Katzen sich auch langweilten? Ich streichelte über Melchiors Rücken. In dem Moment sprang er herunter, lief zur Haustür, kratzte ungeduldig. Vielleicht hatte es mit Tante Renas Krankheit zu tun, dass sie keine Kinder kriegen konnte. Es kam mir jedes Mal endlos vor, die Behandlung von Tante Rena in Krumby, bevor sie mit roten Flecken am Hals, die ich für ein Anzeichen ihrer schweren Krankheit hielt, auf die Terrasse trat und mir ein Glas Saft brachte oder Sirup mit Wasser gemischt. Bei allen anderen bekam ich immer zu Beginn des Besuchs was zu trinken. Und Papa kam lächelnd, strich mir über den Kopf und lobte mich, dass ich so brav gewartet hatte.

Und so, wie es die Besuche gab, bei denen ich draußen warten musste und ausgeschlossen war von Papas Tätigkeit als Arzt, so gab es auch manchmal Anlässe und Patienten, bei denen mein Vater mich gern dabeihaben wollte, als bräuchte er meine Gegenwart zur Unterstützung. An einem späten Nachmittag bat Papa mich, zu einem Extrabesuch mitzukommen. Es dämmerte schon, und Rehe standen auf den Äckern. Als Papa und ich das viel zu warme Schlafzimmer von Frau Hinrichsen mit der schlechten Luft betraten, lag sie da, hatte ein gerötetes Gesicht, und ihre weißen Haare standen wild ab, weiße Hautschuppen lagen auf der Haut, ihre Augen waren glasig und mehr grau als hellblau. Frau Hinrichsen war sehr alt und schon bei Dr. Peters, Papas Vorgänger, Patientin gewesen. Mein Vater strich ihr über den Unterarm.

»Wie geht es Ihnen?«, fragte er, und sie lächelte ihn selig an: »Ich höre schon die Engel singen, Herr Doktor!«

Ich blieb hinter Papa stehen. Frau Hinrichsen hatte sich stets gefreut, wenn ich mitkam, und ich hatte immer eine ganze Tafel Schokolade von ihr bekommen. Doch die Frau Hinrichsen, die ich kannte, die gab es nicht mehr. Hier lag ein anderes Wesen. In ihrem Nachthemd wirkte sie selbst schon wie ein zerzauster Engel. Sie, die so oft zu mir gesagt hatte »Ganz der Vater«, nahm mich heute überhaupt nicht mehr wahr.

Papa hatte sich zu ihr auf die Bettkante gesetzt, fühlte ihren Puls. Er holte aus seinem Arztkoffer Spritze, Nadel und eine Ampulle und gab Frau Hinrichsen eine Spritze in den Arm. Ich sah die Vene in der Armbeuge und guckte wie immer genau zu, als er die Spritze ansetzte, weil er es so sanft machte und es nie jemandem wehzutun schien. Frau Hinrichsen schloss die Augen, als mein Vater einen Wattetupfer auf die Armbeuge drückte, und dann machte er ein Pflaster auf den Einstich. Er drehte sich zu mir um, als sei ihm gerade wieder eingefallen, dass er mich ja gebeten hatte mitzukommen, und lächelte verlegen.

Dann erhob mein Vater sich und strich Frau Hinrichsen zart über den Kopf, mehr übers Haar, als segnete er sie, und wir gingen. Im Türrahmen drehte ich mich noch einmal nach ihr um. Sie wimmerte wieder, leicht, als habe sie einen Traum. Ohne dass Papa mir etwas erklären musste, wusste ich, dass das hier kein normaler Besuch war. Frau Hinrichsen lag im Sterben, sie würde diese Nacht vermutlich nicht überleben. Vielleicht war sie schon zur *Tagesschau* tot. Ich hatte noch nie einen sterbenden Menschen gesehen. Mein Vater redete noch kurz mit den Angehörigen, die unten im Haus wohnten, dann gingen wir zum Auto. Inzwischen war es dunkel geworden.

Auf der Rückfahrt war ich still, und Papa versuchte mich zu trösten: »Hast du gesehen? Sie war ganz glücklich, jetzt in eine andere Welt zu gehen.« Doch er merkte, dass mich das nicht aufmunterte, und vielleicht spürte er, dass es unangemessen gewesen war, eine Zweitklässlerin mitzunehmen, und er mich überfordert hatte.

Zu Hause durfte ich mir jedenfalls in Papas Sprechzimmer aus der Schublade mit den Werbegeschenken der Pharmavertreter etwas aussuchen. Das gab es nur zu besonderen Anlässen. Ich nahm Briefpapier von Ciba Geigy, bedruckt oben rechts mit einem Mädchen mit Zöpfen, das in einem Halbmond lag. Mein Vater legte noch eine Packung Filzstifte von La Roche dazu,

79

gab mir einen Kuss. Dann schickte er mich hoch, ich sollte Mama ausrichten, dass er gleich zum Abendbrot komme, er müsse noch kurz die Krankenakte ausfüllen. Als ich die Treppe hochging, hörte ich das typische Geräusch des Cognac-Korkens. Erst das Quietschen, dann ein leises Plopp. Ich kannte das Geräusch, wenn Papa sich oben im Wohnzimmer an der Hausbar einen Cognac einschenkte. Dass er auch hier unten in der Praxis eine Flasche aufbewahrte, wusste ich nicht, und es irritierte mich. Ich drückte das Briefpapier an mich, Papier hatte immer etwas Tröstliches für mich. Ich liebte weiße unbeschriebene Blätter und leere Hefte, manchmal ging ich einfach nur so in den Schreibwarenladen von Schallerup und blätterte in den Schulheften, strich über das Papier.

Fremde Zahlen, Buchstaben und Wörter

»One, two, three, four, five, six, seven, eight ...« Sie sprachen im Chor, alle drei, ihre tadellosen Zähne waren bei »one« und »three«, vor allem aber bei »six« zu sehen. Ihre Mädchenstimmen, das einzige Geräusch auf dem Weg von ihrem Sommerhaus zu unserem. »... nine, ten, eleven, twelve, thirteen, fourteen ...«

Sie konnten etwas, was wir nicht konnten, und staunend hörten Hendrik, Claas und ich ihnen zu, wie sie uns die englischen Zahlen bis hundert aufzählten. Immer wieder baten wir sie darum, und sie ließen sich nicht lange bitten und erklärten uns, dass es ganz einfach war, das System.

Wir waren in Dänemark, nicht dass wir die englischen Zahlen dringend gebraucht hätten. Hier waren andere Begriffe wichtiger wie »Öre«, »Krone«, »Tack«. Unsere größte Freude: in einem Land Urlaub zu machen, wo Rote Grütze mit Schlagsahne »rö grö med pissgeflö« hieß und wo das O einen diagonalen Strich hatte und dann Ö ausgesprochen wurde. Wo manche der Silbermünzen ein Loch in der Mitte hatten. Unsere Eltern nannten diese Geldstücke Lochkronen und redeten uns ein, dass sie mehr wert waren als eine Krone, damit sie bei unserem Ferientaschengeld schummeln konnten.

Wir hatten eine Reise gemacht, die uns Kindern endlos vorkam, wir hatten eine Grenze passiert und mussten unsere Pässe zeigen. Vaterpass, Mutterpass, Kinderpässe. Maike, Maren und Mechthild waren auch mit ihren Eltern über diese Grenze angereist.

»Fifteen.«

»Falsch! Fiveteen!«

»Nein, es heißt fifteen«, sagte Maike, die älteste der Klettenbachmädchen, so, dass kein Widerspruch galt.

»Aber warum?!«

»Darum!«

Die dänische Flagge wehte stolz und rot-weiß vor dem blauen Julihimmel.

»Sixteen, seventeen, eighteen, nineteen.«

Immer wenn man meinte, es gerade kapiert zu haben, änderte sich etwas.

»Twenty, twenty-one, twenty-two.«

Was beneidete ich die drei! Ich wollte auch englisch zählen können, zumal Mechthild sogar zwei Jahre jünger war als ich.

»Twenty-three.«

Warum sprachen sie »three« immer so affig aus? Drei Zungen schnellten hinter die Schneidezähne, ihr Gesicht blieb seriös, als wenn man es genauso machen müsste, als wenn es englisch wäre, affig zu sein.

»Twenty-four, twenty-five«

»Falsch! Twenty-fif!«

»Nein, jetzt heißt es wieder five. Die Ausnahme

ist fifteen.« Bei Englisch konnten wir sie nicht kriegen. Sie waren perfekt. Immer sahen sie aus, wie aus dem Ei gepellt mit ihren Bermudashorts und diesen Poloshirts und dazu passenden Söckchen und Sandalen. Na gut, ihre Eltern hatten ein Textilgeschäft. Wir dagegen liefen barfuß oder in Turnschuhen herum. Dafür hatten sie keine Brüder. Sie beneideten mich so um meine Brüder wie ich sie um ihre englischen Zahlen. Ich wusste, was mehr wert war. Brüder machten nur Ärger. Vor allem wurden sie einem bei den erstbesten anderen Mädchen untreu. Als wenn es mich nicht gäbe. Ich war noch überflüssiger als sonst. Ich hätte wie die dänische Fahne da oben am Fahnenmast im Wind flattern können, und es hätte Hendrik und Claas nicht die Bohne interessiert. Die Zahlen sagten Maike, Maren und Mechthild auch nur auf, weil sie meinen beiden kleinen Brüdern imponieren wollten. Ich war eifersüchtig, und zwar im doppelten Sinne. Die drei Klettenbachtöchter waren des Mädchenseins offenbar so überdrüssig und sehnten sich so nach Brüdern, meine Brüder wiederum waren geschmeichelt und setzten sich ihnen gegenüber witzig und charmant in Szene. Und Maren, die mittlere, die in meinem Alter war und eigentlich als Freundin für mich hätte taugen müssen, fand, das spürte ich genau, Hendrik und Claas viel interessanter. Deswegen war ich sauer auf die Klettenbachschwestern, die im Grunde nicht unsympathisch waren.

»Twenty-six, twenty-seven, twenty-eight, twenty-nine, thirty.«

83

Bei »thirty« stießen sie ihre kleinen roten Zungen kurz heraus und guckten schon wieder so affig englisch.

Meine jüngeren Brüder waren zweieiige Zwillinge. Was das genau bedeutete, wusste ich nicht, nur, dass man sie voneinander unterscheiden konnte. Hendrik hatte rehbraune Augen und braune Haare und feine Gesichtszüge. Er war fünfzehn Minuten älter als Claas. Der hatte einen Kullerkopf mit blonden Löckchen und blaue Augen wie Murmeln. Unsere Praxishelferin Katrin war ganz verliebt in ihn und nannte ihn immer »Mein Moppelherzchen«. Und auch bei meiner Mutter spürte ich einen besonderen Stolz auf ihre Zwillinge, diese kleinen Racker, das goldige Doppelpack. Sie trugen stets das gleiche Frottee-T-Shirt, die gleiche Badehose, den gleichen blauen Adidas-Trainingsanzug. Sie waren immer zusammen, untrennbar, sie kauften morgens gemeinsam Brötchen ein, sie spielten miteinander Quartett oder Fußball, sie gingen zusammen schlafen. Meine kleinen Brüder konnten tun, was sie wollten, sie waren immer niedlich. Sie waren in Mamas Erzählungen auch noch süß, wenn sie ins Bett machten, die Wände des Schlafzimmers im Sommerhaus mit Nivea-Creme beschmierten oder mit erhobenen linken Armen auf mich zugerannt kamen, die putzigen Linkshänder, um, auch das zu zweit, linkisch auf mich einzuschlagen.

»Fourty, fourty-one, fourty-two.« Wir zählten mit: »Fourty-three, fourty-four ...«
Englisch war babyleicht, bald konnten wir auch

Englisch. Was schwer war, war Dänisch. Eine gemütliche Geheimsprache, bei der alles im Mund herumgeschoben wurde zu einem Brei. Ich mochte Dänisch. Ich mochte Dänemark. Aber nicht, wenn die Klettenbachs auch da waren.

»Fifty.«

Maike sah bei »fifty« aus wie eine Trillerpfeife.

Gleich waren wir bei unserem Sommerhaus angelangt, und dort waren noch mehr Kinder: mein ältester Bruder Sven, meine Schwester Irene und Edith, die sechzehnjährige Tochter von Bekannten, die auf uns aufpasste. Dann waren wir neun, und wieder würde ich übrigbleiben, wenn wir zwei Mannschaften bildeten.

»Elefantenzahn, du bist Auswechselspieler«, würde Sven sagen, und alle würden lachen, bis auf meine Schwester, aber sie würde mich auch nicht verteidigen.

»Ja, genau, du bist Auswechselspieler bei den anderen«, sagte jetzt Claas, und wieder lachten alle, bis auf Irene.

»Nein, bei euch«, erwiderte die gegnerische Mannschaft.

Es war, als wenn die Gehässigkeit sie alle befallen hätte wie eine ansteckende dänische Kinderkrankheit. Sonst waren meine Geschwister nicht so gemein. Doch bevor ich losweinte, sprach Edith ein Machtwort: »Seid doch nicht so fies. Ich bin Schiedsrichter, und Clara spielt bei euch mit.«

Doch schon bald hieß es: »Aab, du bist aab!«

Ich hasste Völkerball und wie sie alle auf einen zeigten. »Berührt! Warzenschwein, du bist ab.« Gedemütigt verließ ich das Feld, ich war kein Gewinn für die Mannschaft. Warum nur waren wir immer so viele Kinder! Je mehr wir wurden, desto mehr waren gegen mich.

Wer hat Angst vorm schwarzen Mädchen? Ene, mene, muh, raus bist du! Herr Fischer, Herr Fischer, wie weit dürfen wir gehen? Warzenschwein, du gehst bitte ganz allein zurück! Zehn Schritte! Du darfst nicht vor!

Wir spielten mit den Klettenbachmädchen hinter unserem Sommerhaus. Ein kleines, schwarzes Holzhaus mit dem Namen »Koldinghus«. Es hatte vorne eine Treppe und eine Veranda. Dort saßen meine Mutter und die Eltern von Maike, Maren und Mechthild, Tante Helga und Onkel Rolf. Sie rauchten und tranken Kaffee, froh, dass wir Kinder so schön miteinander spielten.

Die Klettenbachtöchter hatten natürlich keine Warze an der rechten Hand wie ich. So sehr hatte mich die Warze bisher gar nicht gestört. Mama hatte gesagt, die würde schon wieder von allein verschwinden, und Papa, das wäre doch sehr praktisch, denn so könne ich mir endlich merken, wo rechts und wo links sei. Den Spitznamen »Warzenschwein« fand ich gemein. Genauso wie »Elefantenzahn«. Ich konnte doch weder etwas für meine Warze noch für meinen ziemlich schief vorstehenden Schneidezahn. Und es war mein großer Bruder Sven, der mir sonst noch nie etwas getan hatte, aber in diesen Sommerferien beide Namen für mich erfunden hatte, die an mir klebten wie Teer an den Fußsohlen.

86

Wenn Papa da gewesen wäre, hätte Sven sich das nicht getraut. Aber mein Vater war weit weg. Mein Vater kam nur am Wochenende. Wochentags war er in der Praxis, das Geld für die Großfamilie verdienen, damit wir an der Nordsee Urlaub machen konnten in einem gemieteten Sommerhaus aus Holz. Im so gesunden Reizklima. Nur damit wir Kinder im Winter keine Erkältung bekamen, musste ich an die Nordsee. Mein Vater schaffte die Voraussetzungen dafür, dass ich litt. Ohne seine Anwesenheit war nämlich das ganze Familiengefüge aus dem Gleichgewicht. Meine Mutter war ja, abgesehen von Edith, mit uns Kindern allein, und es gab hier im Sommerhaus weder Waschmaschine noch Trockner noch eine Spülmaschine. Es war ziemlich viel zu tun, wobei ihr von uns Kindern vor allem Irene immer wieder half, aber mir warf Mama vor, dass ich faul sei. Im Vergleich zu meiner sehr fleißigen Schwester war ich das sicher, aber Mama, so empfand ich es, entzog mir deswegen ihre Schutzmacht, und ich fühlte mich, vaterlos, von Montag bis Freitag der Willkür der anderen ausgesetzt. Nur so konnte es dazu kommen, dass mich meine Geschwister, hinter Mamas Rücken, in diesen Sommerferien wie eine Außenseiterin behandelten, bis ich es tatsächlich war.

Am Vortag hatten Sven und Irene, als wir drei alleine hinterm Haus waren, zu mir gesagt, dass ich adoptiert sei. Erschrocken, ungläubig und doch getroffen hatte ich meine beiden älteren Geschwister angesehen und versucht zu widersprechen. Sie suhlten sich dabei wie die Schweine in meiner Unsicherheit. Einerseits sah ich meinem Vater so ähnlich, und alle Welt betonte das auch immer wieder, andererseits hatten sie vielleicht doch recht. Sie behandelten mich anders, wie eine Aussätzige. Vielleicht war das die Erklärung für alles. Ich war adoptiert. Als ich sagte, ich würde Mama fragen, lachten sie mich aus, ob ich wirklich glaubte, dass Mama das jemals zugeben würde? Erst als ich weinte, gestanden sie, mies grinsend, dass es nur gelogen war. Am liebsten wäre ich ihnen um den Hals gefallen vor Erleichterung.

Ans Meer war es ein Marsch von gut zehn Minuten durch die Dünen; das war mühsam, wir versanken im tiefen Sand, spürten jeden Schritt. Hinter den Dünen lag der Strand und dahinter die graugrüne Nordsee. Die Nordsee war rauer und mir nicht ganz geheuer. Wir tobten in den Wellen, tauchten durch sie hindurch und ließen uns von ihnen wieder ans Ufer zurücktreiben. Dabei machte ich manchmal die Augen auf, sah, wie Algen und Gräser durcheinandergeworfen wurden. Ein seltsames Meer, immer in Bewegung und aufgewühlt.

Auf die Kinderfrage, woher wir kamen, wurde nicht mit dem Klapperstorch geantwortet, sondern unser Vater sagte, wir wären »aus dem großen Teich« gefischt worden. Wenn wir dann nachfragten, was das für ein Teich war und wo er sich befand, hüllte Papa sich jedoch in allwissendes Schweigen. So blieb mir nichts anderes übrig, als mir so was Ähnliches wie unseren Angelteich vorzustellen, den Papa eine Zeit lang mal für einen Spottpreis von einem Patienten gepachtet hatte. Ich war vielleicht drei Jahre alt und begleitete meinen Vater, wie so oft, bei seinen Unternehmungen. Wir standen auf dem Holzsteg, Papa die Angel in der Hand, ganz versunken in Gedanken, vielleicht auch konzentriert auf einen Fang, jedenfalls nicht auf mich. Ich sah plötzlich nur noch Grün vor mir, schmeckte den erdigen Geruch des Teiches, musste Mund und Augen weit geöffnet haben, während ich im Wasser abwärtssank, es waren vermutlich nur Sekunden, bis mein Vater reagierte, aber diese Sekunden waren voller Wundern und Staunen über diese andere Welt. Dann zog es schmerzhaft an meiner Kopfhaut, und ich spürte, wie ich von einer Hand an den Haaren aus dem Teich wieder herausgezogen wurde. Ich schnappte nach der Frühlingsluft, sah einen hellblauen Himmel, im Kontrast zum intensiven Teichgrün noch strahlender. Aus mir und meiner Kleidung tropfte überall Wasser, dann weinte ich los.

Manchmal hatte ich Angst, im aufgewühlten Nordseemeer keinen Grund mehr zu finden, nicht mehr hochzukommen an die Oberfläche. Wäre irgendjemand in der Familie, abgesehen von Papa, traurig über mein Ertrinken? Würde mein großer Bruder es bereuen, mich in diesen Sommerferien Warzenschwein und Elefantenzahn getauft zu haben? Und meine Schwester, dass sie mich nicht in Schutz genommen hatte? Würden meine kleinen Brüder auf einmal merken, was sie an mir hatten und wie viel mehr man mit mir anfangen konnte im Vergleich zu den Klettenbachhühnern? Würden auch die Klettenbachmädchen ein schlechtes Gewissen bekommen, weil sie mich aufgrund meines

Geschlechts links liegen gelassen und sich mangels eigener Brüder so viel mehr für Hendrik und Claas interessiert hatten? Und meine Mutter? Würde sie um mich weinen, obwohl ich ihrer Meinung nach manchmal faul war? Ich hatte sie noch nie weinen gesehen. Ich war sicher, dass meine Schwester mich ein kleines bisschen vermissen würde und dass mein großer Bruder ein schlechtes Gewissen hätte und meine Mutter traurig wäre. Aber ich war nicht tot, ich war lebendig, und sie waren alle so wie immer. Meine Rettung war das Wochenende.

Ich stand am Freitagmorgen schon mit einem anderen Gefühl auf. War in freudiger Erwartung. Noch einen Vormittag und eine Mittagsstunde und dann, dann kam er ganz bald, wenn es keinen Stau an der Grenze gab. Wir Kinder gingen am Nachmittag vor an die Straße. Am Horizont flimmerte der Asphalt, und es sah aus, als läge dort das Meer, dabei befand es sich doch in der anderen Richtung, hinter uns. Manchmal schien auch ein weißer Peugeot aufzutauchen aus dem flimmernden Meer, doch auch das trog, war eine Vatermorgana. Hoffentlich war Papa nichts passiert auf der langen Autofahrt, das wäre das Schlimmste. Dann gingen wir wieder zurück und warteten vor dem Sommerhaus, bis der weiße Peugeot endlich vorfuhr. Papa sprang heraus, gut gelaunt. Zehn Kinderarme, fünf Kinderzungen begrüßten einen Roman König freudig und würdig.

»Papi! Papi ist da!«

Wie schaffte ich es, inmitten dieses Knäuels, dieses

90

Armdrangs, doch als Erste auf seinem Arm zu sein?
Suchten seine Arme auch mich? Er warf mich hoch in
die Luft. Mein Vater liebte mich. Mein Vater lachte.
Er war immer braun gebrannt und trug im Sommer
weiße Hemden mit halbem Arm. Am Wochenende
Jeans und Tennisschuhe, er hatte eine schwarze Brille
und roch meistens sehr gut. Der Beste aller Väter hatte
im Kofferraum leckere Sachen zu essen für alle und
Alkohol für die Erwachsenen mitgebracht, denn Bier,
Wein und Cognac waren sündhaft teuer in Dänemark, und man musste die Flaschen über die Grenze
schmuggeln, versteckt unter frischer Bettwäsche in
den Wäschekörben.

»Papi, ich kann schon auf Englisch zählen!«

»Na dann los!«

»One, two, three«, ich versuchte es richtig auszu-
sprechen, ohne dabei affig auszusehen, »four, five, six,
seven, eight, nine, ten, eleven, twelve, threeteen, fourteen, fifteen – das heißt nämlich fifteen und nicht fiveteen –, aber das ist auch schon alles, was schwer ist an
Englisch.«

»Und es heißt thirteen«, verbesserte mich mein Vater.

Längst saßen wir auf der Veranda und ich, nachdem
sich auch meine Eltern endlich begrüßen durften mit
einem Kuss, auf Papas Schoß. Aus dem Warzenschwein
war eine Königstochter geworden.

Wenn mein Vater am Wochenende da war, konnte
Mama sich mal etwas erholen und ausgiebig Mittagsstunde machen. Er ging dann mit uns Kindern angeln
oder fuhr mit uns Blaubeeren oder Pfifferlinge sammeln.

91

Mein Vater liebte die Augsburger Puppenkiste, und beim Autofahren war es das Schönste, gemeinsam den Blechbüchsenmarsch zu singen.

>Zwei, drei, vier
marschieren wir,
im schnellen Lauf,
den Berg hinauf,
oben dann,
alle Mann,
schauen wir, wo Feind ist.
Allerdings
sehen nix,
General auf einmal
schreit Hurra,
der Feind ist da,
jawoll Blechbüchsen roll, roll, roll!
Ja, da geht's schepper, depper, depper, roll,
jawoll,
ja, da geht's schepper, depper, depper, roll!«

Papa fuhr dann das Auto auf den ausgestorbenen dänischen Landstraßen in Schlangenlinien von der rechten zur linken Straßenseite und hupte wie im Lied zu »Jawoll«, und wir Kinder kugelten uns vor Lachen.

Abends saßen wir auf der Veranda alle im Halbkreis um Papa herum und sangen, mangels Klavier, zur Gitarre. Er stimmte kurz die Saiten und gab dann den ersten Ton vor. Ich fand Gitarre schön und fragte mich, was wohl hinter dem großen Loch in der Mitte war. Dunkel sah es in der Gitarre aus, außen war sie aus hellem Holz. Ich liebte es, wenn eine der schönen Hände meines Vaters die Saiten griff und die andere sich locker über dem Loch ausschüttelte. Manchmal zupfte diese Hand auch nur an einer Saite, und es war verrückt, wie aus einer Angelschnur ein Ton kam. Noch wundersamer waren die Liedertexte. Bei den englischen Liedern sang ich so, wie ich es mir gemerkt hatte: »Wänn Ei kähm fromm Alabama wiß mei Bänjo on mei niee.« Was sollte das heißen? Oder dieses Lied vom Hamburger Veermaster: »Ick heff mol en Hamborger Veermaster sehn, to mei hoda, to mei hoda ...« Was bedeutete dieses »to mei hoda?« Es war und blieb ein Rätsel. Eines meiner Lieblingslieder, und auch das von Oma, war »Kein schöner Land in dieser Zeit, als hier das unsre weit und breit, wo wir uns finden, wohl unter Linden zur Abendzeit«. Ich liebte die Melodie, aber dann das in der letzten Strophe! »Nun Brüder, eine gute Nacht!« Und was war mit mir und meiner Schwester? Auch bei *Der Mond ist aufgegangen* hieß es in der allerletzten Strophe: »So legt euch denn, ihr Brüder, in Gottes Namen nieder!« Es gab keine Mädchenlieder. Das fand ich gemein. Die Seemannslieder liebten wir deshalb, weil wir da aus vollem Hals mitgrölen konnten. »Der Käptäen, der Stürmann, der Bootsmann und ich, ja, wir sind Kerle!« oder »Alle, die mit uns auf Kaperfahrt fahren, müssen Männer mit Bärten sein. Jan und Hein und Klaas und Pit, die haben Bärte, die haben Bärte«. Diese Lieder hatten wie *Wir lieben die Stürme*

93

mitreißende Melodien, versprachen ein aufregendes Leben, wenn man seine Heimat verließ und auf Seefahrt ging. Doch Abenteuer und Weite und große Reisen, das gab es nur für die Männer, und wir durften höchstens unseren Liebsten heimlich in die Kammer hereinlassen, während die Eltern schliefen. Ich wollte aber absolut niemanden nachts bei Sturm heimlich durch die Hintertür ins Haus reinlassen und schon gar nicht in mein Zimmer. Ich bekam immer eine leichte Gänsehaut bei *Dat du meen Levsten bist*, fand die Melodie aber sehr schön. Am liebsten jedoch mochte ich die Lieder, bei denen mein Vater die Strophen umgedichtet hatte. Egal, ob zu Hause am Klavier oder im Urlaub zur Gitarre, am Ende sangen wir alle immer das Familien-Gute-Nacht-Lied zur Melodie von *Auld Lang Syne*, mit dem wir musikalisch zu Bett geschickt wurden:

> »Die Hottepferde schlafen schon,
> es schläft die kleine Maus,
> es schläft der Fuchs in seinem Bau,
> der Hund in seinem Haus.
> Auch Hendrik muss
> nun schlafen geh'n,
> die Äuglein werden klein,
> er kriegt noch einmal Hustensaft
> und schläft dann langsam ein.«

Hendrik, der sich bei der Strophe immer stolz reckte und dabei sein unwiderstehliches Lächeln hatte, das ihn von innen erleuchtete, stand in diesem Lied für uns alle.

94

Das kapierten wir, und mit einem Gefühl des Besondersseins, aber auch einer wohligen Geborgenheit endeten für uns die Tage.

Im Wohnzimmer des Sommerhäuschens war es immer noch hell und gemütlich in der Abendstimmung, es wurde ja kaum dunkel hier im Norden. Mama saß auf einem der Rattanstühle mit den hellblau geblümten Sitzkissen. Die geschmuggelte, grüne Whiskeyflasche der Marke »Black & White«, auf deren Etikett ein weißer und ein schwarzer Hund abgebildet waren, stand auf dem Tisch. Es war nach acht und die Zeit der Erwachsenen angebrochen. Meine Mutter duftete. Sie trug ihre Perlenkette, und über ihrer Narbe am Unterarm funkelte der goldene, mit roten Steinen besetzte Armreif, den Papa selbst entworfen und von einem Juwelier hatte anfertigen lassen. Die Narbe hatte Mama von einem Autounfall, als sie und Papa nach der Geburt von Sven mal ein Vierteljahr lang in Schweden gelebt hatten, den Armreif bekam sie letztes Weihnachten von Papa geschenkt und war ganz aus dem Häuschen vor Freude. Der Armreif war einer Göttin Freya würdig.

Mamas Lippen waren rosa geschminkt und umschlossen den beigen Filter der weißen Zigarette. Sie inhalierte, und die Nasenflügel ihrer sehr geraden Nase bewegten sich. Dann kam aus ihrem Mund der Rauch heraus, grau und in einer scheußlichen Farbe, die ganz anders war als der Rauch der Zigarette, solange sie im Aschenbecher lag. Wenn Mama die Zigarette ablegte, war diese am Filter satt mit Lippenstift beschmiert.

Mama trug ein Twinset, und ich beneidete sie darum. Wenn ich groß war, wollte ich auch so schöne Kleider tragen wie sie. Die Strickjacke lag locker über den Schultern, darunter war in demselben Gelb ein ärmelloses Oberteil. Sie trug Leinenhosen und passende Leinenschuhe. Ihre Arme waren bronzefarben und am Oberarm eine dünne, weiche Puddingschicht, die ich liebte. Meine Mutter sah mit ihrer geraden Nase ein bisschen aus wie Kleopatra auf der Hülle meiner Märchenplatte, nur blond. Ich wusste, dass Mama ihre Untertanen jetzt gerne endlich im Bett haben wollte. Sie hatte ihr Tagwerk getan mit uns Kindern und dem Kochen, Waschen, Abwaschen. Sie wollte jetzt »abschalten«, wie sie sagte. Und das ging nur ohne Kinder. Aber mit befreundeten Erwachsenen, die aus Flensburg zu Besuch kamen, ging es am besten. Abschalten, das hieß, dass die Erwachsenen dann im Wohnzimmer auf den Rattanstühlen saßen, redeten, rauchten, tranken, Witze erzählten, bei denen die Männer anders lachten als die Frauen, und je später es wurde, desto häufiger kam ein »Pschttt! Die Kinder schlafen!«, und desto doller wurde gelacht.

»Jetzt aber ab ins Bett.«

»Darf ich noch die nächste anzünden?«

Meine Mutter lächelte.

»Na gut.«

Ich hielt ihr die Packung hin, sie fischte eine Zigarette heraus, steckte sie in den Mund. Beim Anzünden kam ich ihr ganz nah, sah, wie sie inhalierte und sich die Zigarette vorne in rote Glut verwandelte. Mama ließ den Rauch aus Nase und Mund fahren, dann holte sie Luft und sagte: »So, danke, Schätzchen. Und jetzt gute Nacht. Schlaf gut.«

Ich küsste sie auf ihren Lippenstiftmund, der nach Himbeere und Lolli schmeckte.

»Gute Nacht, Mama.«

»Hast du die Zähne schon geputzt?«

»Nein, muss ich noch.«

Im Badezimmerspiegel betrachtete ich meinen schiefen, leicht vorstehenden Schneidezahn, die kurzen schwarzen Haare, die dunklen Augen. Nichts zu machen: Wir waren so verschieden wie die zwei Hunde auf dem Etikett der »Black & White«-Flasche, und die Wahrscheinlichkeit, eines Tages so schön zu werden wie meine Mutter, war gering.

Mit einem Seufzer griff ich zur Zahnbürste. Drei Minuten – eine Ewigkeit! Ich kürzte sie wie immer ab, pro Zahn zwei, drei Sekunden, das musste reichen. Ich zählte auf Englisch. Bei »thirty« spritzte der Schaum so schön auf den Spiegel. Und noch mehr bei »thirty-three«.

Dann ging ich ins Bett, aber weil man in diesem hellhörigen Holzhaus einfach alles mitbekam, hörte ich noch, wie Papa unten im Wohnzimmer seine geschmeidige, etwas höhere Partystimme bekam und die Runde mit irgendwelchen Storys und Anekdoten unterhielt. Er schien sich immer mehr zu steigern im Laufe des Abends, war in seinem Element, das Lachen wurde immer lauter, die Intervalle immer kürzer. Papa, der Partylöwe, der Entertainer, der charmante,

97

geistreiche Gastgeber. Irgendwann schlief ich trotzdem ein.

Doch nachts wurde ich wieder wach, wenn Mama und Papa und ihre Freunde sich laut voneinander verabschiedeten. Und dann hörte ich manchmal aus dem Schlafzimmer meiner Eltern noch Geräusche, oder ich belauschte einen Streit. Ich verstand nicht genau, um was es genau ging, aber am Tonfall und dem Hin und Her von kurzen, harten Sätzen, die abwechselnd fielen, als spielten sie Ping-Pong mit Worten.

Vor ein paar Wochen hatte es beim Abendbrot einen heftigen Streit zwischen Mama und Papa gegeben. Wir fünf Kinder sahen dann *Percy Stuart* im Fernsehen, aber meine Eltern hatten sich hinter der Schlafzimmertür weitergestritten. Dann bekamen wir auf einmal mit, wie Mama im Mantel mit einem Halstuch um und ihre Handtasche an sich gedrückt zu ihrem VW-Käfer hastete. Hendrik, Claas und ich liefen ihr aufgeregt hinterher. Vorher hatte meine Mutter einen Gesichtsausdruck gehabt, der mir Angst gemacht hatte, doch jetzt, als wir, ihre drei Lütten, schluchzend in der Garage vor ihr standen und sie anflehten, nicht wegzufahren, schien sie gerührt und sah uns voller Liebe an. Mich irritierte das eng um den Hals gebundene Tuch, denn so was trug sie normaler Weise nicht, und ich ahnte, dass das Halstuch nicht der modischen Verschönerung diente, sondern etwas verbergen sollte.

»Hat Papa dir was getan?«, fragte ich.

»Kinder, ich muss hier weg heute Nacht. Das kann ich mir nicht länger bieten lassen«, sagte sie.

»Aber du kommst doch wieder zurück zu uns?«

Sie nickte, lächelte, als wolle sie sich und uns Mut machen, und ich wusste, dass ich mich auf das Wort meiner Mutter verlassen konnte. Nachdem wir sie noch gefragt hatten, wohin sie wolle, und sie »Nach Dellwig, zu Oma und Opa« gesagt hatte, ließen wir sie fahren. Und ich habe nie vergessen, wie leid mir meine Mutter in dem Moment tat, dass sie niemanden sonst hatte, zu dem sie gehen konnte, und wie ein verlorenes Kind bei ihren Eltern Schutz suchte und es keinen anderen sicheren Ort für sie zu geben schien.

Zurückgekehrt ins Haus straften wir unseren jetzt kleinlaut im Wohnzimmer sitzenden Vater mit bösen Blicken und Schweigen. Er saß vor dem Kamin mit einem Glas Bier und grinste schuldbewusst, wie ein großer Junge. Der Fernseher war aus, und Sven und Irene hatten sich auf ihre Zimmer verzogen.

Die Scham

Nach den Sommerferien zu Beginn des neuen Schuljahres war ich immer in Hochstimmung. Es gab neue Bücher, die wunderbar rochen und eingeschlagen werden mussten in ganz festes rauchblaues Papier, und es gab viele unbeschriebene Hefte, kariert und liniert. Das Klassenzimmer war frisch geputzt und die funkelnden Fensterscheiben bereit für unsere Basteleien aus Buntpapier, Birnen im Herbst, Sterne im Advent, Tulpen im Frühling. Es gab neue Lehrer und Stundenpläne, eine andere Sitzordnung. Alles war offen, die Welt wurde neu sortiert nach den großen Ferien, und jeder bekam eine neue Chance oder zumindest die Illusion davon. Ich mochte diese Zeit. Gemeinsam mit Mama schlug ich meinen Stapel Schulbücher ein, und sie lobte mich, wie ordentlich ich das machte. Ich beschriftete die Etiketten auf Büchern und Heften, füllte einen Stundenplan aus mit meinem Füller und spitzte den neuen Bleistift an, obwohl er schon ganz spitz war, spitzte so lange, bis er abbrach und ich nun wirklich einen guten Grund hatte, ihn wieder anzuspitzen. Ich hatte mir von meinem Taschengeld ein neues Radiergummi gekauft, das nach Apfel roch, und der Apfelduft blieb an den

Fingern kleben, noch lange, nachdem man radiert hatte. Manchmal rochen die Hände abends beim Beten noch nach Schule, nach Korrigieren und einer neuen Chance, es richtig zu machen beim nächsten Versuch.

Mit so ähnlichen Worten hatte unsere Klassenlehrerin Frau Andersen auch unseren neuen Mitschüler Manuel Tilitzki begrüßt, dass er jetzt hier in der 3a die Chance bekam, Lücken aufzufüllen und die Schule endlich ernst zu nehmen. Manuel stand neben ihr und blickte auf den Boden, der frisch gewienert war, uns zu Ehren. Bei dieser gesenkten Kopfhaltung fielen seine knallroten Segelohren umso mehr auf. Frau Andersen ermahnte die Klasse, nicht auf Manuel herabzublicken oder ihn zu hänseln. Doch schon in der ersten Pause, die Manuel mit uns auf dem Schulhof verbrachte, bezeichnete ihn einer der Jungen als »Sitzenbleiber« und ein anderer als »backengeblieben« und »dumm wie Bohnenstroh«.

Manuel kam aus dem Masurenring, einer grauen Wohnsiedlung, in der nach dem Krieg die Flüchtlinge in Baracken wohnten und wo die armen Leute von Schallerup lebten. Ich hatte ihn mal auf dem Jahrmarkt gesehen mit seinen Eltern, an einer Bratwurstbude. Manuel hatte zwischen ihnen gestanden, und die Mutter hatte ein Lebkuchenherz umgebunden, auf dem »Mein Schatz« stand, aber der Vater hatte sie die ganze Zeit nur übel beschimpft, und Manuel hatte gewimmert: »Aber ich will noch das Riesenrad, das habt ihr mir versprochen!« Und seine Mutter hatte geantwortet: »Kinder mit 'nem Willen kriegen eins auf die Brillen!« Dabei trug Manuel nicht mal eine Brille.

Ich ging morgens auf meinem Schulweg ein Stück die Große Straße entlang, vorbei an der Bäckerei Cordsen mit den Papptorten und Plastikbrötchen im Schaufenster. Ja, sogar eine riesige Hochzeitstorte aus Plastik mit einem Brautpaar darauf gab es, die ich aber meist erst auf dem Rückweg in Ruhe betrachten konnte, denn auf dem Hinweg war ich immer in Eile. Ich machte die Biege bei der Eckkneipe am Marktplatz, deren Besitzer alle nur hinter seinem Rücken Hannes Köm nannten, weil er selbst sein bester Gast war. Am Haus von Dr. Bruckner bellten immer seine zwei Chow-Chows, als hätten sie etwas dagegen, dass ich zur Schule ging. Zum Glück waren sie hinter einem hohen Eisengitter.

Die Volksschule von Schallerup hieß jetzt Grundschule. Sie war alt und hatte hohe Räume. Ich kann mich nicht erinnern, dass jemals die Sonne, die wir in so vielen Liedern besangen, in die Räume geschienen hätte. Gegenüber lag der traurigste Spielplatz der Welt, der einzige von Schallerup, auf dem Schaukel und Wippe vor sich hin rosteten, als wären sie aus der Wikingerzeit übriggeblieben, und wo sich tiefe Kuhlen bei Regen füllten, sodass der Spielplatz tagelang gar nicht oder nur mit Gummistiefeln betretbar war. Neben dem Spielplatz standen auf einer Koppel manchmal die Bullen der Rinderzuchtstation. Schallerup war berühmt für seine Funde aus der Wikingerzeit und seine Rinderzucht. Unsere Bullen wurden bis nach Argentinien verkauft. Der Vater von Heike Matthiesen aus meiner Klasse arbeitete in der Besamungsstation. Wenn wir sie fragten, was ihr Vater denn da genau mache, sagte sie:

»Keine Ahnung! Er kümmert sich um die Bullen.« Und wurde doch unter ihren roten Haaren sehr rot. Nur um diesen Effekt zu erzielen, fragten wir sie ziemlich oft nach ihrem Vater.

Was in der Rinderzuchtstation genau passierte, das wurde im Gegensatz zu den Moorleichen nicht in Sachkunde durchgenommen. Wir lernten nur, wie das typische Schalleruper Rind aussah, seine Merkmale und warum es so begehrt war. Wie das Schalleruper Rind gezeugt wurde, erfuhren wir nicht, und während wir ganze Wandertage an den ehemaligen Thingstätten der Wikinger und im Museum in Schleswig bei den Moorleichen verbrachten, zum Rinderzuchtverein um die Ecke ging es nie.

Ich war eine gute Schülerin, lernte gern, begriff schnell und bekam gute Noten. Ich liebte den Morgen im Mai und Juni, wenn wir in Religion zu Beginn der Stunde nach dem gemeinsamen Gebet *Geh aus mein Herz und suche Freud* sangen. Ich kannte den Text auswendig, auch wenn ich manche Zeile nicht verstand, vor allem aber liebte ich die Melodie, die so nach Kniestrümpfen, Söckchen, Sandalen, bald wieder barfuß klang. Ich bekam bei diesem Lied eine Gänsehaut auf den Armen.

Unsere Religionslehrerin Fräulein Meyerbeck hatte als Klassenlehrerin von Sven noch Ohrfeigen verteilt, aber bei uns durfte sie das nicht mehr. Sven sagte, dass die Ohrfeigen von Fräulein Meyerbeck immer besonders wehtaten, weil sie einen seitlich aufs Ohr schlug, nicht auf die Wange, und dass es nicht klatschte, sondern dumpf klang. Fräulein Meyerbeck war alt und nur noch zur Vertretung da, weil wir so viele Kinder in unseren Jahrgängen waren und vier volle Parallelklassen. Sie trug Kostüme, einen Dutt, bei Schulfesten große Hüte. Alle hatten einen Mordsrespekt vor ihr.

Als Heike Matthiesen an einem Junimorgen fragte, wie Gott aussehe, sagte Fräulein Meyerbeck, gnädig lächelnd, wir dürften ihn uns als alten Mann mit weißen Haaren, Apfelwangen und einem Rauschebart vorstellen. Ich dachte mir dazu gleich ein rotes Gesicht, Bluthochdruck, geplatzte Äderchen, fand Vollbart grauenvoll, den trugen doch nur so langhaarige Hippies, die an den Straßen standen und trampten und die Papa dann nicht mitnahm, wenn sie ungepflegt waren. Junge Frauen nahm er dagegen immer mit. Auf jeden Fall ahnte ich, dass Fräulein Meyerbeck uns mit diesem Opa-Gottesbild nur abspeisen wollte, und auf meine Frage, woher sie das denn wisse, wenn doch noch nie jemand Gott gesehen habe, landete ich, »Clara König, du vorlautes Gör mit der schlechten Kinderstube!«, in der Ecke. Dort sollte ich mit dem Gesicht zur Wand stehen und reichlich Gelegenheit haben, über mein Benehmen nachzudenken. Ich spürte die Blicke der anderen im Rücken, sah auf die Wand vor mir, genauer gesagt, die beiden Wände, die die Ecke bildeten, und dachte über das seltsame Wort Kinderstube und seine Bedeutung nach. Zugegeben, es war überhaupt nicht lustig, in der Ecke zu stehen. Und als Fräulein Meyerbeck sich nach der denkwürdigsten viertel Stunde meiner Kindheit zu mir umdrehte und fragte: »Na, Frolleinchen, bereust du deine Aufmüpfigkeit?«, da nickte ich und durfte mich wieder an meinen Platz in dem düsteren Klassenzimmer setzen. Die Stimmung war im Eimer, dabei war es keine halbe Stunde her, dass mein Herz im Gesang ausgeflogen war.

Das In-die-Ecke-Stellen hätte unsere Klassenlehrerin, Frau Andersen, niemals gemacht. Frau Andersen war wunderschön, ihre blonden Haare hatte sie stets ordentlich zu einem Dutt hochgesteckt, und sie trug mit Stärke gebügelte Blusen, deren Kragen hinten im Nacken immer hochgestellt waren. Ihr Mann sah aus wie die Ehemänner in amerikanischen Filmen, die dunklen Haare mit Haarwasser ordentlich gescheitelt. Ich hatte sie mal gemeinsam auf dem Jahrmarkt gesehen. Frau Andersen trug lässig einen Pulli um die Schultern gelegt, hatte sich bei ihrem Mann untergehakt, und sie wirkte wie eine glücklich verheiratete Frau. Meine Eltern gingen nie untergehakt oder Händchen haltend.

Bei Frau Andersen wurde nicht gebetet, sondern gelesen, aufgesagt, Diktate geschrieben, und sie lobte meine Leistungen vor der Klasse besonders oft. Bei Frau Andersen hatte ich immer das Gefühl, dass die Stärke beim Bügeln in sie übergegangen war, ihr ganzer Körper bis hinein in den Gesichtsausdruck wirkte angespannt, geglättet, auch ihr Lächeln, als trüge sie in sich eine Kummerfalte, die es wegzubügeln galt. Ich wusste nicht, was es war, aber manchmal, bei den schlechten und lauten Schülern, wie Manuel Tilitzki aus der Arme-Leute-Siedlung von Schallerup, da rutschte auch Frau Andersen die Hand aus, und sie gab ihm eine

105

Backpfeife. Wenn Manuel drankam, stotterte er vor Aufregung, ansonsten war er rotzfrech und von seiner Schüchternheit des ersten Tages nichts geblieben.

Ich fürchtete Frau Andersen, obwohl ich dazu keinen Grund hatte. Gleichzeitig bewunderte ich sie für ihre gepflegte Schönheit und dass ihr Kragen jeden Morgen strammstand, so wie wir zu Beginn der Stunde. Im Chor sagten wir: »Gu-ten Mor-gen, Frau An-der-sen«, und sie stand vor der Tafel und hatte das breite, lange Lineal in der Hand, mit dem sie rhythmisch auf die Innenfläche ihrer anderen Hand klopfte, das Lineal, mit dem Kinder in den Jahrgängen über uns ab und zu noch eins übergebraten bekommen hatten.

Mathe hatten wir bei Herrn Knudsen, der sofort schimpfte, wenn man nicht schnell genug im Kopf rechnete. Das Einmaleins rauf und runter. Er saß vorn auf der Tischkante, leger fast, obwohl auch er alt war und an Krücken ging. Er trug im Sommer einen beige-farbenen Blouson überm weißen Hemd, immer einen Schlips, aber das Interessanteste an ihm war das hoch-gesteckte Hosenbein. Er habe sein Bein an der Ostfront gelassen für das Vaterland, es habe aber alles nichts genützt. Ab und zu sah man alte Männer mit »abbem« Bein im Dorf, wie bei Knudsen das Hosenbein hoch-geklappt und festgesteckt mit Sicherheitsnadeln, und sie hatten Krücken oder gingen am Stock, verstummte und humpelnde Zeugen einer Zeit, über die nicht gere-det wurde.

Sport war eines meiner Lieblingsfächer, außer Seil-klettern und Reckturnen mochte ich alles, besonders

Ballspiele. Es war in der Umkleidekabine der Turnhalle nach dem Sport. Wegen Bauarbeiten mussten sich
Jungen und Mädchen gemeinsam umziehen. Manuel
Tilitzki stand in Schießer-Unterbüx und mit einem aus-
geleierten und löchrigen Unterhemd vor mir und warf
mir vor, beim Völkerball betrogen zu haben. Es kam
zum Streit, ging hin und her, bis ich ihm an den Kopf
warf, dass ich mir von einem aus dem Masurenring gar
nichts sagen ließ. Da wurde er erst rot, dann weiß, aber
seine Segelohren blieben gerötet, und dann platzte es
aus ihm: »Weißt du, was die Leute in Sch-Schallerup
über dein V-V-Vadder sagen?! D-Dokter König, d-der
trinkt ja im D-d-dienst!« Stille in der Umkleidekabine,
die anderen, halb an-, halb ausgezogen, verschwitzt,
rotwangig, unterbrachen alle an dieser Stelle ihr An-
und Ausziehen, guckten auf Manuel, doch vor allem
auf mich. Und Heike Matthiesen, nach deren Vater
wir immer fragten, grinste besonders hämisch, als sie
ihr verschwitztes Gesicht aus ihrem Unterhemd oben
herausschob. »Das stimmt man gar nicht!«, sagte ich,
aber mit belegter Stimme und längst nicht so entschie-
den, wie ich es hätte sagen wollen. Ich wollte meinen
Vater verteidigen, aber es hatte mir die Sprache ver-
schlagen, kein weiteres Wort kam mehr aus mir heraus.

Regina, die im Unterricht neben mir saß, versuchte
mir beizuspringen: »Doktor König ist der beste Arzt
weit und breit, sagt meine Mutter.«

Es war, als wenn der schmächtige, rotnäsige Manuel
mit Sommersprossen auf Nase und Schultern einen Vor-
hang weggerissen hätte, und ich spürte die Schamesröte,

eigentlich eine Schameshitze, die mich in meinem von Irene geerbten Turnanzug erfasste. Zum Glück war Schulschluss, und ich konnte mich sofort auf den Heimweg machen. Als ich nach Hause ging wie jeden Tag, hatte ich das Gefühl, ich ginge auf Watte, nicht auf Asphalt, und das Bellen der Hunde von Dr. Bruckner drang nur von ganz weit her, als wären sie auf einem anderen Planeten. Und während ich an der Eckkneipe von Hannes Köm, dem das Dorf einen neuen Nachnamen verpasst hatte, vorbeischlich und an den Papptorten bei Bäckerei Cordsen, musste ich über die Worte von Manuel Tilitzki nachdenken und darüber, dass es vielleicht nicht ganz normal war, wenn mein Vater bei den Patientenbesuchen einen Schnaps trank. Dass nicht alle Menschen in Schallerup eine Hausbar mit Sherry, Whiskey, Portwein und Cognac hatten, an der sie sich vormittags um halb elf das erste Mal bedienten, mit den immer gleichen Worten: »Na, da werde ich mir mal einen genehmigen.« Ich dachte darüber nach, dass es Gründe gab, warum Papa den »Remy Martin« bei seinem Kumpel Karl-Heinz, dem Apotheker, bestellte und nicht in einem Laden kaufte und warum wir Kinder die Flaschen durch den Hintereingang der Apotheke bei Onkel Karl-Heinz persönlich mit der großen Ledereinkaufstasche abholen mussten. Mich schickte Papa besonders oft, und ich fand den Moment des Überreichens der Flasche zu Hause immer etwas peinlich, denn Papa war erfreut und beschämt zugleich. Und mir fiel ein, dass wir fünf Kinder selbst schon auf den Kinderstühlen im Zimmer von Hendrik und Claas heimliche Konferenzen abgehalten und überlegt hatten, was wir tun könnten, und der Geschwisterrat einstimmig beschlossen hatte, dass die Flaschen wegmussten, und Irene und Sven versteckten die Flaschen aus der Hausbar vor Papa. Ich selbst hätte mich das nie im Leben getraut und bewunderte die beiden für ihren Mut, doch sobald unser Vater zornig wurde und drohte, gaben sie kleinlaut das Versteck preis. Aber auch hier nahm ich eine gewisse Scham bei Papa wahr, darüber dass wir Kinder ihm sein Problem vor Augen führten, etwas versteckten, was nicht mehr zu verstecken war. Und unser Vater hatte wieder diesen Gesichtsausdruck eines ertappten Jungen, wie nach dem Streit mit Mama, als sie weggefahren war. Unsere Botschaft war durchaus bei ihm angekommen. Nur änderte das nichts.

Vielleicht war *Wir Kinder aus Bullerbü* deshalb mein Lieblingsbuch. Ich las alle Bände der Reihe in Abständen immer wieder. In Bullerbü herrschte eine gewisse Ordnung, und die Kinder konnten ganz sorglos miteinander spielen oder kleine harmlose Streiche aushecken, aber sie mussten sich um die Erwachsenen keine Sorgen machen und schon gar nicht Cognacflaschen verstecken. Die Kinder waren Kinder, die Erwachsenen waren erwachsen, und die Eltern in Bullerbü stritten sich nie. Es war immer alles leicht und lustig in Bullerbü, wie auch in Papas Erzählungen aus seiner Zeit in Schweden. Doch Bullerbü war weit weg.

Graziös werden

In der Schalleruper Turnhalle, in der wir sonst Völkerball spielten oder Bodenturnen hatten, ertönte von einem Tonband klassische Musik, und Frau von Krampnitz rief mit ihrer sehr durchdringenden, strengen Stimme »Öng, dö, trrro-a«. Vielleicht zwanzig Mädchen in ihren schwarzen Gymnastikanzügen mit Gymnastikschuhen an den Füßen, darunter Irene und ich, übten die erste, zweite und dritte Position, die vierte und fünfte und von einer in die andere überzugehen, dabei die Arme zur Seite ausgestreckt oder zum Kreis vor dem Körper zu formen. »Pli-eh!«, schallte es jetzt durch den Raum, also in die Knie gehen und diese dabei nach außen zeigen lassen. Das war an sich nicht schwer, aber es sollte ja anmutig aussehen, und Frau von Krampnitz war nie zufrieden mit uns in Schallerup, aber vermutlich war sie es in Sörup und Leck genauso wenig, vielleicht war sie es an keinem Ort und schon gar nicht in ihrem Leben.

Papa hatte darauf gedrängt, Irene und mich beim Ballett anzumelden. Er fand, dass wir etwas graziöser sein könnten. Ich kannte das Wort nicht, fragte aber nicht nach, was es bedeutete, irgendwie konnte ich es mir schon denken. Manchmal beschwerte sich Papa beim Essen, dass wir Töchter in unserem Benehmen keine Grazie hätten, und so würden wir später nie einen Mann abkriegen. Ans Heiraten dachte ich wahrlich noch nicht, und ich fand es ungerecht, dass von meinen Brüdern keinerlei Grazie erwartet wurde. Unser Vater war also unzufrieden mit der Entwicklung von Irene und mir, und der Missstand sollte durch Ballettunterricht behoben werden, koste es, was es wolle, denn die Ballettstunden waren nicht gerade billig. Papa war auch enttäuscht, dass ich das Klavierspielen bei Herrn Turau aufgegeben hatte, aber Mama und er mussten einsehen, dass es bei dem wenigen Üben keinen Sinn hatte und reine Geldverschwendung war.

Meine Mutter hätte Irene und mich niemals zum Ballett angemeldet, sie war selbst auch nie beim Ballett, sondern hatte in ihrer Jugend Tennis gespielt und war gerudert, und vielleicht wollte sie auch gar nicht, dass wir Töchter graziöser wurden. Sie ließ uns ja auch beim Friseur immer die Haare ganz kurz schneiden. Praktisch hatte es zu sein bei den vielen Kindern, sie wollte nicht auch noch lange Mädchenhaare bürsten und flechten. Außerdem mochte sie Kurzhaarschnitte, und sie war, so sagte sie, froh, dass Irene und ich beide dunkle Haare hatten und sie als Einzige blond von uns drei Frauen war.

Papas Bemerkung mit der fehlenden Grazie wurmte mich. Wir wuchsen mit drei Brüdern auf, spielten mit ihnen Fußball im Garten, wir kletterten genauso aufs Baumhaus hoch oder dachten uns Streiche aus. Wir waren sportlich, wir waren »auf Zack«, für Papa ganz wichtig, dass man aufgeweckt war. Jetzt auch noch graziös? Ich verstand nicht, warum sich mein Vater auf einmal so nach kleinen Ballerinen sehnte, und es schmerzte mich. Irene und ich wussten nicht, dass Hilda, Papas große Jugendliebe damals in Gelsenkirchen, zum Ballett ging und er da irgendwas auf uns projizierte.

Wenn ich abends noch nicht ins Bett wollte, probierte ich es manchmal mit einer kleinen Showeinlage im Wohnzimmer. Ich versuchte, meine Eltern von der absurden Idee, dass ich müde sein könnte und ins Bett gehörte, abzulenken und ihnen zu beweisen, dass ich ein steppendes und dichtendes Wunderkind war, dem noch Aufmerksamkeit gebührte. Sie durchschauten mich natürlich, und Papa blickte amüsiert, auf wie originelle Weise ich dem Zubettgehen zu entgehen versuchte, und lobte, dass ich gleichzeitig tanzen und reimen konnte.

Meine Mutter dagegen hatte, wenn ich abends noch mal voll aufdrehte, diesen Ich-will-jetzt-abschalten-Blick und war weitaus weniger amüsiert. Mama träumte ja auch davon, dass endlich ein Schlafspray erfunden wurde, das sie abends einfach nur in den Kinderzimmern versprühen musste, damit mal Ruhe war.

Wenn ich dem Zubettgeh-Gebot meine kleine Unterhaltungsshow entgegensetzte, sagten Mama und Papa irgendwann »Mach keinen Opernabgang!«, aber auch diesen Ausspruch verstand ich wie den mit den Ölsardinen und dem Sandwichkind nicht wirklich.

Unsere Ballettlehrerin Frau von Krampnitz hatte weiße
Haare, zum Dutt hochgesteckt, eine Warze über der
Lippe, die so gar nicht zu einer Balletttänzerin passen
wollte, da waren Irene und ich uns einig. Sie trug Rollis,
darüber eine Perlenkette und Stoffhosen in Schotten-
karos. Sehr graziös wirkte auch sie nicht. Doch sie hatte
eine Assistentin, Frau Duvall, die etwas jünger war als
sie selbst, aber auch schon alt, bestimmt schon vierzig.
Die Assistentin hatte ihre langen dunklen Haare zum
Dutt ganz oben auf dem Kopf zusammengebunden und
weiße Ballettkleidung an und auch echte Spitzenschuhe.
Doch an den Beinen trug sie eine dicke Wollstrumpfhose ohne Füße, grau gerippt. Sie hatte sehr kräftige
Oberschenkel und einen muskulösen Po. So stand sie
vor uns und tanzte uns zu den lauten Krampnitz-An-
sagen vor, als wenn unsichtbare Fäden von der Schalleruper Turnhallendecke ihre Arme und Beine führten.
So was hatte ich in meinem Leben noch nicht gesehen.

Meine Schwester Irene war ganz wild auf den Ballettunterricht, sie liebte es ja auch, Eiskunstlauf im Fernsehen anzusehen. Irene übte zu Hause manchmal im
Wohnzimmer und imitierte Frau Duvall. Sie nahm dann
auch diesen ernsten Gesichtsausdruck an, der mir bei
beiden Ballettlehrerinnen aufgefallen war, die leicht lei-
dende Miene, die andeutete, dass der Körper an seine
Grenzen gebracht und gequält werden musste, dass
man sich zusammenzureißen hatte, um es zu etwas zu
bringen, als wenn es für Ballett unerlässlich wäre, völlig humorlos in die Welt zu blicken. Selbst wenn Frau
Duvall mal lächelte, wirkte das wie eine einstudierte

113

Lippenposition. Zum Abschluss ihrer Ballettübungen und wenn sie sich aufgewärmt hatte, machte Irene am Boden einen Spagat und guckte, wie weit sie runterkam, und dehnte und dehnte sich, dass mir ganz schlecht wurde. Das war einer dieser Momente, in denen ich meine Schwester nicht verstand und sie mir in ihrem Ehrgeiz sehr fremd blieb.

Im Unterricht gingen die beiden Lehrerinnen von Mädchen zu Mädchen, um uns zu korrigieren, wenn wir seitlich neben dem Barren standen, eine Hand um das Holz gefasst und dort die Beine hin und her schlendern sollten, über den Boden schleifen, aber anmutig oder leicht anheben mit ausgestrecktem Fuß, dazu immer eine gerade Haltung.

Wer das alles sofort konnte, war meine neue Freundin Katja, die mit ihrer Familie gerade nach Schallerup gezogen und in meiner Parallelklasse gelandet war. Ihr Vater war bei der Bundeswehr und bei uns in der Kaserne stationiert. Alle paar Jahre mussten sie umziehen. Katja war der Star unter uns Ballettschülerinnen, sie war sehr schlank, nicht zu klein und doch muskulös und sehr biegsam. Katja machte nachmittags, wenn wir zusammen spielten und ich sie darum bat, für mich immer Flickflack, und sie konnte auch zwei hintereinander machen. Ich selbst versuchte es gar nicht erst, weil ich wusste, dass ich es niemals hinkriegen würde. Mir reichte das Zuschauen und Bewundern völlig. Ich war stolz, eine so biegsame neue Freundin zu haben, die im Zirkus hätte auftreten können. Sie war dort, wo sie herkam, auch beim Leistungsturnen gewesen. Beide

Lehrerinnen hatten sie gleich als große Hoffnungsträgerin für das Ballett entdeckt und das auch Katjas Mutter, Frau Hofmeister, gesagt, die ab nun bei jeder Gelegenheit immer wieder fallen ließ, dass die Ballettlehrerinnen Katja gern nach Flensburg an ihre Schule in die Begabtenklasse holen wollten, um ihr Talent zu fördern. Aber das ging nicht, weil wir in Schallerup wohnten und Katjas Mutter sie nicht nach Flensburg kutschieren konnte. Mich entmutigte es, dass meine Freundin, mit der ich zusammen angefangen hatte, gleich alles konnte und schon aufsteigen sollte und dass vor allem Frau Duvall, wenn sie Katja ansah oder korrigierte, immer ganz strahlende Augen bekam und eigentlich nur Augen für Katja hatte.

Papa kam einmal beim Ballettunterricht vorbei und stand am Rand der Turnhalle, der einzige Mann. Erst unterhielt er sich mit Katjas Mutter. Frau Hofmeister war auf ihre Weise genauso attraktiv wie meine Mutter, nur ein ganz anderer Typ, eher südländisch aussehend. Sie hatte lange dunkle Haare, braune Augen, einen dunklen Teint, trug einen modischen Hirtenmantel und Stiefel, war immer geschminkt. Papa scherzte auch noch mit einer anderen Mutter, nebenbei sah er zu, wie Irene und ich uns beim Ballett so anstellten. Es war, das spürte ich genau, ein Blick, dem wir nicht genügten, denn schon bald schweiften Papas Augen zu den anderen, den anmutigeren Mädchen, in denen er vielleicht seine Jugendliebe Hilda wiedererkannte. Auch Katja sah er bewundernd an und lobte sie hinterher, was mir einen Stich versetzte.

Unsere Mutter kam nie in die Turnhalle, um uns zuzusehen. Sie konnte mit Ballett nichts anfangen und war vermutlich von vornherein nicht überzeugt von der Sache. Ballett passte nicht so recht hierher in unsere bodenständige Gegend, wurde eher als unnützer Tüddelkram angesehen, und Mama war nun mal von hier oben. Die beiden Ballettlehrerinnen mussten im Niemandsland des Anmutigseins Pionierarbeit leisten, die Bäume der Schwer- und Dickfälligkeit roden. Doch nicht nur unsere Lehrerinnen enttäuschten wir bitter. Nach einigen Wochen Ballett befand auch unser Vater, dass wir kein bisschen graziöser geworden waren.

Aber immerhin hatte sich durch den Ballettunterricht meine Freundschaft zu Katja gefestigt. Sie hatte noch drei jüngere Geschwister, und bei ihr war immer viel los. Frau Hofmeister freute sich, wenn ich kam, und sorgte dafür, dass Katja und ich zumindest eine Weile lang ungestört in ihrem Zimmer spielen konnten. Katja hatte nicht nur eine Barbie mit vielen Klamotten, sondern auch Ken, und wir spielten miteinander, und weil wir beide immer lieber Barbie sein wollten als Ken, hatten wir einen Küchenwecker gestellt, der nach zehn Minuten klingelte, dann wechselten wir wortlos mitten im Spiel einfach das Geschlecht und spielten weiter. Bei uns zu Hause war Barbie verpönt, und als ich mir eine gewünscht hatte, bekam ich nur Skipper, die kleine Schwester von Barbie, worüber ich maßlos enttäuscht war und was ich als Abwertung meiner Person empfand. Skipper war kleiner und hatte nicht diesen sagenhaften Busen von Barbie, sie war in jeder Hinsicht ein Kompromiss. Ich schnitt ihr gleich mal eine Vokuhila-Frisur. Danach war sie noch unattraktiver zum Spielen. und ich nahm sie zu Katja gar nicht erst mit.

Manchmal half ich Katja ein bisschen bei ihren Hausaufgaben, bei Rechtschreibung und Mathe, und sie machte dann wieder Flickflack für mich oder schlug ein Rad. Und wenn wir mit ihren jüngeren Geschwistern spielten, die bewundernd an uns klebten, war das auch schön. Ich kannte das ja nicht, wirklich kleinere Geschwister zu haben, die einen heiß und innig liebten, und ich beneidete Katja darum. Wie sehr wünschte ich mir einerseits noch eine kleine Schwester, damit wir endlich »Drei Mädchen und drei Jungen« waren, wie in der gleichnamigen amerikanischen Serie, die ich so gern guckte. Eine jüngere Schwester, die ich prägen und formen konnte. Andererseits war mir natürlich auch bewusst, dass unsere Familie mit fünf Kindern bereits sehr groß war. Katja wiederum beneidete mich um meinen älteren Bruder. Sie stellte sich das toll vor, und dass der einen immer beschützte. Ich zog ihr den Zahn und erzählte ihr, dass Sven mir schon am ersten Schultag gesagt hatte, dass ich, wenn mich Jungs ärgerten, gar nicht erst auf die Idee kommen sollte, mit meinem großen Bruder zu drohen, und er für irgendwelche Kloppereien absolut nicht zur Verfügung stünde. Ich müsste das alles selbst regeln.

Durch Katja lernte ich das erste Mal eine Soldatenfamilie in der Bundeswehrwohnsiedlung näher kennen. Frau Hofmeister wirkte auf mich immer etwas einsam

117

und verloren, ihr Mann war tagsüber in der Kaserne, sie hatte die vielen Kinder, und alle paar Jahre mussten sie umziehen und fingen immer wieder bei null an. Und weil Katja die Älteste war, vertraute die Mutter ihr und mir manchmal Dinge an oder teilte sie mit uns, aus Mangel an einer Freundin. Als Katja und ich an einem Nachmittag etwas Neues entdeckt hatten und in ihrem Kinderzimmer gerade dabei waren, die Klamotten von Barbie und Ken zu tauschen, und uns totlachten, trat Frau Hofmeister noch ernster als sonst blickend ein, mit Tränen in den Augen.

»Katja, Clara, es ist was Schreckliches bei der Olympiade in München passiert. Palästinenser haben die israelische Mannschaft als Geisel genommen. Kommt gerade im Fernsehen.«

Wir gingen rüber ins Wohnzimmer, die jüngeren Geschwister durften ihr Kinderzimmer nicht verlassen, sie sollten das nicht sehen. Ich war völlig perplex, als ich einen kleinen, schwarz geschminkten Mann mit einem weißen Hut auf einem Balkon stehen sah, ein Maschinengewehr in der Hand. Was der Reporter genau sagte, bekam ich gar nicht mit, weil mich das Bild so fesselte. Es waren die Blicke, das Augenweiß im schwarz geschminkten Gesicht, sein Grinsen.

Hier an diesem Nachmittag, der ganz harmlos mit Flickflack, Barbie-Spielen und Hausaufgabenmachen begonnen hatte, in einem kleinen Wohnzimmer in einer Schalleruper Wohnsiedlung für Soldatenfamilien auf dem Schwarz-Weiß-Fernseher von Familie Hofmeister sah ich ihn: einen zutiefst bösen und gefährlichen

Mann, ein modernes Rumpelstilzchen, den ersten Terroristen meines Lebens.

Danach hatten Katja und ich auf nichts mehr Lust, und ich ging nach Hause.

Was die Sache mit dem Ballett anging: Offensichtlich hatten uns Frau von Krampnitz und Frau Duvall aufgegeben, die drei Wochen später einfach nicht mehr nach Schallerup kamen und uns im Nieselregen vor der verschlossenen Turnhalle warten ließen. Es hieß, sie seien pleitegegangen und mussten auch ihre Ballettschule in Flensburg schließen. Am meisten enttäuscht darüber war Katjas Mutter, ich dagegen war insgeheim ganz froh, dass die Sache sich von allein erledigt hatte. Ich fand es nicht erstrebenswert, graziös zu sein.

Zuckerwatte

Schallerup hatte fünf Jahreszeiten: Herbst, Winter, Frühling, Sommer und Jahrmarkt. Der »Schalleruper Markt« fand jedes Jahr Mitte August auf unserem Marktplatz statt. Schon Wochen vorher kamen die ersten Wohnwagen, Boten eines aufregenden Ereignisses, das bevorstand. Und Papa erhielt Besuch von den fahrenden Leuten, Patienten, die ihn nur einmal im Jahr aufsuchten. Von dem Besitzer der Geisterbahn und von Frau Zuckerwatte, die in Wirklichkeit Walburga Willokeit hieß und mehrere Krankheiten auf einmal hatte.

»Hat sie auch Zucker?«, fragte ich.

Papa lachte.

»Du meinst, weil sie Zuckerwatte verkauft? Nein, Zucker hat sie nicht.«

Aber was sie hatte, verriet er nicht. Die Schlangenfrau und ein Liliputaner aus dem Spiegelkabinett kamen auch zu Papa in die Praxis, und ein echter Inder mit Turban, der Heimweh hatte und von Papa Medikamente gegen die Traurigkeit bekam.

»Geht das denn? Gibt es solche Tabletten?«, wollten wir wissen.

»Sie machen nicht direkt glücklich, aber sie federn die Traurigkeit ab, sodass man sie nicht mehr so spürt.«

Ich war mir in diesem Moment ziemlich sicher, dass Papa selbst solche Pillen schluckte. Er hatte da im Schlafzimmer eine große Schublade mit Tabletten, an der er sich regelmäßig bediente. Wir hatten ihn allerdings noch nie gefragt, was er genau nahm, so normal war das für uns. Nur wenn eine bestimmte Großtante von Mama zu Besuch kam, die ununterbrochen redete, sagte er immer: »Das ist eine Bellergal-Tante!« und warf gleich zwei der Beruhigungspillen ein.

Auf dem Weg zur Schule sah ich, wie sich der Marktplatz von Tag zu Tag füllte, nach den ersten Wohnwagen kamen größere Wagen voller Gerüste und Eisenteile, die laut klappernd aufgebaut wurden von Männern, denen man lieber nicht im Dunkeln begegnen wollte. Und irgendwann standen endlich alle Buden, Karussells und sonstige Fahrgeschäfte, die Jahrmarktfrauen nahmen die Plätze vor den Mikros ein in den kleinen Schalterkabinen, an denen man auch die Fahrchips kaufte.

Der Jahrmarkt wurde immer an einem Freitag um fünfzehn Uhr feierlich eröffnet vom Bürgermeister, und das war traditionell auch der Tag, an dem wir, die ganze Familie, hingingen, aber erst nach der Nachmittags-sprechstunde. Dann steckte Papa sich einen Fünfzig-Mark-Schein in die Brusttasche mit den Worten: »Na, das wird wohl reichen«, und wir zogen los.

Papa im weißen kurzärmeligen Hemd, Irene und ich trugen unsere guten Kleider, die uns die Schneiderin

Frau Bendixen genäht hatte, und wir mussten uns alle kämmen. Zu Beginn, noch bevor wir den Jahrmarkt betraten, machten wir jedes Mal einen Treffpunkt aus, für den Fall, dass wir uns verlieren würden, was aber in all den Jahren nie passiert war.

Mama bekam immer zuerst eine Tüte gebrannte Mandeln, von denen sie uns allen abgab, und dann blieb nicht mehr viel übrig für sie. Aber sie schien das gar nicht zu stören. Papa regte sich jedes Jahr auf, dass die Preise schon wieder gestiegen waren, doch er ließ sich nicht lumpen, und wir durften, bis auf Geisterbahn und Schießen, fast alles, was wir wollten, so lange, bis das Geld alle war, das dauerte zwei Stunden.

Beim Pfeilwerfen auf Luftballons versagte ich kläglich, alle Pfeile daneben, ich bekam als Trostpreis ein Plastikauge als Schlüsselanhänger. Die Trostpreise sahen immer so hässlich und billig aus, dass sie mich nicht trösteten, sondern mein Leid und das Gefühl des Versagens nur vergrößerten. Wir bummelten weiter. Kettenkarussell, Autoscooter. Ich hätte so gern ein großes Lebkuchenherz gehabt, auf dem mit Zuckerguss geschrieben stand: »Ich hab dich lieb« oder »Mein bester Schatz«, aber es gab niemanden auf der Welt, der mir das kaufte. Dafür spendierte Papa einen Liebesapfel für Irene und mich. Ich liebte den Duft von Liebesäpfeln und das Knacken beim Reinbeißen in die dünne rote Schicht auf dem Apfel.

Bei Frau Zuckerwatte bekamen Hendrik und Claas jeder eine Portion. Sie schenkte meiner Mutter noch eine Zuckerwatte extra als Dank dafür, dass der Herr

Doktor König immer so gut zu ihr war, und Frau Willokeit stand da und wirbelte aus ihrer großen Metallschüssel die rosa Wolken, die im Mund doch nur zu einer klebrigen süßen Masse zusammenschmolzen.

Mein ehemaliger Klavierlehrer ging mit seiner Frau vorbei, doch Herr Turau drehte sich weg, als meine Eltern ihn grüßten. Mama und Papa taten jedoch so, als wenn nichts gewesen wäre. Mama konnte das noch besser als Papa. Und weil beide es so gut konnten, zweifelte ich im nächsten Moment wieder an meiner Wahrnehmung, vielleicht hatte Herr Turau doch kurz gegrüßt, zumindest ansatzweise, und es war mir entgangen. Mir fiel aber ein, dass Papa in letzter Zeit keine eingemachten Wachsbohnen mehr mitbrachte, die er immer von Frau Turau bekommen hatte, und ich fragte mich, ob Turaus vielleicht ihren Hausarzt gewechselt hatten. Das wiederum regte Papa immer dermaßen auf, wenn seine Patienten zu einem anderen Arzt in Schallerup übergelaufen waren, dass er uns das meist auch beim Abendbrot erzählte. Irgendeine Bemerkung hätte es sicher über Turaus gegeben. Ich wusste nicht, dass in der letzten Zeit so viele Patienten weggeblieben waren und zu anderen Hausärzten gewechselt hatten, dass Papa darüber kein Wort verlor. Stattdessen fragte ich mich, ob vielleicht ich und mein Aufhören mit dem Klavierunterricht schuld daran waren, dass Turaus nicht mehr grüßten. Und dann hakte Mama unseren Vater ein, und wir gingen weiter, und Irene und ich, wir sahen uns nur mit erstaunter Besorgnis an, denn uns beiden war bewusst, dass soeben etwas ganz Außergewöhnliches passiert war.

Die Krake mochte ich besonders gern, meine Schwester und ich, wir stiegen gemeinsam in eine Gondel und meine Brüder in die nebenan, und wir hoben ab und drehten uns hoch über Schallerup, und man sah von hier oben die Kirche und den Friedhof, die Schule und den Sportplatz und unseren klein wirkenden Vater mit seiner Super-8-Kamera. Meine Brüder winkten ihm zu, doch Irene und ich, wir beschlossen wortlos und einig wie selten, dass wir jetzt nicht lächeln und Winke-Winke machen würden. Und als wollte Mama uns locken, nett zu sein, uns, ihre Töchter in den adretten, von der Schneiderin genähten Kleidern, wenigstens etwas mitzumachen bei Papas neuestem Film, winkte sie Irene und mir zu, auch sie sehr klein.

Danach wollten wir unbedingt ein neues Karussell ausprobieren, das im *Schalleruper Boten* als die Sensation angekündigt worden war. Die Bayernkurve. Doch als wir davorstanden, hatten wir jüngeren Geschwister Muffensausen, und nur Sven wagte es, und wir, seine Familie, standen am Rand und schauten bewundernd auf Sven in dem Rennschlitten, wie er sich rasant in die Kurven legte. Marianne Rosenberg sang dazu: *»Fremder Mann, schau mich an, du bist schuld daran, schuld daran, fremder Mann, dass ich nicht schlafen kann.«*

Nirgendwohin passten die krachend laut gestellten Schlager mit ihren Texten so gut wie auf den Jahrmarkt. Die Frauen in den Kabinen, bei denen man die Fahrchips kaufte, machten die Musik zwischendrin immer wieder etwas leiser und raunten mit ihren Stimmen, die von viel Nikotin und einer anderen Welt zeugten, ins Mikro: »*Jaaaa, das ist spitze, das ist toll. Auf geht's zu einer neuen Runde! Wer will noch mal? Steigen Sie ein! Dabeisein ist alles. Das ist super! Kommen Sie!*«

Die Jahrmarktfrauen waren mit Abstand das Interessanteste am »Schalleruper Markt«. Sie waren sehr geschminkt, hatten entweder blond oder schwarz gefärbte Haare und lange rot lackierte Fingernägel und Ehemänner, die ein Auge auf sie hatten. Während des Jahrmarktes kam es, nicht zuletzt wegen des übermütigen Konsums von Bier und Angeliter Muck, oft zu Schlägereien und Verletzungen, manchmal auch zu Vergewaltigungen, und Papa war froh, wenn er keinen Bereitschaftsdienst hatte zu diesen verrückten Jahrmarktstagen.

Im Jahr zuvor waren wir zusätzlich zu dem traditionellen Jahrmarktsbesuch mit unseren Eltern auch einen Nachmittag mit unserem Opa, Mamas Papa, auf den Jahrmarkt gegangen, ohne unsere Eltern.

Oma und Opa lebten fünfzehn Kilometer entfernt in Dellwig, der nächsten Kleinstadt, aus der Mama stammte und wo sich das Gymnasium befand. Opa war früher an diesem Gymnasium Lehrer gewesen, und Sven und Irene gingen bereits dort zur Schule. Mamas Eltern kamen oft am Sonntagnachmittag zu uns zum Kaffeetrinken, und Irene spielte dann für die Erwachsenen etwas vor auf dem Flügel, den Opa spendiert hatte, allerdings keinen neuen, sondern einen gebrauchten.

Ich besuchte meine Großeltern in Dellwig ab und zu und blieb auch über Nacht, durfte im Klappbett in Opas Arbeitszimmer schlafen, ein Zimmer, das in dunklem Holz gehalten und voller Bücher war und auf dessen Schreibtisch eine Schreibmaschine stand. Opa war neben seinem Lehrerberuf Forscher und hatte Holzkästen mit vollbeschriebenen Pappkarten und kleinen Zetteln, und manchmal ließ er mich auch auf seiner Schreibmaschine schreiben, was ich über alles liebte.

Oma wiederum spielte mit mir altmodische Gesellschaftsspiele wie »Das Gänsespiel« oder ließ mich die Teppichfransen im Wohnzimmer kämmen, was mir aber irgendwann zu langweilig wurde. Es herrschte immer eine angenehme und manchmal sich endlos dehnende Monotonie bei meinen Großeltern, ihr Leben war unaufgeregt und unaufregend mit festen Ritualen wie dem pünktlichen Einschalten der *Schaubude* und der *Tagesschau*. Unsere Oma liebte es, uns zu verwöhnen, und der ungewohnte Einzelkindstatus war schön, vor dem Fernseher einen Naschteller hingestellt zu bekommen, erst mit Apfelspalten, danach mit Schokolinsen und Katjes-Katzenpfötchen, die ich so gern aß. Einmal hatte Oma über Nacht meiner Skipper einen schicken, modischen Hosenanzug gestrickt, mit beiger Schlaghose und einem ärmellosen, melierten Oberteil mit Bindegürtel. Ich war beeindruckt, wie Oma nachts der kleinen Puppe diese fein gearbeiteten modischen Miniatur-Kleidungsstücke auf den Leib gestrickt hatte. Aber sie war ja auch Handarbeitslehrerin gewesen. Und meine Oma wiederum freute sich

wie ein Kind über ihre gelungene morgendliche Überraschung und die Freude, die sie mir durch ihre Nacht-
schicht bereitet hatte.

So wohl ich mich bei Oma und Opa einerseits fühlte,
abends im Bett bekam ich immer schrecklich Heimweh, konnte nicht einschlafen und lauschte dem lauten Ticken der alten Uhr im Arbeitszimmer. Egal ob
nun bei meinen Großeltern in Dellwig oder zu Hause
in Schallerup, wenn ich abends im Bett noch wach lag,
überkam mich oft eine große Angst vor dem Tod, und
ich versuchte mir vorzustellen, wie das war, nie mehr
wieder aufzuwachen und zurückzukommen zur Erde.
Für immer weg zu sein und nicht zu wissen, wo man
sich dann befand, in welchem Zustand und ob es von
da jemals ein Zurück gab. An ein Paradies zu glauben,
fiel mir schwer, und an die Auferstehung noch schwerer. Genau genommen hatte ich nicht vor dem Sterben
oder dem Tod an sich Angst, sondern vor der Ewigkeit
und steigerte mich, wenn sie mich abends im Bett und
in der Dunkelheit überkam, so richtig hinein. Darüber
reden konnte ich aber auch nicht mit irgendjemandem.

Als Opa mit uns Enkeln im vergangenen Jahr den Jahrmarkt besuchte, ließ er uns auch schießen, was unsere
Eltern oder Oma niemals erlaubt hätten. Die Schießbudenfrau ging beiseite, und ich legte das erste Mal in
meinem achtjährigen Leben ein Gewehr an, mir durchaus der Gewichtigkeit des Moments bewusst, weniger,
wohin ich zielte. Die Tonplättchen, die sich auf einer
Scheibe drehten, traf ich jedenfalls nicht und erschrak,

127

als aus einer Fantadose daneben plötzlich ein Strahl herausschoss, genau auf den hellblauen Lidschatten der Schießbudenfrau, die sich wütend die Fanta vom Auge wegwischte und damit den üppig aufgetragenen Lidschatten und die Wimperntusche verwischte. Sie nahm die angeschossene Dose aus dem Regal und schnauzte meinen Opa an: »Was lassen Sie das Kind schießen, wenn es keine Ahnung hat?!« Und Opa antwortete: »Und was stellen Sie die Dosen auch so bescheuert da hin?« Nun war sie sprachlos, bei den Jahrmarktsfrauen selten genug, und wir Kinder verfolgten die Szene mit offenen Mündern, vor allem ich, die Urheberin des Ganzen. Dann fand die Frau ihre Sprache wieder und schickte uns unter ordinärsten Schießbudenjahrmarktsfrauenverfluchungen weg, und wir lachten noch lange über diese Geschichte.

Wenn wir mit Mama und Papa über den Jahrmarkt gingen, durfte nur Papa schießen, Plastikrosen für Mama. Ich war jedes Mal beeindruckt, wenn er das Gewehr anlegte und ein Auge zukniff, um besser zu zielen. Umringt von uns allen, machte er peng, peng, peng, so lange, bis eine Rose umknickte und zu Boden fiel. Papa traf nicht immer, legte manchmal erneut Geld hin, damit er weiterschießen konnte, weitere Versuche, das Herz unserer Mutter zurückzuerobern, nach allem, was passiert war und wovon wir Kinder, eine Schar Ahnungsloser, nichts wussten, weil uns niemand davon erzählt hatte, was doch alle Erwachsenen wussten, der Grund, warum Patienten wegblieben und sich wie mein ehemaliger Klavierlehrer von Papa abwandten und nicht mehr grüßten.

Neulich hatte Frau Möller, eine ältere Patientin von Papa, die zur dänischen Minderheit gehörte, ihm einen selbst gestickten Spruch geschenkt. Wegen ihrer schlechten Augen hatte sie mit einer Lupe arbeiten müssen. Der Spruch war voller Rechtschreibfehler: »*Wenn dich die Lästerzunge sticht, so sprich, die schlechtsten Früchte sind es nich, woan die Wespen nagen.*«

Ich verstand weder den Sinn, noch dass Frau Möller sich dabei etwas gedacht hatte und meinen Vater mit diesem Bibelspruch aufmuntern wollte, ihm den Rücken stärken mithilfe des kleinen, roten Kreuzstichs, und dass er es dringend nötig hatte.

Wir Kinder ahnten nicht, dass unser so spendabler Vater mit dem weißen kurzärmeligen Hemd und unsere Mutter im neu geschneiderten Kleid dieses Jahr nicht einfach nur so mit uns über den Jahrmarkt gingen, sondern eine verzweifelte Inszenierung der Normalität lieferten, damit keiner auch nur glaubte, dass das wahr sein könnte, was man dem Doktor König da vorwarf.

Papa kriegte daher am Ende unseres Marktrundgangs beim Stand von Schlachterei Schultz wie üblich ein Brötchen mit Burgunderschinken. Schultz war Patient bei ihm und knallrot im Gesicht, Bluthochdruck hieß es dann immer. Papa konnte bei Herrn Schultz auch noch abends nach Geschäftsschluss problemlos Nackensteaks holen, wenn er Lust auf Grillen hatte, und das hatte er oft. Unser Vater kam dann grinsend nach Hause und sagte: »Ich habe Grillfleisch organisiert«, und Sven schmiss den Grill an und war der Grillmeister, weil Papa es ihm beigebracht hatte, und wir saßen alle auf der Terrasse und freuten uns auf das erste Stück Fleisch vom Grill.

Und so ging ich mit meinen Eltern und Geschwistern über den Jahrmarkt von Schallerup, und unser Vater hielt mit seiner Super-8-Kamera die besonderen Momente auf Kodachrome fest, als filmte er gegen etwas an. Vielleicht führte er sich aber auch durch das Filmen vor Augen, was er alles hatte und dass es keinen Grund gab zu verzweifeln.

Teil II

Unser Dorf soll schöner werden

Es war September, und in wenigen Wochen würde ich vierzehn werden. Ich wusste nicht, dass ein ereignisreiches Lebensjahr vor mir lag, das mich für immer prägen sollte.

Unserem Haus gegenüber stand seit Kurzem ein Schild mit der Auszeichnung »Schönes Dorf«. Die Jury musste blind gewesen sein oder bestechlich. Oder aber es gab gar keine Jury, die darüber befand, welcher Ort sich »schönes Dorf« nennen durfte. Geli, Dörte, Anke und ich, wir hatten schon oft darüber diskutiert, wie dieses Schild dahin gekommen war.

»Dem Hansen ist doch alles zuzutrauen«, hatte Geli gesagt.

Uwe Hansen war Vorsitzender der CDU und wurde von allen nur CDUwe genannt. Er war seit drei Jahren Bürgermeister von Schallerup, gleichzeitig auch im Bauausschuss, im Vorstand der Bank und Erster Vorsitzender des Turnvereins und der Volkshochschule, an der er auch selbst Dänischkurse gab. Es hieß, er sei immer gerade mal eine Lektion weiter als seine Kursteilnehmer und völlig sprachunbegabt. CDUwe hatte den Kurs übernommen, weil es angeblich keine Dänischlehrer gab und er es wichtig fand, dass die Sprache »unserer dänischen Freunde jenseits der Grenze«, die nur vierzig Kilometer entfernt lag, erlernt wurde. Die dänischen Freunde waren so nah, dass man, wenn man in Schallerup im Radio ein Programm suchte, plötzlich diese seltsamen Laute hörte, zusammenzuckte und schnell weiterdrehte. Störsender.

»Dänisch ist ganz einfach«, sagte Dörte. »Man muss nur eine heiße Kartoffel in den Mund nehmen und anfangen zu reden.« Ihre Mutter hatte auch mal bei Hansen in einem Kurs mitgemacht, überhaupt wurden die Dänischkurse vorwiegend von Frauen belegt.

CDUwe hatte in den vergangenen Jahren viel Gutes bewirkt für Schallerup, aber er selbst war dabei nicht leer ausgegangen. Es war ein offenes Geheimnis, dass unser Bürgermeister Hansen so seine Verbindungen hatte und nicht immer alles nach demokratischen Regeln ablief. Böse Zungen behaupteten sogar, er streiche privat für die Dänischkurse staatliche Gelder ein, die zur Förderung des friedlichen Miteinanders in der Grenzregion gedacht seien. Unserem Bürgermeister lag das friedliche Miteinander, vor allem aber das mit dem schönen Geschlecht, sehr am Herzen.

Hansen hatte zum Beispiel im Bauausschuss eine Teerstraße zu einem Gehöft durchgesetzt, die die Gemeinde einige tausend Mark gekostet hatte, nur weil dort seine Freundin wohnte und er die Schlammspuren an seinem elfenbeinfarbenen VW-Cabrio leid war. Nachdem die Straße fertiggestellt war, hatte CDUwe zwar schon längst wieder eine neue Flamme, die er nicht selten aus den Blondinen in seinen Dänischkursen rekrutierte, aber die Gemeindekasse war leer. Ich dagegen fand das alles sehr romantisch und stellte mir vor, eines Tages eine so begehrte Frau zu sein, dass mächtige Männer, meine Liebhaber, vollkommen überflüssige Eisenbahnrouten, Autobahnen und Brücken bauen ließen, nur um schneller zu mir zu gelangen.

Hansen war Mitte vierzig, Junggeselle mit wechselnden Freundinnen, was auch die von der SPD im vergangenen Wahlkampf gegen ihn verwendet hatten. Mann, war das eine Schlammschlacht in unserem Dorf. Die Schalleruper wählten Hansen fast aus Trotz wieder. Meine Eltern wählten sowieso immer CDU. Als ich bei einer der letzten Bundestagswahlen fragte, warum, antworteten sie, dass die SPD plane, das Gesundheitswesen zu verstaatlichen, und Papa dann in einem Gesundheitszentrum arbeiten müsse und nicht mehr nach Leistung bezahlt würde. So wie meine Mutter das Wort »verstaatlichen« aussprach, klang es sehr bedrohlich.

Hansen jedenfalls hatte nach seiner Wiederwahl zum Bürgermeister und um Schallerup von der Schlammschlacht reinzuwaschen, die Aktion »Unser Schallerup soll noch schöner werden« ins Leben gerufen. Der hübscheste Vorgarten, die schönste Fassade wurden prämiert. Grundschüler, zu denen wir jetzt Gott sei Dank seit ein paar Jahren nicht mehr gehörten, mussten einen Vormittag lang Papiermüll sammeln, und der Raiffeisenverein hatte Blumenkübel für die Große Straße spendiert, allerdings ohne Blumen, und noch immer standen die Betonkübel mit Muttererde angefüllt, und Hansen suchte nach Sponsoren für die Bepflanzung.

So wie diese Blumenkübel kam mir meine eigene Situation vor. Voller Erde, und ich war bereit, aber es fehlte noch die Bepflanzung. Ich war zum Beispiel immer noch ungeküsst, ein Zustand, der schleunigst beseitigt werden musste, zumal ich die Letzte in der Clique war. Anke hatte im Urlaub an der Costa Brava einen spanischen Kellner geküsst beziehungsweise er sie und Geli im Reitstall einen Jungen vom Internat, sie behauptete, einen Urenkel von Bismarck, aber das war sicher gelogen. Und Dörte war mit Michael gegangen.

»Unser Schallerup soll noch schöner werden« – Geli, Dörte, Anke und ich, wir trugen auf unsere Weise dazu bei. Wenn wir nicht gerade mittwochs um halb drei öden Konfirmandenunterricht bei Pastor Hinrichsen hatten, trafen wir uns fast jeden Nachmittag nach unseren Hausaufgaben und der Mittagsstunde von Frau Jakobsen bei Angelika. Frau Jakobsen war Witwe, sie hatte ihren Mann durch einen Autounfall verloren, als Angelika noch ganz klein war, sodass Geli ihren Vater nur aus Erzählungen kannte und von Fotos, die im Wohnzimmer auf der Vitrine standen.

Frau Jakobsen brachte uns immer in einer Glaskaraffe Tritop-Sirup, verdünnt mit Wasser, und Bahlsen-Butterkekse aufs Zimmer. Geli hatte in der oberen Etage des kleinen Hauses nicht nur ein richtiges Jugendzimmer, sondern auch ein eigenes kleines Bad mit einem großen Spiegel, das unerlässlich war für

unsere Verschönerungsaktionen. Wir schmissen alle
unsere Schminksachen zusammen, Make-up, Abdeck-
stifte gegen Pickel und die Lidschattenduos, die wir uns
von unseren Müttern heimlich ausgeliehen hatten. Ich
hatte mein neues Lipgloss Nr. 12 »siena« von Margaret
Astor mitgebracht und lieh es Dörte, für die der Braun-
ton aber viel zu dunkel war. Sie war der nordische Typ
mit Sommersprossen, grünen Augen und blonden halblangen Haaren, die sie meist zum Pferdeschwanz band.
Geli versuchte sich im Lidstrich, und Anke umrandete
ihre vollen Lippen soeben mit einem Konturenstift.

»Die langen Haare standen dir besser«, hörte ich
Dörte zu Anke sagen, die seit Neuestem einen Kurz-
haarschnitt trug.

»Ich find's gut!«, sagte ich zu Anke.

»Jungs mögen lange Haare lieber, habe ich gelesen«,
sagte Geli, die immer noch ihren Lidstrich vor dem
Spiegel zog und schon fast wie Elizabeth Taylor als
Kleopatra aussah. Sie unterbrach kurz und warf dabei
ihre langen lockigen, haselnussbraunen Haare über die
Schulter. Sie war die Schönste von uns und die heimliche Königin der Clique, der wir lieber nicht widerspra-
chen, aus Angst, verstoßen zu werden und dass einem
Palast und Bad verwehrt wurden.

»Ich hätte so gern eine Dauerwelle«, sagte ich, »aber
meine Eltern verbieten es mir total.«

Mitleidige Blicke. Erwachsene konnten so gemein
sein.

»Aber warum denn nur?«, fragte Anke.

Ich zuckte mit den Schultern. Dass Papa gesagt hatte,

ich würde dann »billig« aussehen, sagte ich den anderen nicht.

Zum Schluss spendierte Geli uns noch von ihrem neuen Haargel, und wir besprühten uns mit dem »4711« von Frau Jakobsen. Unser Dorf sollte schöner werden!

In Schallerup gab es nur eine einzige Hauptstraße, an der zu beiden Seiten die Geschäfte lagen. Die Große Straße begann am Marktplatz und endete am Bahnhof. Zu Fuß ein Weg von höchstens zehn Minuten, durch Bummeln entsprechend zu verlängern. Zu sehr trödeln durften wir aber auch nicht, denn es sollte auf gar keinen Fall danach aussehen, als wenn wir bummeln wollten, wo es doch überhaupt nichts zu bummeln gab. Es sollte so aussehen, als wenn wir vier natürliche Schönheiten gemeinsam ein paar Besorgungen zu erledigen hätten. Die Leute sollten denken: Ah, da gehen die niedlichen Freundinnen wieder miteinander einkaufen. Und die Jungs sollten denken: Was für süße Dinger. Wie kommen wir bloß an die ran? Vor allem aber ein ganz bestimmter Junge sollte uns über den Weg laufen, einer, für den ich schon länger schwärmte und der mir seit Wochen gar nicht mehr aus dem Kopf ging. Ein Junge, an den ich dachte, wenn ich meine Kleidung wählte und mich für unseren Bummel durchs Dorf zurechtmachte. Frank Bartelsen. Allein die Vorstellung, ihm über den Weg zu laufen, jagte mir Schauer über Rücken und Arme.

Dörte war die Einzige von uns, die schon mal einen richtig festen Freund gehabt hatte. Für drei Wochen, und sie sagte, Zungenküsse seien widerlich und wir sollten uns ja nicht zu früh darauf freuen, zumindest wenn der Typ rauchte, wie Michael es getan hatte.

»Sein Atem, seine Jeansjacke, seine Haare, alles roch nach Zigaretten, wisst ihr, wie widerlich das ist? Das war noch schlimmer als ständig diese dämlichen Häschenwitze. Und wenn er dann selbst am meisten gelacht hat, dann waren vorne seine Hasenzähne zu sehen. Das war jedes Mal so ein Schock!«

Wir prusteten los, Dörte war unser Clown. Dabei hatte sie zu Hause auch nicht viel zu lachen, seit ihr Vater vor zwei Jahren mit der besten Freundin ihrer Mutter durchgebrannt war. Sie war nicht gut auf ihn zu sprechen, ebenso wenig auf den neuen Freund ihrer Mutter, Willy, den sie nur »Widerling« nannte.

Michael von der Realschule hatte Dörte über ihre zwei Jahre ältere Cousine Tanja kennengelernt. Zu Beginn war alles noch aufregend gewesen, da hatte er ihr ein Kettchen geschenkt mit einem Anhänger, in den sein Name eingraviert war. Dörte tat ganz verliebt und führte uns ihre Knutschflecke wie Trophäen vor, und wir fragten, wie das ginge mit den Knutschflecken, und sie machte uns allen einen, aber nur auf den Unterarm. Doch dann war von einem Tag auf den anderen Schluss mit Michael, sie verriet nicht warum, und ich hatte den Verdacht, sie war gar nicht richtig verknallt gewesen in ihn, aber wollte die Erste von uns sein, um uns sagen zu können, wie alles geht. »Ihr könnt mich ruhig Dr. Sommer nennen«, sagte Dörte. Die *Bravo* selbst zu kaufen war unter unserem Niveau, aber wir stürzten uns auf sie, sobald wir sie in die Hände bekamen. Neulich hatte ein Mädchen an »Doktor Sommer« geschrieben und gefragt: »Knallt es, wenn man entjungfert wird?« Unser Lachen hörte man sicher bis Nordjütland.

Wir bummelten also los, vorbei am A & O von Nissens, unseren Nachbarn, deren Sohn Peter gerade ein paar Getränkekisten auslud. Peter war zwei Jahre älter, und ich mochte ihn.

»Moin«, grüßte ich.

»Moin. Geht ihr auf'n Fasching oder in die Disco?«, rief er uns hinterher. Ich wurde rot. Das Licht in Gelis Badezimmer war sehr künstlich, und ich befürchtete, dass wir, bei Tageslicht besehen, vielleicht doch etwas zu dick aufgetragen hatten. Meine drei Brüder lästerten immer: »Ihr seid die am dollsten geschminkte Volleyballmannschaft von ganz Schleswig-Holstein!«

Vor dem Schaufenster von Modehaus Lutterbeck blieben meine Freundinnen und ich jedes Mal stehen, auch wenn wir hier nie etwas kaufen würden.

»Iih, ist die Bluse hässlich.«

Modisch waren wir dank der *Mädchen*, die wir jede Woche lasen, immer auf dem neuesten Stand. Nein, in Schallerup kauften wir nur in absoluten Ausnahmefällen. Wegen Kleidung für sich und uns fuhr Mama mit uns nach Flensburg. Aber ab und zu musste sie auch hier in die Läden, damit unsere Patienten nicht beleidigt waren. Sie kaufte dann im Textilladen Stöhr & Möller Handtücher, für meine Brüder bedruckte Schießer-Unterhosen und für Papa weißen Schießer-Doppelripp. Die Besitzer vom Modehaus Lutterbeck waren jedenfalls, Gott sei Dank, keine Patienten bei meinem Vater.

Gegenüber lag der Schalleruper Hof, wo die Sache mit Margit Podimke passiert war. Sie war ledig, Ende zwanzig und arbeitete dort als Bedienung in der Gaststätte, wurde schwanger von einem Gast, einem angesehenen Mann aus Schallerup, wie es hieß. Der berühmt-berüchtigte Stammtisch mit Bürgermeister Hansen, Jensen, dem Direktor von der Raiffeisenbank, Tierarzt Asmussen, Autohändler Thomsen und ein paar anderen, kam infrage. Bei der Podimke-Sache sprachen manche im Dorf sogar von Vergewaltigung und »armer Deern«, hinten auf dem Parkplatz bei den Toiletten sollte es passiert sein. Andere sagten, wenn Frauen so kurze Röcke trugen, dann dürften sie sich nicht wundern, wenn sie vergewaltigt wurden, und wiederum andere nannten die Podimke eine Ehebrecherin, und solche waren früher zur Strafe auch im Moor gelandet. Da es in Schallerup immer gleich wilde Gerüchte gab, wusste man nicht genau, was wirklich passiert war.

Mein Vater jedenfalls, der der Hausarzt von Margit Podimke war und dem sie sich anvertraut hatte, hatte ihre Schwangerschaft festgestellt, und er wusste auch von ihr, wer vom Stammtisch der Vater ihres unehelichen Kindes war, verriet es aber natürlich nicht und schenkte sich gleich einen doppelten Cognac ein.

Jedenfalls ging Margit Podimke dann ins Moor. Es hieß, sie habe einen Abschiedsbrief hinterlassen, in dem

141

sie zwar nicht den Namen dessen nannte, der ihr das angetan hatte, aber in dem sie das ganze Dorf verfluchte und auch geschrieben hatte, dass dieser Mann sicher eines Tages vom Schicksal bestraft werden würde. Selbstmörder beerdigte unser Pastor nicht, da weigerte er sich. Aber Margit Podimke brauchte ja auch kein Grab, sie war im Moor für immer gut aufgehoben. Das wussten wir von zahlreichen Schulausflügen ins Schleswiger Museum, wo die Moorleichen in einem abgedunkelten Raum in Schaukästen lagen.

Vom »Mann von Rendswühren« war faltige braunledrige Haut geblieben, und am dunklen »Männerschädel von Osterby« hingen noch die rötlichen Haare und ein »suebischer Haarknoten«, der vor zweitausend Jahren geflochten wurde. Unheimlich war das. Doch am meisten beeindruckte mich jedes Mal das »Mädchen von Windeby«. Ein mooriges Schneewittchen, indirekt angeleuchtet lag sie im Glaskasten, mit Torf zugedeckt, als schliefe sie ewig. Beim Torfabbau in Windeby, gar nicht weit von Schallerup, hatten Torfstecher sie 1952 in einer tiefen Grube gefunden. Auf Heidekraut und Torfboden gebettet und mit Wollgras abgedeckt, lag die Leiche des etwa vierzehnjährigen Mädchens. Man hatte den Fund genauso in den Schaukasten gelegt, und der alte Rinderfellkragen, der dieses Mädchen aus dem Norden irgendwann einmal gewärmt hatte, sah unheimlich aus, jetzt, wo er sich um den Hals einer Moorleiche legte. Ihr Haarband war auf die Augen heruntergerutscht und gab ihr den Ausdruck von Würde und den eines Opfers zugleich. Mich berührte aber vor allem ihre Haltung, wie sie dalag, halb zur Seite gedreht, dem Betrachter zugewandt, den einen Arm auf ihrem Oberschenkel. War sie den Göttern geopfert worden oder eine Ehebrecherin, die im Moor für ihre Leidenschaft bestraft wurde? Oder war sie schlichtweg an den Folgen von Hunger gestorben? Vermutlich würde Margit Podimke den Menschen nach uns ebenfalls solche Rätsel aufgeben, wenn man sie im Moor fände. Es war eine schreckliche Geschichte, die mir, obwohl sie schon zwei Jahre her war, nicht aus dem Kopf ging, und ich konnte nie am Schalleruper Hof vorbeigehen, ohne an die Sache zu denken.

Wir bummelten weiter die Dorfstraße entlang. Neben dem Wollgeschäft befand sich einer der wichtigsten Läden von Schallerup. Drogerie Doose. Hier gingen wir meist nur hinein, um zu fragen: »Haben Sie vielleicht Pröbchen?« Es roch wunderbar und undefinierbar. Ein Laden, der bis unter die Decke voller Salben, Fläschchen, Cremedosen und Schminksachen war, das Paradies. Die Besitzerinnen, Frau Doose senior und Fräulein Doose junior in ihren weißen Kitteln, die Mutter weißhaarig und die Tochter braunhaarig, beide mit Dutt, rückten widerwillig manchmal eine Probe mit Babyshampoo, Babyöl oder Hustenbonbons heraus. Heute brauchte ich jedoch ein neues Shampoo, und Frau Doose senior griff zielsicher zu einer Flasche im Regal, die sie mir vor die Nase hielt.

»Hier, ein neues Produkt, von L'Oréal. Elvital Volumen. Das bringt ganz viel Fülle ins Haar.«

Ich wollte Fülle, ich wollte meine Haare um mich werfen wie die Frauen in der Drei-Wetter-Taft-Werbung, damit Frank Bartelsen endlich auf mich aufmerksam wurde. Ich war bereit, dafür drei Mark neunundneunzig hinzulegen, denn Oma hatte mir am Sonntag zehn Mark geschenkt. Frau Doose steckte die Flasche in eine kleine Plastiktüte und strahlte. So viel Geld hatten wir alle zusammen in den vergangenen Wochen nicht bei ihr gelassen, und vielleicht ahnte sie in diesem Moment, dass wir tatsächlich die Kundinnen von morgen waren.

»Auf Wiedersehen, noch einen schönen Nachmittag, die jungen Damen!«

Wir grinsten uns beim Rausgehen an. Das Grinsen war ein Dauerzustand bei uns.

»Ob man das auch für die Schamhaare benutzen kann und ob die dann ganz füllig werden?«

Typisch Dörte. Dummerweise hatte Frau Doose das noch gehört, und unser guter Eindruck war innerhalb von Sekunden wieder dahin. Ich hörte noch ihr fassungsloses »Tsetsetse – also die Jugend von heute!«.

Foto Maschke hatte eines der interessantesten Schaufenster von Schallerup. Bilder von nackten Babys auf Fellen oder hübsch angezogenen Familien vor Fototapeten, alles unglaublich gestellt, meist hinten im Fotostudio bei Maschkes aufgenommen. Neu war das Porträt eines Bundeswehrsoldaten mit Schnauzer, der in seiner Uniform sehr nett in die Kamera lächelte und gut aussah, ein bisschen wie Doktor Schiwago. Das erinnerte mich daran, dass Papa uns Kindern schon lange einen Tennistrainer versprochen hatte, einen Unteroffizier

144

von der Bundeswehr. Es waren viele Soldaten Patienten bei Papa, und er hatte da einen bestimmten im Sinn, den er fragen wollte. Unsere Familie nutzte neben drei, vier anderen Spielern den etwas abgehalfterten Platz des Schalleruper Tennis Clubs Rot-Weiß, doch Unterricht hatten wir Kinder bisher noch keinen gehabt. Der Platz lag zwischen Koppeln und einem Schrottplatz, und sein Zaun war schon rostig, aber man konnte noch auf dem Rotgrant spielen. Seit Papa uns diesen Tennislehrer versprochen hatte, war meine Fantasie mit mir durchgegangen, und ich hatte mir ausgemalt, wie unser Tennislehrer aussehen und was sich alles zwischen ihm und mir abspielen würde. Aber es blieb bei meinen Mädchenträumen und dem uneingelösten Versprechen.

Auch wir waren schon für Familienfotos zu Maschkes ins Atelier gegangen, doch beim letzten Mal war Frau Maschke zu uns nach Hause gekommen. Meine Eltern hätten niemals zugestimmt, im Schaufenster ausgestellt zu werden, außerdem war das letzte Foto ein Desaster. Mich kratzten mein Kleid und die Wollstrumpfhose, die ich anziehen musste, mein kleiner Bruder war gerade von Leo, da noch ein Welpe, gebissen worden, und die Wunde tat ihm vor allem seelisch weh, Mama und Papa hatten sich vor dem Termin gestritten, und vor allem Sven hatte keine Lust, weil er das total spießig fand. Da wurde Mama beim Mittagessen richtig fuchsig, und so streng hatte ich sie noch nie mit meinem großen Bruder gesehen. Ein Familienfoto ohne ihn, das gehe nicht, und er habe anständig angezogen zu erscheinen, zumal das Bild ja auch gemacht werde, weil er bald nach seinem Abi das Haus verlassen würde. Ich sah Mamas Anstrengung, aber auch Verzweiflung, uns zusammenzuhalten, wenigstens zu diesem von ihr arrangierten Fototermin, dem vielleicht letzten Familienfoto, solange wir alle noch zusammenlebten. Mama saß dann auch in der Mitte, im Schaukelstuhl, die Beine übereinandergeschlagen im lindgrünen Strickkostüm von Rodier Paris, das wir vor Kurzem in Flensburg gekauft hatten und das Papa viel zu teuer fand. Wir alle waren um sie herumgruppiert. Irene stand in ihren marokkanischen Hausschuhen in der dritten Ballettposition vorne und Sven schräg hinter Mama, mit etwas Abstand, um deutlich zu machen, dass er auf Distanz ging zu diesem Foto. Er sah mit seinen halblangen Locken aus wie ein gepflegter Hippie, auf jeden Fall wie einer, den man beim Trampen am Straßenrand mitnehmen würde. Hendrik und Claas knieten wie zwei kleine Schutzritter zu Mamas Füßen, Claas Leo im Arm, Papa stand hinter dem Schaukelstuhl, die Hände auf dessen Lehne gestützt, hatte gerötete Augen. Sein Lächeln war bemüht, und wir wirkten alle angespannt, auch ich in meinem gemusterten Wollkleid und der kratzigen Strumpfhose und mit meinem Mädchenlächeln. Die Menschen auf den Fotos im Schaufenster bei Foto Maschke dagegen schienen glücklich, und als hätten sie im Leben keine Sorgen, nur die eine, dass sie gut auf dem Bild rüberkommen mussten, wenn Frau oder Herr Maschke auf den Auslöser drückte, nicht ohne zuvor »So, jetzt bitte alle recht freundlich!« zu rufen.

146

Und obwohl unser Familienfoto zu Hause in der natürlichen Umgebung aufgenommen wurde, wirkte es gestellter als ein Studiobild, und auch wenn es ein Gruppenbild war, schien jeder irgendwie vereinzelt darauf, und keiner von uns mochte das Foto hinterher leiden. Vermutlich weil es mehr über uns aussagte, als uns allen lieb oder bewusst war.

Über Maschkes selber hieß es, dass sie sich scheiden lassen wollten. So was wurde dann hinter vorgehaltener Hand erzählt, so außergewöhnlich war das, und das Wort »scheiden« wurde stets betont.

Das alte Postgebäude von Schallerup war gerade modernisiert worden. In die dunkelroten Backsteine hatten sie weiße Plastikfenster eingesetzt. Der Eingang wurde mit Glasbausteinen versehen, und es gab jetzt eine Drehtür. Drinnen war es meistens leer, und gleich drei Schalterbeamte langweilten sich in ihren hellblauen Hemden mit Deutsche-Post-Schlipsen unterm Neonlicht. Sie saßen hinter orangefarbenen Wänden und einer Glasscheibe. Herr Müller hatte Krampfadern, Herr Mommsen war mal zur Vertretung bei meinem Vater, was er hatte, wusste ich nicht, und Herr Graul hatte Hämorrhoiden.

»Kein Wunder«, sagte Papa, »bei der Arbeit.«

Herr Müller hatte zudem die dicksten Brillengläser, die ich kannte. Seine Pupillen wurden dahinter zu schwarzäugigen Miniquallen. Vielleicht musste ich deshalb immer zu ihm an den Schalter, Fünfzig-Pfennig-Briefmarken kaufen für die Praxis. Quittung nicht vergessen. Es war wie Magnetismus, ein innerer Zwang, ich musste immer an den Schalter von Herrn Müller gehen, obwohl oder weil mich dann das Mitleid packte. Er war aber auch der netteste von den drei Schalterbeamten. Ich hörte Anke und Geli hinter mir kichern und tuscheln. Von den Hämorrhoiden und Krampfadern hinterm Schalter wusste ja nur ich, aber die dicke Brille sahen alle.

»Die Gläser sind so dick wie Colaflaschenböden.«

»Nee, wie die Glasbausteine draußen.«

Die Gesichter meiner Freundinnen zitterten vor unterdrücktem Lachkrampf. Zum Glück war ich fertig am Schalter.

»Wenn du nicht gleich still bist«, drohte ich Geli beim Rausgehen, »dann musst du Carlos küssen.«

Das Plakat mit den gesuchten Terroristen hing gleich drei Mal in der Post. Die Personen darauf waren allesamt hässlich. Die Frauen sahen aus wie Männer, alle blickten sehr böse auf den Fotos, ihre Münder waren Schlitze. Und die Männer? Eine Zeit lang hatten wir versucht, den schönsten Terroristen zu wählen. Es war verdammt schwer. Anke fand Christian Klar voll schön, ich dagegen Rolf Heißler am hübschesten, und Dörte sagte, zur Not würde sie Hans-Joachim Klein wählen. Aber Ramírez Sánchez, genannt Carlos, sah mit seiner großen Brille, den Hamsterbacken und diesem eiskalten Blick richtig fies aus. Carlos zu küssen, was für eine eklige Vorstellung.

An unserer Schule gab es in der Oberstufe Schüler, die verbotene Flugblätter verteilten, gegen die Isolationshaft von Baader, Ensslin und Meinhof in Stammheim, und das gesamte Lehrerkollegium war dann in Aufruhr. Auch wir diskutierten oft über die Terroristen, und die Schleyer-Entführung ging mir nah, die Fotos von diesem Mann, das Pappschild in der Hand »Seit 20 Tagen Gefangener der RAF« – sein hoffnungsloser Blick. Anke sagte, sie verstünde nicht, warum die Terroristen es besser hätten als andere Gefangene, die hätten sogar Fernseher und Radio! Und Dörte machte Willy nach, den Neuen ihrer Mutter, den sie so hasste. Sie tat so, als hielte sie eine Flasche Bier in der Hand, und imitierte seine Stimme: »Diese ganze Baader-Meinhof-Bande müsste man an die Wand stellen und kurzen Prozess machen!«, und wir kugelten uns vor Lachen, weil sie es einfach zu gut machte.

Bald hinter der Drogerie Doose und der Post lag der Bahnhof von Schallerup, zu dem die Gerüchte über seine Stilllegung seit Jahren genauso dazugehörten wie der alte Bahnwärter Prahl. Wir setzten uns auf die grüne Gitterbank mit Blick auf die Gleise.

An einer Halle gegenüber den Gleisen stand seit einigen Wochen mit schwarzer Farbe »Nieder mit dem Schahregieme!«, und es war bisher noch nicht übermalt worden. Anke erkannte sofort den Rechtschreibfehler: »Ich glaube, Regime wird nur mit i geschrieben.« Wir schwärmten alle für den Sohn des Schahs, Prinz Reza, und immer wenn ich irgendwo in einer Zeitschrift was über die Schahfamilie entdeckte, las ich es mit großem Interesse, vor allem mit großem Interesse an Prinz Reza, dem zukünftigen Schah von Persien, und was er gerade so trieb.

Soeben fuhr der Zug aus Kiel ein, und meine Freundinnen und ich, wir guckten, wer alles so ausstieg und ob sich vielleicht ein schöner, fremder Mann nach Schallerup verirrt hatte, doch Fehlanzeige. Was sollte ein schöner Mann auch hier? Es gab keinen Grund, nach Schallerup zu kommen, es sei denn, man war auf der Durchreise. Manchmal landeten auch langhaarige Hippies am Schalleruper Bahnhof, die alte Pelzmäntel oder Ledermäntel mit Fellkragen trugen und eine Gitarre dabeihatten. Sie wurden dann von anderen Hippies am Bahnhof abgeholt und düsten in ollen Autos davon in irgendeine Landkommune. Diese Typen erinnerten mich ungut an eine bestimmte Sorte Patienten, die in letzter Zeit vor allem abends und am Wochenende vor der Praxistür standen und aus ganz Schleswig-Holstein zu Papa kamen. Es hatte sich herumgesprochen, dass mein Vater Methadon verschrieb. Er hatte es anfangs getan, weil ihm die Junkies leidtaten und er einigen helfen wollte, vom Heroin wegzukommen, geordneter Entzug. Aber die Sache war irgendwie aus dem Ruder gelaufen, und jetzt standen immer öfter klapprige Gestalten vor der Tür, die geradezu winselten, dass sie Papa unbedingt sprechen müssten, und mich schauderte immer, wenn ich sie sah. Sie waren das absolute Gegenteil zu dem schicken Schahsohn in seiner Uniform und mit den immer gestriegelten Haaren.

Ein paar Rentner stiegen aus dem Regionalzug und

ein Marinesoldat in seiner Uniform, den Seesack über der Schulter. Er guckte schüchtern zu uns rüber, doch er war dünn, blass, trug eine Brille und hatte Akne – und somit keine Chance. Dann sahen wir dem Zug hinterher, der Richtung Flensburg weiterfuhr. Schließlich erhoben wir uns und bummelten auf der anderen Seite der Dorfstraße wieder zurück.

An der Imbissbude vom Schalleruper Hof standen jetzt die Dorfjungs mit ihren Mofas und aßen Pommes. Es roch nach Fritteuse und Benzin, weil immer einer sein frisiertes Mofa laufen ließ oder gerade knatternd anschmiss. Die Jungs trugen hellblaue Jeansjacken und hatten rote Pickel mit einer mayofarbenen Eiterspitze. Sie gingen auf die Haupt- oder Realschule und spielten im TSV Schallerup Fußball oder Handball. Auch wenn wir von den Dorfjungs nichts wissen wollten, wir wollten, dass sie was von uns wollten.

»Scheiße, da steht der Aschenbecher!«, sagte Dörte nur. Michael blickte schüchtern rüber. »Lasst euch nie mit einem Eingeborenen ein, das ist hinterher so peinlich, wenn man sich ständig über den Weg läuft«, raunte sie uns zu.

Und da ratterte kein anderer als Frank Bartelsen auf seinem ketchupfarbenen Mofa bei den anderen an der Imbissbude vor. Meine Knie wurden weich, wir bummelten jedoch weiter, als wenn nichts wäre. Frank ging wie Michael auf die Schalleruper Realschule, war schon fünfzehn, und die gesamte Volleyballmannschaft konnte sich nicht mehr konzentrieren, wenn er während unseres Trainings auftauchte und in der Halle nebenan mit Freunden bolzte. Frank war braunhaarig mit kleinen Locken und blauen Augen, ohne Akne, und lebte für uns, die wir in Dellwig, der nächsten Kleinstadt, aufs Gymnasium gingen, auf einem anderen Planeten.

»Oh, guckt mal, Frank!«, kicherte Anke, als wenn wir ihn nicht alle schon längst entdeckt hatten.

»Moin«, rief er rüber, und wir grüßten zurück. Ich versuchte meinem Lächeln eine natürliche Note zu geben und hoffte, dass nicht gleich wieder jemand was von Fasching oder Disco rief. Doch es blieb still. Sehr still. Wie bei einer Schweigeminute auf einer Gedenkfeier. Die Jungs blickten uns hinterher. Aufmerksam, andächtig. Wir gingen weiter. Nur nicht umdrehen. Wir waren ja nur einkaufen. Die kleine Plastiktüte in meiner Hand wippte im Takt meines Herzens. Frank Bartelsen. Schade, dass es so schwer wie eine Mondlandung war, an ihn ranzukommen.

In diesem Moment kam uns der Peugeot meiner Eltern entgegen. Papa liebte die Marke und kaufte beim Schalleruper Autohändler Thomsen immer den Peugeot 504, nur die Farben änderten sich, weiß, ochsenblutrot, schilfgrün-metallic. Aber nicht Papa saß am Steuer, sondern seit ein paar Wochen Mama. Sie hatte beim Fahren Lederhandschuhe an, ihre Sonnenbrille auf und wirkte wie ein richtiger Chauffeur. Papa saß angeschnallt daneben, und es sah alles andere als normal aus. Beide rauchten, und der Peugeot war voller Qualm. Mein Vater winkte uns zu, meine Freundinnen winkten zurück, nur ich hob meinen Arm halbherzig. Ein Vater, der seinen Führerschein verloren hatte und jetzt ein halbes Jahr lang überall hingefahren werden musste, um seine Patienten zu besuchen, das war mehr als peinlich. Und dann mussten sie auch noch ausgerechnet in dem Moment vorbeifahren, wo mir Frank Bartelsen zulächelt.

Meine Freundinnen grüßten meine Eltern, als wäre es das Normalste von der Welt, dass mein Vater im Auto herumkutschiert wurde. Ich rechnete es ihnen hoch an. Wir verloren darüber kein Wort, gingen weiter.

Vor dem Salon Chic stand Christiansen in seinem hellblauen Kittel und nickte zu uns herüber. Unser Dorffriseur färbte sich seit Neuestem die schütteren Haare, die sorgfältig gescheitelt auf seinem Haupt lagen. Christiansen schnitt Männer, Frauen, Kinder, er hatte einen Lehrling, den er herumkommandierte und der immer ausfegen musste. Keine Ahnung, was ein Lehrling im Salon Chic lernen konnte, denn Christiansen beherrschte im Grunde nur drei verschiedene Haarschnitte, je einen für Kinder, Männer und für Frauen mit Föhnfrisur. Die Standardfrage, wenn man zu ihm ging, war: »Einmal wie immer?«, und alle nickten matt, denn niemand im Dorf hätte es gewagt, sich bei Christiansen einen ganz neuen Haarschnitt machen zu lassen. Als Kind hatte ich meinen Christiansen-Pisspottschnitt mit geradem Pony, und jetzt, wo ich älter war und meine Haare halblang, schnitt mir Christiansen seinen Mireille-Matthieu-Christiansen-Pisspott-Schnitt, der mithilfe von viel Geduld und Festiger über eine Rundbürste nach innen geföhnt wurde. Nicht gerade leicht bei meinen Naturlocken.

153

Christiansen war der einzige Friseur im Ort. Er wusste immer alles über alle in Schallerup und erzählte es in seinem Salon weiter, wo er wiederum durch seine Kundinnen und Kunden mit Informationen versorgt wurde. Wenn die älteren Frauen mit geröteten Gesichtern den Salon Chic verließen, dann lag das sicher nicht nur an den zu heiß gestellten Trockenhauben, sondern auch an den ganzen Neuigkeiten, die sie soeben erfahren hatten und nun gleich weitergeben mussten an die anderen, natürlich hier und da noch etwas hinzugefügt oder weggelassen, wichtige Details vergessen, neue dazu erfunden, etwas in schillernden Farben ausgemalt, selbstverständlich nichts gelogen. Und ich wollte gar nicht wissen, was im Salon Chic über meinen Vater geredet wurde. Der Führerscheinentzug vor zwei Monaten gab natürlich wieder allen Schludermäulern Nahrung. Noch offensichtlicher ging es wohl nicht.

Papa war nachts aus dem Reitstall gekommen. Dort wurde allgemein viel getrunken, das Reiten war für einige nur ein Vorwand, um sich danach in der Kantine mit den anderen so richtig die Kante zu geben. Sie fuhren dann alle noch munter mit dem Auto nach Hause, doch Papa hätte mal besser ein Taxi genommen. Seine Fahrt endete schon nach wenigen Kilometern in einem Graben. Dort fand ihn ausgerechnet die Taxiunternehmerin von Schallerup und brachte ihn nach Hause. Kaum eingeschlafen, klingelten ihn unsere Dorfsheriffs aus dem Bett. Sie hatten inzwischen den Wagen meines Vaters gefunden und baten ihn nun freundlich zu pusten: 2,2 Promille.

Das war alles mitten in der Nacht passiert, und wir Kinder hatten davon nichts mitbekommen. Jedenfalls war Papa jetzt den Lappen los, und Mama oder seine Sprechstundenhilfe Frau Hansen kutschierten ihn seitdem herum zu seinen Patientenbesuchen über Land, oder er fuhr mit dem Fahrrad in Schallerup auf Besuch. Das war dann fast noch peinlicher. Mein Papa auf seinem Klapprad, das ihn kleiner wirken ließ, als er war, den großen Arztkoffer hinten auf dem schmalen Gepäckträger. Da Papa, vor allem bei Gegenwind, ganz schön strampeln musste, sah er eher verzweifelt aus und nicht wie jemand, der jetzt auf einmal bei Aktion Trimm-dich mitmachte.

Und während wir vier Schönheiten am Salon Chic vorbeigingen und ich mich dessen schämte, was dort und sonst wo vermutlich alles so über meinen Vater geredet wurde, wusste ich nicht, dass die Sache mit dem Führerscheinentzug noch nicht das Letzte war, womit Papa das Dorf in Atem halten würde.

Nach unserer Promenade auf dem Boulevard von Schallerup kehrten wir zu Geli zurück und redeten über all das, was wir erlebt hatten und was wir noch alles erleben würden. Wir hatten uns gezeigt. Bei Tritop und Keksen alberten wir herum. Hier, in Gelis Jugendzimmer, das ihre Mutter ihr zum dreizehnten Geburtstag neu möbliert hatte, fühlte ich mich wie auf einer Insel. Wir waren selten bei mir zu Hause, und die anderen schlugen es auch nicht vor. Ich hatte nicht gern Besuch. Wegen meines Vaters. Darüber konnte ich jedoch mit niemandem reden. Auch nicht mit meinen engsten Freundinnen. In unserer Familie herrschte, ohne dass irgendjemand es uns Kindern sagen musste, Schweigepflicht.

Die Tanzstunde

Der Tanzsaal im Schalleruper Hof, am späten Mittwochnachmittag. Rüdiger Iversen und seine Tanzpartnerin Sylvia von der Mürwiker Dance Company standen in der Mitte des großen Saales auf dem Parkett. Iversen trug einen Anzug, der wie eine Fischhaut glänzte, seine spitzen weißen Schuhe machten mich misstrauisch. Zur Begrüßung hatte er gesagt, dass wir ihn »ruhig Rüdiger« nennen sollten. Damit hatte er seinen Spitznamen weg. Die Miniplidauerwelle von Herrn Iversen war hinten lang, vorne kurz. Wenn er Sylvia anfasste, dann rutschte sein silbernes Armband unter dem Ärmel des Sakkos hervor. Ganz fest packte Herr Iversen seine Partnerin, und Sylvia schien das zu gefallen. Sie trug ein kirschrotes Kleid mit Spaghettiträgern. Etwas gewagt für Ende September. Auf ihrem Dekolletee glitzerte ein Strassanhänger mit zwei ineinanderverschlungenen Herzen.

Bei der Tanzstunde in Schallerup waren die Realschüler in der Überzahl. Die Mädchen von der Realschule waren anders. Sie lasen *Bravo*, trugen Kämme in der Gesäßtasche ihrer Wrangler, schminkten sich mehr und hatten schon Dauerwelle. Sie waren weiter als wir, viele von ihnen hatten bereits feste Freunde, die ihnen Armbändchen schenkten. Umgekehrt hielten sie uns Gymnasiastinnen vermutlich für etwas zurückgeblieben und überheblich. Es herrschte Kalter Krieg zwischen uns.

Sylvia drehte sich auf silbernen Sandaletten mit einem hohen, ganz schmalen Absatz. Sie und Iversen tanzten uns einen Cha-Cha-Cha vor. Geschmeidig bog sich Sylvia in den Armen von Rüdiger Iversen, keine Schweißperle war zu sehen. Ich studierte die beiden ganz genau. So was bekam man in Schallerup nicht alle Tage geboten.

Auch wenn ich niemals so aussehen wollte wie Sylvia mit ihrer Puppenstirn und der Stupsnase, tanzen wollte ich wie sie. Sie gab sich hin, ließ sich drehen, biegen, wegstoßen, heranziehen. Ihr Pferdeschwanz wippte zu dem dröhnenden Rhythmus aus den großen schwarzen Boxen, auf denen in silbermetallicfarbenen Buchstaben »Mürwiker Dance Company« stand. Einmal die Woche würden die beiden für die nächsten Monate nach Schallerup kommen, um uns Standardtänze beizubringen.

Sylvia erinnerte mich an eine Eiskunstläuferin. Meine Schwester Irene liebte Eiskunstlauf. Sie schaltete dann immer den Fernseher ein, und ich setzte mich manchmal dazu. Wir lauschten der Musik, zu der das Paar tanzte, ein perfektes Paar, die Bewegungen vollkommen aufeinander abgestimmt, für Momente zu einem Wesen verschmelzend schwebten sie übers Eis, und Irene und ich, wir waren ganz still und staunten, hielten bei halsbrecherischen Sprüngen die Luft an und atmeten gemeinsam erleichtert aus, auch wir im Einklang wie selten, wenn die Frau wieder sicher auf dem Eis oder in den Armen des Mannes landete. Sylvia von der Mürwiker Dance Company hatte auch diese schmalen Lippen der Eiskunstläuferinnen, die mir immer auffielen, wahrscheinlich weil sie so viel trainieren mussten. Irene selbst lief sehr gut Schlittschuh, sie konnte auch das Bein anheben oder rückwärts kurven, es sah elegant aus, und ihre Bewegungen hatten Charme und auch Grazie, allerdings seltsamerweise nur, solange sie auf dem Eis und auf Schlittschuhen war, im Alltag weniger. Vom Ballettunterricht vor ein paar Jahren war geblieben, dass Irene ihre Füße beim Familienfoto oder an der Bushaltestelle in der dritten Position aufstellte. Ich fand es anfangs immer etwas affig und übertrieben, vor allem morgens um zwanzig vor sieben an der Schalleruper Bushaltestelle auf den Schulbus der Firma Krafft, der uns Fahrschüler zum Gymnasium nach Dellwig brachte, in der dritten Position zu warten, aber irgendwann hatte ich mich daran gewöhnt und kannte meine Schwester nur so, dass sie beim Warten in einer Ballettposition verharrte, als beharrte sie darauf, dass in ihr sehr wohl die uns von unserem Vater damals abgesprochene Grazie steckte.

Der frisch gewienerte Parkettboden des Saales, in dem unsere Tanzstunde stattfand, betäubte die Nase und überdeckte den Duft von Apfelshampoo, der zu

Beginn noch in der Luft lag, weil sich fast alle die Haare gewaschen hatten. Ich mir auch, mit meinem neuen Shampoo von Drogerie Doose. Auf der einen Seite standen wir Mädchen in einer langen Reihe, ein ziemlicher Überschuss, auf der anderen Seite die Jungs von Schallerup. Pünktlich zu meiner ersten Tanzstunde hatte ich natürlich wieder mal einen Herpes. Er hing in der gleißenden Deckenbeleuchtung schorfig-rund und prall an der Oberlippe und war in dem Stadium, in dem er tatsächlich einer Rosine ähnelte, und ich war ganz sicher, übrigzubleiben. Ich schüttelte aber noch mal mein Haar. Rüdiger Iversen gab den Startschuss für die Jungs, uns aufzufordern, und wie die Jungstiere stürmten sie über das Parkett hinweg auf uns los. Frank Bartelsen kam direkt auf mich zu und strahlte mich mit seinem makellosen Mund an. Er packte mich zärtlich und doch entschlossen zugleich wie ein Geschenk, das man aus einem Haufen unterm Weihnachtsbaum zuerst gewählt hatte, und wir übten die Schritte, die uns Tanzlehrer Rüdiger Iversen durch das Mikro ansagte, während Sylvia gelangweilt danebenstand und Kaugummi kaute. Ich stand unter Schock, konnte nicht fassen, dass ich tatsächlich mit Frank tanzte. Trotz Herpes.

Frank drehte mich, ich zeigte ihm kurz meine Schulter, um dann mit einem Lächeln wiederaufzutauchen. Frank musste sich von seinem Vater das Aftershave ausgeliehen haben. Er trug ein gebügeltes Hemd, über dessen Kragen seine Zähne strahlten. Er hatte leicht feuchte Hände, einmal rutschte ich bei einer Drehung

160

aus seiner Hand heraus, doch sogleich fanden wir uns wieder. Es waren diese kleinen unvorhergesehenen Missgeschicke, die uns verbanden. Und seine Frage: »Hej, wer führt hier? Ich oder du?«

Natürlich musste der Mann führen, und die Frau musste geschmeidig und biegsam sein, kühl und lächelnd, mitgehen und gleichzeitig eine gewisse Distanz wahren. In meinem Innersten wusste ich genau, wie Tanzen ging. Nur diese Schritte irritierten mich. Immer wieder traten wir uns auf die Füße. Dabei roch ich das Aftershave seines Vaters.

Ich sah in die hellblauen Augen von Frank, dieselbe Augenfarbe wie der Fischmann, der schon lange nicht mehr kam. Meine Mutter kaufte jetzt Fisch in Schallerup im Laden bei Fritsche, wo die Fische in einem großen Aquarium im Schaufenster herumschwammen.

Frank war geduldig mit mir, und wenn ich mal die Schrittfolge nicht hinbekam und entschuldigend lächelte, dann lächelte er zurück wie ein verständnisvoller Trainer. Gerade als wir den Rhythmus gefunden hatten und es richtig gut lief, rief Iversen, den wir Rüdiger nennen sollten, worauf aber kaum einer Lust zu haben schien: »Viertel Stunde Pause!«

Geli und Dörte kamen gleich auf mich zu.

»Wow! Frank Bartelsen hat sich ja sofort auf dich gestürzt!«

Ich grinste, konnte es selbst nicht fassen, was da soeben passiert war. Jetzt stand Frank etwas entfernt mit seinen Klassenkameraden und ein paar Mädchen von der Realschule zusammen. Eine, Daniela

Kuschinski, warf ihre dünnen blonden Haare mit Dauerwelle herum, sie rauchte gerade eine Zigarette und kaute gleichzeitig Kaugummi. Angewidert und fasziniert zugleich beobachteten wir das. Auch wenn wir es nie zugegeben hätten, wir bewunderten die Mädchen von der Realschule dafür, dass sie weiter waren als wir.

»Lasst uns rausgehen!«, schlug Geli vor, und wir verließen den Saal. Anke war bei der Tanzstunde im Schalleruper Hof nicht dabei, ihre Mutter fand, sie sollte erst mal konfirmiert sein. Frau Döbbertin hatte oft etwas seltsame Ansichten, auf denen sie beharrte, wir anderen drei hatten nämlich Anke zuliebe versucht, ihre Mutter zu überzeugen, dass wir zu viert mit Anke zur Tanzstunde wollten. Als ich sagte, es wäre doch doof, wenn Anke die Tanzstunde dann im nächsten Jahr allein machen müsste, antwortete Frau Döbbertin allen Ernstes: »Dann könnt ihr ja noch auf Anke bis zum nächsten Jahr warten.« Blöde Kuh.

Nun standen wir also zu dritt im Hof, nahe der Toiletten, wo die Sache mit Margit Podimke passiert war. Wir hatten alle gerötete Wangen von der Anstrengung, der schlechten Luft im Saal und der Aufregung.

»Wie war's denn, mit Frank Bartelsen zu tanzen?«

»Er tanzt echt gut«, sagte ich, doch wir waren nicht allein im Hof. In einer Ecke standen Rüdiger Iversen und Sylvia zusammen und stritten gerade. Iversen hatte Sylvia fest am Handgelenk gepackt und wirkte alles andere als »ruhig Rüdiger«. Als er uns sah, ließ er sie sofort los, aber ich hörte ihn noch »Ich warne dich, mein Fräulein!« zischen. Jetzt winkte er kurz zu uns rüber, und auch Sylvia tat so, als wenn nichts gewesen wäre, dabei war ihr Handgelenk ganz weiß. Auch ihr Lächeln war mehr ein Zähnezusammenbeißen, das ich von meiner Mutter so gut kannte. Beide fischten jetzt eine Kim aus einer Packung, extra lange und besonders dünne Zigaretten, die meist von etwas merkwürdigen Menschen geraucht wurden. Rüdiger Iversen gab Sylvia Feuer, tat so, als wenn alles in bester Ordnung sei. Sie inhalierte, es sah sehr erwachsen aus und verrucht. Der Rauch kam aus der Nase und wehte zu Iversen, ebenso ihr eisiger Blick. Sie flüsterte ihm etwas zu, was ich leider nicht verstand. Er fiel in sich zusammen, guckte Sylvia jetzt an wie ein hilfloser Junge, und es schien vollkommen unglaubwürdig, dass er es war, der soeben noch fest zugepackt und gedroht hatte. Ich hätte alles gegeben, um zu wissen, was Sylvia zu Iversen gesagt hatte, was das für ein Wort war, das so eine vernichtende Kraft hatte. Dörte und Geli lästerten gerade über Daniela Kuschinski, die einmal sitzen geblieben und schon mit mindestens drei Bundeswehrsoldaten gegangen war, die alle schnelle Autos fuhren, und angeblich sollte sie ihre Jungfernschaft verwettet haben. Doch ich hörte nur mit einem halben Ohr zu, sah mir weiter das Tanzlehrerpaar an, ein farbiges Schattenspiel vor den Glasbausteinen der Hofwand, das rote Kleid, der silberne Anzug, der Qualm der Zigaretten, das Vor und Zurück der Körper, und Sylvia zischte wieder etwas, und ich meinte, das Wort »Schluss« verstanden zu haben.

Uns wurde kalt, und wir gingen wieder rein in den

Saal, der jetzt noch schlimmer roch. Niemand hatte gelüftet, und Schweiß und Zigarettenqualm vermischten sich mit allen möglichen Parfums und Aftershaves, von ahnungslosen Schalleruper Müttern und Vätern entliehen und viel zu dick aufgetragen. Daniela Kuschinski hatte sich noch näher an Frank rangerobbt, erst jetzt sah ich, wie ihr BH sich unter ihrer weißen Bluse abzeichnete, und ich konnte mir gut vorstellen, dass an allen Gerüchten über sie was dran war. Es beeindruckte mich aber auch, dass ein junges Mädchen schon so einen legendären Ruf hatte. Mein Ruf bestand doch nur darin, die Tochter von diesem Doktor König zu sein.

Iversen klatschte in die Hände. Wir mussten uns wieder in eine Mädchenreihe und eine Jungsreihe einander gegenüber aufstellen. »Damenwahl«, rief er, und ehe ich mich entscheiden konnte, ob ich jetzt meinerseits Frank auch aufforderte und ob das nicht ein bisschen zu auffällig war, hatte Daniela Kuschinski ihn sich schon geschnappt. Ich forderte daher Michael auf, Dörtes Ex, einfach weil er gerade da stand und ich auf keinen Fall übrigbleiben wollte, so wie es Dörte ergangen war. Sie musste jetzt mit einem anderen Mädchen tanzen. Wie peinlich war das denn! Aber ihr schien es nichts auszumachen. Nun tanzte ich also mit Michael, der mit Frank in eine Klasse ging, und Michael roch wirklich widerlich nach Zigaretten, und ich verstand, dass Dörte das nicht ausgehalten hatte. Er war auch kein besonders begabter Tänzer. Frank hatte mich ganz anders angefasst und viel besser geführt.

Ich sah, wie Daniela und Frank links von uns die
Discofox-Schritte übten, und fragte mich, ob man dabei
wirklich so doll mit dem Hintern wackeln musste, wie
Daniela es tat. Iversen ging von Paar zu Paar. Daniela
und Frank lobte er und nahm Daniela und tanzte Frank
mit ihr eine Schrittfolge vor, damit die beiden noch besser wurden, und Daniela sagte: »Alles klar, Rüdiger.
Danke.« Sie war die Einzige, die Iversen duzte, und er
freute sich wie ein Schneekönig.

Die Spätnachmittagssonne schickte ein paar Strah-
len in den Saal, Staubkörner tanzten so unkoordiniert
wie wir, und wir übten noch ein paar Tänze, sollten
dann noch mal einen Partner nach rechts, leider nicht
nach links, weiterwechseln, und ich tanzte mit Carsten
Kowalski, dessen Haare nach Maggi rochen.

Dann klatschte Rüdiger Iversen in die Hände. »Das
war's für heute, dann bis nächste Woche, meine Lieben!
Da gibt's dann Walzer und Jive, haltet die Ohren steif!«

Alle klatschten, und Iversen grinste über seinem glänzenden Fischhautanzug. Ich versuchte, Frank noch
einen Blick zuzuwerfen, eine wortlose Verabredung für
die nächste Woche, für Walzer und Jive, doch er war
schon auf dem Weg nach draußen.

Nach der Tanzstunde bummelten Dörte, Geli und ich
gemeinsam die Große Straße zurück, die Geschäfte hatten schon zu, wenn sie nicht sowieso am Mittwochnachmittag geschlossen hatten. Meine Freundinnen
nahmen mich in die Mitte und gingen noch extra einen
Umweg, um mich nach Hause zu begleiten. Ich wusste

natürlich genau warum. Sie kriegten sich nicht wieder ein, ich war die Sensation.

»Er ist so was von direkt auf dich zu.«

»Wie eine Flipperkugel.«

»Frank Bartelsen, der Schwarm aller Mädchen, steht auf Clara.«

Gern wäre ich etwas für mich gewesen, das mal sacken lassen, was mir da heute Nachmittag passiert war. Aber meine Freundinnen hingen an mir wie Kletten. Das Schöne daran, sie waren nicht neidisch, sondern bewunderten mich. Zu schade, dass Anke nicht dabei gewesen war, aber Geli und Dörte würden es ihr sicher haarklein erzählen. Ich war innerhalb der vergangenen zwei Stunden in der Hierarchie ganz schön aufgestiegen, und ich genoss es. Auch wenn mir die Damenwahl meinen Triumph etwas madig gemacht hatte.

»Habt ihr gesehen, wie Daniela sich an ihn rangeschmissen hat?«

Geli versuchte mich zu trösten.

»Guck mal, Damenwahl, das kann doch jeder, sich dann Frank Bartelsen schnappen, aber dich, dich hat er von sich aus gewählt. Und zwar gleich beim allerersten Tanz. Als wenn er sich das vorher ganz genau überlegt hätte.«

Wir waren vor unserem Haus angekommen und verabschiedeten uns gerade, da sauste Iversen mit Sylvia auf dem Beifahrersitz in seinem schwarzen Ford Capri an uns vorbei Richtung Bundesstraße.

Die Jokerfrage

Als ich das Haus betrat, hörte ich Irene am Flügel. Sie spielte Bartók, kein gutes Zeichen. Leo, unser Langhaardackel, begrüßte mich schwanzwedelnd im Flur, und ich streichelte ihn, dann legte er sich in seinen Korb. Wir hatten Leo seit zwei Jahren. Wegen seiner Rechtschreibschwäche war Claas damals bei einer Schulpsychologin gewesen und sollte dort ein Bild malen. Er witterte die Gunst der Stunde und malte eine Oma mit Strickzeug in der Hand in einem Schaukelstuhl, zu ihren Füßen sich selbst mit einer Banane und einen Hund, weil er sich dachte, dass genau so ein Bild seine Chancen auf einen Hund erheblich erhöhen würde. Bis dahin hatten meine Eltern sich gegen einen Hund gesträubt, aber als die Psychologin ihnen erklärte, dass es Claas vermutlich guttäte, sich für ein Haustier verantwortlich zu fühlen, da waren sie sofort bereit, für das Seelenheil ihres jüngsten Sohnes einen Dackel anzuschaffen. Claas, das Schlitzohr, erzählte später immer wieder grinsend von seinem Triumph über die Psychologie und wie er alle ausgetrickst hatte mit seiner Zeichnung.

Ich ging in die Küche, wo Mama in ihrer weißen Schürze, dem Verlobungsgeschenk von Papa, vor einer

Pfanne Bratkartoffeln am Herd stand. Mittags hatte es Birnen, Bohnen und Speck gegeben und somit ein schlecht gelauntes Familienoberhaupt. Das einheimische Gericht war ein Affront für den Gaumen unseres Vaters, wahrscheinlich versuchte Mama, Papa mit den Bratkartoffeln, die er gern aß, wieder etwas wohlwollender zu stimmen. So wie wir alle immer unsere Antennen nach ihm und seinen Launen ausrichteten.

Meine Mutter war beim Friseur gewesen, die Haare saßen wie ein Helm auf ihrem Kopf, und sie hatte sich Wimpern und Augenbrauen färben lassen, was zu Beginn immer noch etwas streng wirkte und mich irritierte.

»Na, wie war die Tanzstunde?«

»Ganz gut.«

Ich ging an den Kühlschrank und holte freiwillig die Sachen für das Abendbrot heraus. Jetzt zog Mama die Augenbrauen erstaunt nach oben, sagte aber zum Glück nichts. Bei ihr hatte ich immer das Gefühl, dass sie mich sofort durchschaute. Ich erzählte ihr, wie widerlich ich diesen Iversen fände, aber dass das Tanzen Spaß gemacht habe. Dann zog ich los, um die anderen zum Abendbrot zu holen. Sven war nicht da, und Claas und Hendrik waren in ihrem Zimmer. Hendrik las den neuesten Asterix-Comic, und Claas saß mal wieder vor seinem Aquarium und betrachtete seine Guppies, Neonsalmler und Kampffische. Als Claas vor Jahren das Aquarium neu hatte und alles noch aufregend war, kam er eines Nachmittags auf die Terrasse rausgelaufen und rief ganz außer sich: »Ich bin Vater geworden, ich bin Vater geworden! Meine Fische haben gelaicht!«

Er, unser Jüngster, auch Kleinster, nur eine viertel Stunde nach Hendrik geboren, blond wie Mama und Sven, immer diese blauen Kulleraugen und mit einem Charme, den er schon von früh auf geschickt einzusetzen verstand, um sich seine Vorteile zu sichern. Hendrik dagegen war temperamentvoller und oft Opfer seiner Leidenschaften. Er wurde schnell wütend und jähzornig, und sein Lächeln war etwas seltener als das von Claas, daher kostbarer. Insgesamt war er mir näher. Ich frohlockte auch immer als Kind, wenn man versehentlich Hendrik und mich, die beiden Braunhaarigen und Braunäugigen, für die Zwillinge hielt.

Ich schaute Claas gern an, wenn er seine Fische beobachtete wie ein liebevoller Vater, Häuptling, Clanchef. Claas saß oft hier, wenn die Stimmung mies war. Die Fische waren mir deshalb etwas unheimlich, weil sie sich gegenseitig Stücke vom Schwanz abbissen, und ich verstand nicht ganz, wer wem und warum in den Schwanz biss.

»Abendbrot ist fertig«, sagte ich ins Zimmer hinein, und Claas sah mich an, als tauchte er soeben auf, als hätte er nicht daneben gesessen, sondern wäre im Aquarium gewesen, selbst Teil des Schwarms. Auch Hendrik blickte von seinem Comic auf und schien sich erst einmal sortieren zu müssen, dass er nicht in einem kleinen Dorf in Gallien war, sondern in seinem Kinderzimmer in Schallerup. Als wir noch jünger waren und die Asterix-Welle ausbrach, hatte Papa behauptet, er könne für uns den Zaubertrank des Miraculix nachbrauen, und wir waren ganz aufgeregt. Ich zumindest traute es meinem Vater zu. Zuerst hatte er dafür einen großen Kupferkessel gekauft, der inzwischen als Behälter für das Kaminholz im Wohnzimmer diente, dann irgendwann, als wir ihn an sein Versprechen erinnerten, hatte er bei seinem Apotheker-Kumpel Karl-Heinz eine Tüte Misteln besorgt, die immer noch unangebrochen im Küchenschrank lag. Zu dem tollen Zaubertrank war es nie gekommen, und inzwischen hatten wir kapiert, dass Papa den Mund etwas vollgenommen hatte, wie auch bei dem Tennislehrer-Unteroffizier, den ich mir allmählich abschminken konnte.

»Alles klar mit den Fischen?«, fragte ich, und Claas nickte.

»Ich muss nachher das Wasser noch wechseln.«

Dann ging ich ins Wohnzimmer, wo Papa im Sessel vor einem Glas Rotwein saß, eine Fachzeitschrift mit den grässlichen Fotos von Verstümmelungen las und Irene auf dem Flügel spielte. Meine Schwester war das musikalische Familienbarometer. War unser Vater schlecht drauf, dann spielte sie Béla Bartók oder Prokofjew, war sie selbst melancholisch, dann spielte sie Chopin. Und Mozart, wenn alles mal gerade gut war oder sie meinte, uns aufmuntern zu müssen.

Beim Abendbrot in der Küche beschwerte Papa sich, dass niemand mehr mit ihm am Klavier singe und wir alle Kulturbanausen seien, allen voran unsere Mutter, die abends ja nur noch fernsehen wolle, und zwar das schwachsinnigste Programm. Dann regte er sich auf, wer alles seine Krankenscheine noch nicht abgegeben hatte, dass sich sein Kumpel Karl-Heinz mit dem neuen Arzt im Ort, diesem Doktor Winter, gleich bestens verstand, darüber, dass Mama während der Sprechstunde mit Tante Elke telefoniert und die Leitung blockiert hatte und dass an den Bratkartoffeln Pfeffer fehlte. Papa konnte einem richtig den Appetit verderben mit seiner schlechten Laune. Mama saß neben ihm mit ihrer Helmfrisur wie eine Schaufensterpuppe. Papa regte sich auch darüber auf, dass sie ständig zum Friseur ging und was das kostete.

Ich litt, wenn er unsere Mutter so behandelte, und ich litt, dass sie sich nicht dagegen wehrte. So wie ich es als Kind hasste, dass meine Mutter an der Haustür nicht Nein sagen konnte, wenn irgendwelche Ex-Knastis ihr Zeitschriften-Abos andrehen wollten. Dann stand ich neben ihr und wünschte mir sehnlich, dass meine Mutter dieser Erpressung standhielt, das Spiel durchschaute und es nicht mitspielte, doch Mamas Mitleid mit den armen Typen siegte meist, und sie kaufte ihnen ein überteuertes Abo ab. Sie wusste sich nicht anders zu helfen, um sie wieder loszuwerden.

Manchmal nahm ich Mama Papa gegenüber in Schutz, sagte etwas zu ihrer Verteidigung oder kritisierte umgekehrt unseren Vater, denn ich war die Einzige, die sich das herausnehmen durfte. Papa gefiel mein kritischer Geist so sehr, dass er ihn auch gegen sich duldete und dann milde lächelte, weil es eben von mir, seiner Tochter, kam, die später Journalistin werden wollte. Aber wehe, Mama widersprach ihm, das konnte er gar nicht haben. Und so tat sie es auch kaum mehr und verstummte zusehends.

Papa schimpfte auch noch mit meinen jüngeren Brüdern, dass sie nach dem Fahrradflicken im Keller alles stehen und liegen gelassen hätten. Wer die beiden sonst kannte, immer große Klappe, quirlig, pfiffig, der hätte gestaunt, wie kleinlaut sie vor ihren Tellern sitzen konnten. Die Auswirkungen von Papas Launen auf uns Kinder wurden am deutlichsten bei den Zwillingen. Und auch wenn ich es war, die oft unter den beiden zu leiden hatte, diese Art der Behandlung war so ungerecht. Es verstand niemand in der Familie, wie es dazu hatte kommen können, dass unser Vater, der doch gern viele Kinder haben wollte, nun auf den beiden Kleinsten ständig herumhackte, sie regelrecht herunterputzte.

Irene und mich ließ Papa einigermaßen in Ruhe. Meine Schwester aß mal wieder nur harte Eier, machte ihre Brigitte-Eier-Diät. Darüber regte sich Papa an manchen Tagen auch auf, wie ungesund das sei, aber heute nicht. Man wusste nie, wann er wie gelaunt war und aus welchen, oft läppischen Gründen es dann unvorhergesehen kippte. Und dann erzählte er plötzlich einen Witz, vielleicht, weil er merkte, dass es gar nicht mehr lustig mit ihm war, aber seine Witze waren immer dieselben. Oder unser Vater gab mal wieder eine seiner Storys aus seinem früheren Leben zum Besten, Geschichten, die er inzwischen so oft wiederholt hatte, dass er mir manchmal vorkam wie eine Schallplatte, die einen Kratzer hatte und immer an derselben Stelle hängen blieb, ja, als wäre er selbst irgendwo unterwegs hängen geblieben, und es kam nichts Neues und wirklich Erzählenswertes mehr hinzu.

Da klingelte das Telefon, Mama stand auf, verließ die Küche, und wir hörten sie im Flur sprechen. Kurz darauf kam sie zurück.

»Roman, wir müssen sofort los, ein schwerer Autounfall!«

Und mein Vater stöhnte, immer war er im Dienst, konnte jederzeit, auch abends, nachts irgendwohin gerufen werden, musste bereit sein, dann noch bis zu zwanzig Kilometer über Land zu fahren. Und wehe, jemand rief ihn, und es war nur eine Lappalie, da konnte Papa richtig wütend werden und sagte das dann seinen Patienten auch unverblümt. Papa stand auf, nahm seinen Arztkoffer, und kurz darauf hörten wir unsere Eltern vom Hof fahren.

Wir Kinder räumten gemeinsam den Abendbrottisch ab und das Geschirr in die Spülmaschine, dann setzten wir uns im Wohnzimmer vor den neuen Farbfernseher. Wim Thoelke kam, Wum und Wendelin, der große Preis, Fragen über Fragen. Und wie immer sagte Wim Thoelke zur Begrüßung: »Gleich werden Sie erleben, wie man viel gewinnen und wieder verlieren kann!«

Doch während ich in der Sofaecke kauerte, gab es für mich, in meiner Glaskapsel, nur die eine Jokerfrage: Was hatte es zu bedeuten, dass Frank Bartelsen ausgerechnet mich heute aufgefordert hatte?

»Risiko, Risiko!«, hörte ich Wim Thoelke.

Musste ich mir wegen Daniela Kuschinski ernsthafte Sorgen machen? Und während meine Geschwister

173

mit den Kandidaten in ihren Glaskapseln mitfieber-
ten, beschäftigte mich nur die eine, die Liebe-einhun-
dert-Frage: Würde das vielleicht doch was mit Frank
und mir, obwohl ich aufs Gymnasium ging und er auf
die Realschule? Der absolut süßeste Junge von ganz
Schallerup und Umgebung beschäftigte mich so sehr,
dass ich heute von der Quizshow, die ich sonst gern
guckte, nicht viel mitbekam. In meinem Kopf lief mein
eigenes Fernsehprogramm. Immer wieder dachte ich an
den Moment, in dem Frank auf mich zugekommen war.
Ich sah mich in Gedanken mit ihm Walzer tanzen, über
das Parkett schweben. Besser ich schrieb das alles nicht
ins Tagebuch, denn neulich hatten Hendrik und Claas
das Schloss geknackt und einfach darin gelesen und
nur gegrinst, als ich mit ihnen geschimpft hatte. Vor
meinen kleinen Brüdern war nichts sicher. Weder mein
eigenes Gesichtshandtuch, mit dem sie sich besonders
gern den Hintern abtrockneten, noch meine Wimperntusche, mit der sie sich neulich ihre ersten Schamhaare
angetuscht hatten. Sie machten es einem nicht gerade
leicht, sie zu lieben. Sie durften auch nichts von Frank
und mir wissen, weil sie mich dann den ganzen Tag
damit aufziehen würden. Das hier musste mein kostbares Geheimnis bleiben.

In der Schule am nächsten Tag wussten es Geli und
Dörte auch schon. Rüdiger Iversen und Sylvia waren
beim Überholen frontal in einen LKW gefahren, die
Feuerwehr musste die Leichen aus dem Auto heraus-
schneiden. Papa hatte beim Frühstück erzählt, dass der

LKW-Fahrer unter Schock gestanden, am ganzen Körper gezittert und immer wieder gesagt habe, dass dieser Vollidiot von Caprifahrer einfach überholt habe, obwohl die Straße nicht frei war, als wolle er in den LKW fahren, ein Kamikazeüberholmanöver. Ich stellte mir Sylvia vor, wie sie tot im Auto lag, sah ihre Kette mit den zwei ineinander verschlungenen Strassherzen vor mir, Blut auf weißer Haut, das kirschrote Kleid. Vielleicht hatten sie vorher noch gestritten, und Rüdiger hatte sie von der Seite gepackt und »Ich warne dich, mein Fräulein!« gezischt.

»Möge ruhig Rüdiger in Frieden ruhen«, sagte Dörte und grinste wie so oft in Situationen, die überhaupt nicht lustig waren.

»Tja, die Tanzstunde wird dann wohl ausfallen«, sagte Geli, und ich fragte mich, wie es nun mit Frank und mir weitergehen sollte, wo wir doch ansonsten auf zwei verschiedenen Planeten lebten.

Die Schalleruper Gerüchteküche jedenfalls brodelte. Auch wenn die beiden gar nicht aus unserem Dorf stammten, der Unfall war Thema Nummer eins. Sylvia wollte sich von ihm trennen, und er sei ausgerastet und mit Absicht in den LKW gefahren, Sylvia war schwanger von einem anderen, sie hätten sich gestritten im Auto, und dabei sei er von der Fahrbahn abgekommen. Einige behaupteten, dass ein Arm von Iversen, der mit dem Armband, auf dem benachbarten Acker gelandet sei. Das wiederum passte nicht zu der Version mit den verkeilten Leichen, die von der Feuerwehr aus dem Auto herausgeschnitten werden mussten.

Es wurde also wieder mal viel dazuerfunden, und Christiansen kam an dem Tag gar nicht zum Rauchen vor der Tür seines Salon Chic, weil sich wirklich alle an diesem Donnerstag die Haare machen lassen wollten. Da das nicht ging, blieben sie trotzdem im Salon zum Tratschen, bis zu zehn Schalleruper versammelten sich auf den Stühlen mit den abgenutzten Kunststoffbezügen und um die Trockenhauben herum, um alles zusammenzutragen, was sie über diesen Unfall und diese Leute wussten. Was dabei herauskam, war ein großes Knäuel voller Mutmaßungen, Fantasien und Gerüchte, ein Schneeball, der immer größer wurde, je länger man ihn rollte.

Und auch mich beschäftigte der Tod der beiden, gestern noch lebendig, in Anzug und Kleid, das Tanzlehrerpaar, das zerstrittene. Mir fiel Iversens glückliches Lächeln ein, als Daniela Kuschinski ihn als Einzige geduzt hatte, und ich sah wieder diesen Streit im Hof vor mir und wie wütend er Sylvia gepackt hatte am Arm, als würde er ihr gleich an die Gurgel gehen. Und ich konnte mir bei Iversen gut vorstellen, dass er vor lauter Wut auf Sylvia gegen einen Laster gefahren war, um sie zu töten, um sich zu töten. Mord und Selbstmord zugleich, nur um Sylvias Glück mit einem anderen Mann zu verhindern und wenigstens noch eine gemeinsame Sache zu haben, und sei es den Tod. Das tragische Ende der Mürwiker Dance Company.

Tragisch war allerdings auch, dass niemand die Tanzstunde so kurzfristig übernehmen konnte und wir frühestens im nächsten Jahr weiter tanzen lernten, worüber Anke insgeheim vielleicht frohlockte. Dann konnten wir zu viert gehen. Ich jedoch würde Frank Bartelsen weiterhin nur von ferne an der Imbissbude sehen oder beim Bolzen in der Turnhalle nebenan, wenn wir Volleyballtraining hatten.

Das Rascheln der großen weiten Welt

Unser Englischlehrer hatte uns über eine Organisation Brieffreunde in Europa und Amerika vermittelt. Es ging darum, dass die Jugendlichen aus allen Ländern fleißig Patronen statt in Gewehre in Füller stopften und sich mit Briefen gegenseitig bombardierten, anfreundeten, vielleicht sogar eines Tages besuchten, gegebenenfalls sogar heirateten und Kinder kriegten. Völkerverständigung. Na gut. Meine kalifornische Brieffreundin, die ich abbekam, hieß Sally Zabrinski. Den Nachnamen fand ich schon mal enttäuschend unamerikanisch. Sally schickte ein Passfoto mit, sie war blond und lächelte wie jemand, der keinen einzigen seiner gut geputzten Zähne vor der Menschheit verbergen wollte. Auf den Fotos der anderen amerikanischen Mädchen, die meine Klassenkameradinnen abbekommen hatten, war das genauso. Ich war mir sicher, dass in den USA der Schulzahnarzt und Fotograf ein und dieselbe Person war. Überhaupt war es erschreckend, wie ähnlich sich unsere amerikanischen Brieffreundinnen auf den Fotos sahen, alle mit guten Zähnen und derselben Föhnfrisur mit Pony, zum Verwechseln ähnlich auch ihre Handschriften. Sally schrieb, dass ihr Vater beim Militär sei

178

und ihre Mutter Lehrerin und dass sie noch einen kleinen Bruder habe und für die Bee Gees schwärme, vor allem für Barry. Sie wollte wissen, ob ich Hitler noch unter seiner Präsidentschaft erlebt hätte und ob mein Vater ein Nazi sei. Ich schrieb zurück, dass mein Vater kein Nazi, sondern »a doctor« sei, und meine Mutter »is a housewife and I have one sister and three brothers, of which only one is nice, and a dog«. Ich schrieb ihr, dass ich die Bee Gees auch toll fände, aber momentan für Harpo schwärmte, »which my eldest brother Sven, the nice one, does not like at all«. Da ich nicht sicher war, ob sie Harpo in Amerika überhaupt kannten, schrieb ich dazu, dass er Schwede sei und den Hit *Moviestar* gesungen habe und zurzeit einen Monat lang in Schweden im Gefängnis sitzen müsse, weil er den Militärdienst verweigert habe.

Auf meinen Wunsch hin sollte Papa im Garten ein seriöses Foto von mir machen, eines, das ich getrost nach Amerika schicken konnte. Papa grinste mit diesem typischen Papa-Grinsen, und als er gerade dieses Foto von mir vor der Trauerbirke machen wollte, hatten mich Hendrik und Claas zuvor so geärgert, dass ich zu weinen anfing. Mein Vater machte mich erneut zum Opfer, indem er dennoch auf den Auslöser drückte, und es gab zwei Bilder: eines mit Tränen in den Augen und eines, bei dem die Tränen gerade weggewischt waren und ich sehr ernst blickte, traurig darüber, dass wirklich niemand in der Familie mich und meine Anliegen verstand. Ich legte dann dem Brief an Sally das Foto von mir mit bei, das nach dem Weinen entstanden war.

Sally Zabrinski schrieb nie mehr zurück. Ich vermutete, dass ihr das Foto mit den zwei Trauerbirken nicht gefallen hatte, und konnte sie sogar verstehen. Wahrscheinlich hatte sie das Foto in ihrer Klasse herumgezeigt, und sie und ihre kalifornischen Freundinnen fanden es verdächtig, dass ich mich unter einem Baum fotografieren ließ, ohne einen einzigen Zahn zu zeigen. Sally hatte ich jedenfalls nicht geschrieben, dass ich in einem ziemlich langweiligen Dorf wohnte, und natürlich hatte ich in meinem Brief die Moorleichen und die Rinderzuchtstation mit keinem Wort erwähnt. Beides hätte sowieso nicht in meinem Wörterbuch gestanden. Ich hatte Schallerup etwas größer gemacht, als es tatsächlich war, von einer City geschrieben, die wir nicht hatten, und ich hatte Schallerup eben mal genau so eine Disco gebaut, von der wir immer träumten, ganz modern und groß und glitzernd, in der die tollsten Jungs aus der ganzen Gegend tanzen gingen. Ich empfand es eher eine kleine schriftliche Verschönerungsaktion unseres Dorfes als eine Lüge. Auch auf Sallys heikle Frage, ob ich einen festen Freund hätte, hatte ich schnell noch einen aus meinem roten Pelikanfüller gezaubert und geschrieben, dass Thomas ein Moped fahre und sehr gut küssen könne. Dabei war ich ja immer noch ungeküsst, was einer mittleren Katastrophe gleichkam. Hinterher hatte ich mich vor allem über diese Lüge geärgert und mir gewünscht, ich hätte sie mit dem Tintenkiller wieder beseitigt, denn Sally hatte so viel Selbstbewusstsein und Aufrichtigkeit besessen, mir zu schreiben, dass sie leider noch keinen Boyfriend habe.

Von Sally blieben nur ein einziger Brief und ihr Passfoto. Wir waren im Sinne der Völkerverständigung gescheitert. Meine Freundinnen und Klassenkameradinnen dagegen schrieben sich alle eifrig weiter mit ihren amerikanischen Föhnfrisur-Brieffreundinnen, und ich bat unseren Englischlehrer heimlich um einen neuen Kontakt.

Mein nächster Brieffreund war ein zwei Jahre älterer Grieche aus Athen mit Namen Spyros. Spyros schrieb mir, dass er beim Lesen meines Briefes das Gefühl gehabt habe, mich schon immer zu kennen. Meine Freundinnen wurden grün vor Neid, als ich ihnen das erzählte. Damit war auch meine Wunde wieder verheilt, die mir das kalifornische Zahnwunder Sally Zabrinski zugefügt hatte. Und Spyros schrieb oft. Da die Post bei uns in der Praxis ankam, überreichte mir kein Geringerer als Papa persönlich die hellblauen Luftpostbriefe, stets mit einem breiten Grinsen.

»Spyros Papyros hat wieder geschrieben!«

Es war, als wenn sich niemand so sehr an dieser Brieffreundschaft erfreute wie mein Vater. Vielleicht weil seine Jugend in eine Zeit gefallen war, in der die Nachbarn alle Feinde und solche Brieffreundschaften undenkbar waren. Er fand es großartig, wie offen die Welt geworden war. Manchmal hatte Papa, allerdings schon vor meiner Brieffreundschaft mit Spyros, so Phasen, in denen er mit der ganzen Familie nach Griechenland auswandern wollte. Dabei war er noch nie da gewesen. Ich nahm das nicht ernst, denn wir konnten alle kein Wort Griechisch. Ich fand die Idee ziemlich bescheuert, sagte das aber nicht direkt, denn Papa bekam immer so ein Leuchten in den Augen, wenn er von Griechenland und einem Neuanfang unterm blauen Himmel nahe der Ägäis schwärmte, dasselbe Leuchten, das er früher gehabt hatte, wenn er von Schweden erzählte. Von Schweden war kaum mehr die Rede, seine Zeit dort war ja auch inzwischen lange her, und dass Papas Augen vor Begeisterung für etwas leuchteten und er uns alle mitriss, auch das war lange her. Den Phasen der sonnigen Auswanderungsfantasien folgten dann auch wieder die, in denen er antriebslos im Sessel saß, traurige Musik hörte, nur lamentierte und wie der einsamste Mensch der Welt wirkte. Von alldem sagte ich Spyros natürlich nichts.

Spyros schrieb mir, er liebe die Musik von Donna Summer. Die kannte ich nicht. Als ich das nächste Mal in Flensburg war, kaufte ich mir jedoch eine Langspielplatte von ihr. Ehrlich gesagt, fand ich, dass da eine Frau auf ziemlich eintönige Weise ins Mikro stöhnte, doch ich beschloss, die Musik zu mögen, die Spyros auch mochte, und malte mir aus, was für ein hübscher griechischer Jüngling er wohl war und dass unsere Brieffreundschaft vielleicht den Beginn einer ganz wunderbaren Liebe darstellte, und ich sah mich schon eines Tages mit ihm in Athen leben. Ich schrieb auf rosa Luftpostpapier, das ich mir extra für meinen neuen Brieffreund besorgt hatte, und, seltsam, aber Spyros schrieb ich ganz ehrlich, dass ich in einem Dorf lebte, in dem es nicht mal eine Disco gab, und dass ich keinen Freund hatte.

Als mich Spyros eines Tages um ein Foto bat, legte

ich, aus Mangel an einem wirklich guten Foto und weil ich das Desaster mit dem Bild vor der Trauerbirke nicht wiederholen wollte, kurzentschlossen das Foto von Sally Zabrinski mit hinein. Seine hellblaue Luft-post-Antwort mit dem so leichten und leicht rascheln-den Papier trudelte noch schneller ein als sonst, und er schrieb, ich sei das schönste Mädchen, das er kannte. Und blonde Mädchen seien überhaupt viel schöner als dunkelhaarige, das hätten auch alle seine Klassenka-meraden, er ging auf eine Jungenschule, gesagt. Ich sah die Jungs einer Athener Klasse vor mir, wie sie das Foto von Sally Zabrinski herumgehen ließen und dabei durch die Zähne pfiffen und Spyros beglückwünschten zu seinem Hauptgewinn.

Spyros Papyros machte nicht nur den großen Feh-ler, das einer Dunkelhaarigen zu schreiben, sondern er hatte auch ein Foto von sich beigelegt. Ein braunhaa-riger Junge in Jeans vor der Akropolis, und unter sei-nem dunkelblauen Poloshirt zeichnete sich eine kleine schwabbelige Wampe ab. Ich zeigte das Foto nieman-dem und schrieb nie mehr zurück. Er dagegen fragte noch in einem weiteren Brief ganz verzweifelt, warum ich denn nicht mehr antworten würde und ob ich viel-leicht seinen letzten Brief nicht erhalten hätte. Auch Papa sprach mich mehrmals darauf an, warum denn die hellblauen Luftpostbriefe ausblieben, doch ich sagte genervt, dass das meine Sache sei und ihn nichts angehe. Für die Donna-Summer-Platte bekam ich auf dem Flohmarkt noch eine Mark.

Das Fest

Der hellblaue Opel Rekord von Onkel Konrad und Tante Brigitte fuhr vor. Claas, Hendrik und ich bildeten gemeinsam mit Papa, dem Geburtstagskind, das Begrüßungskomitee vor der Haustür. Mama wuselte drinnen noch herum und sah zu, dass alles an seinem Platz war.

Onkel Konrad ließ Tante Brigitte aussteigen, dann fuhr er weiter. Tante Brigitte trug ein bodenlanges Abendkleid, quergestreift in Hellrosa, Blau und Lila, hinterm Hals gebunden, darüber eine Pelzstola, die roten Haare waren hochtoupiert, hellgrüner Lidschatten. Ein schwerer Lidstrich betonte die Augen, die unternehmungslustig blitzten. Sie reichte uns Kindern je eine Tafel Schokolade, die sie aus ihrer silbernen Ausgehhandtasche mit einem Klippverschluss hervorzauberte. Die Handtasche war sagenhaft. Darin musste auch der rosa Lippenstift sein, den sie aufgelegt hatte. Ich roch Tante Brigittes Parfum, roch den Duft der großen weiten Welt, den sie nach Schallerup brachte. Sie war der Star, der meinem Vater zu seinem fünfzigsten Geburtstag die Ehre erwies. Papa sah auch toll aus im Smoking, Mama trug ebenfalls ein langes Kleid, hellblau und aus Lurex, bei dem ich ihr vorhin im Schlafzim-

184

mer den langen Reißverschluss am Rücken zumachen durfte. Dabei bekam ich mit, wie Papa sich mal wieder an seiner Schublade mit den Tabletten bediente und zwei rosa Pillen einwarf.

Sobald Onkel Konrad neben Tante Brigitte auftauchte, war ihr glamouröser Auftritt beendet. Gerade noch hatte sie gelächelt wie eine Diva, die statt Autogrammen Schokoladentafeln verteilte, nun wurde ihr rosa Lippenstiftmund schmal.

»Noch weiter weg konntest du wohl nicht parken!«

In ihren hochhackigen Silberschuhen war Tante Brigitte einen Kopf größer als Onkel Konrad in seinem hellgrauen Anzug. Jetzt, wo sie neben Onkel Konrad stand, sah Tante Brigitte auf einmal nur noch wie eine hübsche Ehefrau aus, die auf ihren Mann herabsah. Und die es ihm an diesem Abend zeigen würde.

Dann fuhren all die anderen vor, der Tierarzt von Schallerup mit seiner Frau, Bürgermeister Uwe Hansen mit einer neuen Flamme aus seinem Volkshochschulkurs, den alle nur noch den Bienchen-Kurs nannten, der Leiter der Getreide-AG, Arztkollegen von Papa aus Schleswig und Flensburg mit ihren Frauen, Freunde, Bekannte aus dem Reitstall, über sechzig Gäste insgesamt. Papa schien gerührt und sich zu freuen, dass so viele gekommen waren, gleichzeitig wirkte er auch angestrengt, die Gastgeberrolle zu spielen.

Der Geburtstag selbst war eher verkrampft gewesen. Morgens bei der Bescherung spürte ich sofort, dass mein Vater sich über das Geschenk von uns Kindern,

185

ein Verkehrsschild mit einer fünfzig darauf, überhaupt nicht freuen konnte, er sagte nicht mal richtig Danke. Dabei hatte es ganz schön Mühe gemacht, das Schild aufzutreiben, legal, es einzukaufen, wir hatten es ja nicht irgendwo abgeschraubt. Wir Kinder hatten alle unser Taschengeld zusammengelegt. Nun stand es da auf dem Gabentisch, die schwarze Fünfzig im roten Rand. Mir erschien es in diesem Moment selbst eine blöde Idee, dabei war es meine gewesen. Papa tat sich schwer, fünfzig zu werden, und das Schild war für ihn ein Menetekel, kein Geschenk.

Auch Mama hatte sich etwas ganz Besonderes überlegt: eine Luftaufnahme vom Haus, die sie dann vergrößert hatte abziehen lassen auf eine Kunststoffplatte. Das Bild war in Farbe, und da stand sie, unsere alte Villa, die Mama und Papa mit den modernen Thermopen-Fenstern etwas verschandelt hatten, inmitten der Nachbarhäuser, und auch die Straße war zu sehen. Es war, als wollte Mama mit dem Foto sagen: Hier, das ist dein Leben, das ist dein Zuhause, und das ist dein Dorf, und nun arrangiere dich bitte endlich damit. Das Foto war menschenleer und dadurch etwas trostlos, und auch dieses Geschenk schien Papas Herz nicht zu wärmen. Er hatte zudem die Rechnung gesehen und mitbekommen, dass die Luftaufnahme vierhundertsechzig Mark gekostet hatte, und fand das die Sache nicht wert, was wiederum unsere Mutter kränkte.

Die Feste bei uns fingen immer so schön an. Ich mochte es, wenn das Haus sich mit den gut angezogenen Gästen füllte, die bunten, geblümten und gestreiften Frauen standen neben ihren Männern in Anzügen oder in Smokings. Silber- und Goldschmuck glitzerte, Perlen schimmerten auf Dekolletees, Parfums, Aftershaves, Haarwasser und Haarspray mischten sich. Wir Töchter des Hauses gingen mit Tabletts herum, auf denen neben ein paar verpackten Zigarren verschiedene, bereits geöffnete Zigarettenpackungen lagen, drei Zigaretten waren jeweils in verschiedener Länge abgestuft herausgezogen, Kim, Lord, Lux, John Players, Reno, HB. Mein Vater liebte die HB-Werbung im Fernsehen, den Zeichentrick-Spot mit dem kleinen Männchen, das sich immer so aufregte, und sobald es in die Luft ging, kam der Slogan: »Halt, mein Freund! Aber wer wird denn gleich in die Luft gehen? Gut gelaunt geht alles wie von selbst.« Und ich fragte mich dann immer, ob Papa erkannte, dass er dem HB-Männchen erstaunlich ähnelte.

Irene und ich gingen von Partygast zu Partygast und boten unsere Rauchwaren an. Sie redeten, sie lachten, kein einziger schmutziger Witz, keine Zote. Noch nicht. Noch ging es um Schulnoten, Zeugnisse, die Schweinepreise, Segeljachten und Reiten, etwas Politik. Später gab es Cocktails und wildere Musik, und es wurde getanzt, und genau genommen war das immer der Anfang vom Ende. Ich fand es interessant, den Erwachsenen beim Tanzen zuzusehen. Von Onkel Konrad, sonst etwas steif, hätte ich nicht gedacht, dass er so gut tanzen konnte. Klein und drahtig drehte er die Frauen, die ihn alle selig anlächelten, auch Mama. Aus der hektischen Hausfrau, die eine perfekte Party vorbereitete, war jetzt eine lässige Frau geworden, die Lust zu feiern hatte. Unsere Mutter war verändert, wirkte viel jünger und lächelte keck. Das gab garantiert wieder Ärger mit Papa. Mama musste nur über den Witz eines anderen Mannes lachen oder sich beim Tanzen amüsieren, dann wurde Papa eifersüchtig und machte ihr eine Szene, oft erst nachts oder am nächsten Tag. Jede Party endete im Fiasko. Immer in einem anderen.

Sven stand an der Bar und zapfte Bier vom Fass, zu Beginn hatten ihm Hendrik und Claas noch assistiert, aber dann hatte Mama sie zu Bett geschickt. Sven hatte einen krummen Rücken und war ausgemustert worden deswegen. Seine blonden Locken fielen aufs weiße Stehkragenhemd, die Haare waren frisch gewaschen. Oma hatte ihm hundert Mark geboten, wenn er endlich zum Friseur gehen und seine langen Haare abschneiden würde, aber Sven hatte nur lässig abgewinkt. Selten hatte ich ihn so bewundert. Hundert Mark, das war richtig viel Geld!

In letzter Zeit hatte ich das Gefühl, dass Sven sich immer mehr von uns entfernte. Er war seltener zu Hause, übernachtete oft woanders. Er hatte auch eine Freundin, die er Mama und Papa aber nicht vorstellte, obwohl sie ihn darum baten. Ich konnte mir schon denken, warum er sie lieber nicht mitbrachte.

Papa tanzte mit Tante Brigitte, und ich sah mir das genau an, denn Papa konnte tanzen und gleichzeitig reden und Witze machen. Tante Brigitte warf ihren Kopf in den Nacken, lachte laut, damit Onkel Konrad es auch mitbekam, und Papa guckte eifersüchtig rüber zu Mama, die gerade von seinem besten Freund Helmut aufgefordert worden war. Mama und Papa hatte ich noch nie miteinander tanzen sehen.

Ich stand da mit meinem Zigarettentablett, das mir die Berechtigung gab, noch auf zu sein, aber ich ging nicht mehr herum. Da kam Thorwald Mangelsen, Makler und ein Bekannter meiner Eltern aus dem Reitstall, auf mich zu, nahm sich eine HB, zündete sie sich mit seinem Feuerzeug an. Er blieb neben mir stehen, taxierte mich. Ich sah und roch sofort, dass er schon etwas zu viel intus hatte. Ich wollte unsichtbar sein, mir hier alles genau angucken, aber ich wollte nicht selbst begafft werden. Vor allem nicht so. Mit glasigem Blick.

»Und? Tanzt du auch schon?«

»Äh, nein, ich … ich muss doch Zigaretten anbieten.«

»Und später tanzt du dann noch einen Striptease für uns!«

Das Tablett kippelte, hilfesuchend sah ich zu Mama, die prompt in diesem Moment auf mich zugeschossen kam.

»Schätzchen, Danke, aber wir brauchen dich nicht mehr. Das ist jetzt eine Erwachsenenparty, und du gehst besser ins Bett. Gute Nacht.«

Ich nickte, stellte das Zigarettentablett ab und trottete davon. Nun konnte ich nicht mehr Zeugin der Nacht sein, des allmählichen Rausches, des Ansteigens der Stimmung und des Niedergangs. Ich würde nicht mitbekommen, wie Onkel Friedrich der Frau des Bankdirektors hinten bei den Tannen im dunklen Garten einen Kuss gab, welche Komplimente mein Vater anderen Frauen zuflüsterte und wie Mama mit Papas Freund Helmut rauchend auf der nächtlichen Terrasse stand und sich für einen Moment fragte, was aus ihrem Leben geworden wäre, wenn sie vor dem Freiburger Freibad damals ihrem Schicksal mit dem Fahrrad davongefahren wäre und statt dieses Roman Königs einen Mann wie Helmut getroffen hätte. Doch der Gedanke verflog wie der Rauch, der gerade in einem Kringel gen Himmel zog. Und es würde mir entgehen, wie die dritte, sehr viel jüngere Frau eines befreundeten Augenarztes meinem großen Bruder beim Bierzapfen an der Bar schöne Augen machte und Sven die Attacke charmant abwehrte und sich dann auch irgendwann zurückzog in sein Zimmer unterm Dach. Ich würde nicht mitbekommen, wie die Witze immer ordinärer wurden und das Lachen der Frauen ebenso und wie die Männer immer unkoordinierter tanzten und es irgendwann ganz aufgaben und alle nur noch herumhingen und sich gegenseitig volllallten. Und immer wieder davon redeten, dass sie jetzt aber endlich gehen müssten, die Kühe müssten am nächsten Morgen gemolken, die Schweine gefüttert werden, das Reit- oder Tennisturnier begann früh, und dann doch blieben, weil es so schön war auf den Festen bei Freya und Roman König, und so jung kamen sie nie wieder zusammen.

Auf dem Weg zu meinem Zimmer entdeckte ich Irene auf dem Küchenbalkon in der Dämmerung.

»Du rauchst?!«

»Wehe, du sagst was!«

Das passte gar nicht zu ihr, sie war immer so vernünftig. Sie reichte mir die Zigarette.

»Das ist nur ein Experiment. Ich wollte wissen, was ich da den ganzen Abend anbiete.«

Das wiederum war typisch Irene. Immer machte sie irgendwelche Experimente, war ganz die Wissenschaftlerin.

Ich nahm einen Zug, hustete. Grauenvoll, wie konnte man sich so was freiwillig antun.

»Schmeckt scheiße, oder?«

Sie trat die halb gerauchte Zigarette auf dem Boden aus. Wenn wir bis zum achtzehnten Geburtstag nicht rauchten, bekamen wir den Führerschein von unseren Eltern bezahlt. Das hatten sie irgendwo bei Freunden mitbekommen und sofort übernommen, weil sie es großartig fanden. Aber das gerade eben zählte ja nicht.

»Ich bin so sauer auf den Alten«, sagte Irene. »Verkündet der vor versammelter Männerrunde, dass ich schon Körbchengröße B habe. Während ich mit dem Tablett dastehe.«

Ich verzog das Gesicht. Typisch Papa.

»Und Mangelsen hat mich gefragt, ob ich nachher noch einen Striptease tanze.«

»Die sind alle so widerlich, wenn sie was getrunken haben. Und Papa tanzt mit allen Frauen, nur nicht mit Mama. Und morgen macht er ihr wieder eine Szene. Wie ich das alles hasse!«

Irene war inzwischen tatsächlich ganz schön fraulich geworden, und es gab auch schon erste Verehrer, die sie hier in Schallerup besuchten und bei Wind und Wetter mit dem Fahrrad aufkreuzten, was mir schwer imponierte. Den letzten, Hagen, mochte Irene nicht, traute sich aber nicht, es ihm direkt zu sagen. Sie ging gar nicht mit ihm auf ihr Zimmer, sondern blieb die ganze Zeit im Wohnzimmer, in der Hoffnung, dass er die Zeichen erkennen und ihn das abschrecken würde. Doch das Gegenteil war der Fall. Hagen fand meine Eltern nett. Er fühlte sich wie zu Hause und sah das Wohnzimmer als wohlige Dornenhecke, um an meine Schwester ranzukommen. Er war groß, dünn und blass, etwas steif und sehr höflich.

Eines späten Nachmittags, als Papa mitbekam, dass Irene diesen Hagen endlich loswerden wollte, ging unser Vater aus dem Wohnzimmer und kam kurz darauf im Smoking mit Hemd und Fliege zurück und sagte zu Irene, sie solle sich jetzt umziehen, sie müssten bald los in die Oper nach Hamburg. Dann setzte er sich in Socken an den Flügel und spielte los, wie um musikalisch zu unterstreichen, dass es gleich in die Oper ginge. Ein Rausschmeißerlied. Leider hatte ich das alles nicht persönlich miterlebt, weil ich ausgerechnet da beim Volleyballtraining war. Die Szene hatte ich von Claas erzählt bekommen, der sie jedes Mal mit Lachtränen zum Besten gab, wie unser Vater da im Smoking und mit Socken aufkreuzte und Klavier zu spielen begann. Ich ärgerte mich schwarz, ausgerechnet dann, wenn schon mal etwas wirklich

Lustiges bei uns passierte, was in letzter Zeit selten der Fall war, dann verpasste ich es! Papas Aktion jedenfalls war erfolgreich, Hagen zog von dannen und kam nie wieder.

»Mama hat uns jetzt den Dienst erlassen«, sagte ich zu meiner Schwester. »Ich geh schlafen.«

Beim Zähneputzen sah ich die Paare auf der Tanzfläche vor mir, die, die so glücklich dabei ausgesehen hatten, und die anderen, die sich abquälten, ihren Pflichttanz miteinander erfüllten und nach einem Tanz bereits aufhörten. Ich musste an Frank denken, wie schön das Tanzen mit ihm gewesen war und wie gut er geführt hatte. Und ich stellte mir vor, wie es wäre, mit ihm Wiener Walzer zu tanzen und sich über das Parkett im Schalleruper Hof zu drehen, und alle anderen würden mit offenen Mündern am Rand stehen und staunen, allen voran Daniela Kuschinski.

Als ich bereits im Bett lag, hörte ich Irene nebenan und schlief bald ein. Es war sehr anstrengend, mit einem Zigarettentablett zwei Stunden lang herumzulaufen. Ich träumte wild von Tänzern, ich zapfte Bier im Traum, ich rauchte, ich wurde wach, hörte Stimmen aus der Ecke des Flures vor unseren Kinderzimmern.

»Roman. Lass das.«

Tante Brigitte kicherte.

»Na komm schon, Gitti. Wir gehen runter in die Praxis«, hörte ich Papa und konnte es nicht fassen. Mein Vater machte tatsächlich Tante Brigitte auf seiner eigenen Party an, während Mama und Onkel Konrad einen Raum weiter feierten und wir Kinder nebenan schliefen.

Wieder kicherte Tante Brigitte, aber ihr Kichern klang
traurig und enttäuscht.

»Du bist ja betrunken, Roman.«

»Na und? Nun komm schon.«

»Nein, ich will nicht. Lass uns wieder reingehen.«

Dann verschwanden sie, und ich lag da und konnte
nicht schlafen, schämte mich für meinen Vater und dass
ich in so einer Familie groß werden musste, die so gar
nichts von Bullerbü hatte. Ich musste daran denken, wie
traurig der zwanzigste Hochzeitstag meiner Eltern vor
ein paar Wochen gewesen war, festgehalten auf einem
der trostlosesten Bilder unseres Familienfotoschatzes.

Es war ein verregneter Sonntag gewesen, und Mama
und Papa saßen auf dem Zweisitzer im Esszimmer maxi-
mal voneinander entfernt, vor ihnen eine Bodenvase
mit zwanzig Baccara-Rosen. Irene hatte die Idee mit
dem Foto, schnappte sich Papas Leica, und ich stand
daneben und sagte zu meinen Eltern: »Nun lächelt
doch wenigstens mal an eurem zwanzigsten Hochzeitstag.« Mama hatte für das Bild nicht mal ihre Zigarette
aus der Hand gelegt, und Papa sah ganz dun aus, und
das bereits mitten am Vormittag. Beide guckten leicht
genervt in die Kamera. Was für ein Kontrast zu dem
Schwarz-Weiß-Foto von ihrem ersten Hochzeitstag, das
ich so liebte. Meine, genauer gesagt da noch lediglich
Svens Eltern, saßen im Heck eines Segelbootes, beide
trugen modische Freizeithosen, helle Segeltuchschuhe,
Wollpullover, sportlich-elegant waren sie gekleidet, und
sie sahen sich ganz liebevoll an. Neunzehn Jahre lagen
zwischen den beiden Fotos, und ich fragte mich, was

da bei meinen Eltern schieflief, und es quälte mich, dass sie es nicht besser hinkriegten miteinander.

Irgendwann schlief ich dann ein, doch später wurde ich geweckt, denn es verabschiedeten sich immer wieder Gäste im Flur, redeten und lachten laut und bedankten sich überschwänglich für das nette Fest und immer wieder dazwischen ein lautes, betrunkenes »Pscht, die Kinder schlafen!«.

Am nächsten Morgen, wenn wir Kinder lange vor unseren Eltern aufstanden und ins Wohnzimmer gingen, würden die Massen an leeren und halb vollen Gläsern und Flaschen und der Geruch in der Luft nach kaltem Rauch und Alkohol uns zeigen, dass es wieder so ein rauschendes Fest gewesen war. Und unsere Eltern, die am späten Vormittag verkatert und mit geröteten Augen endlich aufstanden und unsere vielen Fragen noch gar nicht beantworten wollten, wurden erst im Laufe des Tages wieder zu Vater und Mutter. Dann warf Papa Mama vor, dass sie sich ja blendend mit Konrad und Helmut amüsiert und gar nicht mit ihm getanzt habe, und ich musste an die Szene vor dem Schlafzimmer nachts denken, an die so unglücklich klingende Tante Brigitte und an Papa, den Schwerenöter, und meine schöne Mama, die es im Prinzip wusste und still duldete. Sie war ja schon damals in Freiburg von mehreren Seiten gewarnt worden vor diesem Roman König, dass der ein schlimmer Weiberheld sei, aber Mama hatte ja geglaubt, dass sich so was legte. Vielleicht dachte Mama ja, dass sie selbst schuld war, einen

195

Frauenhelden mit Spitznamen »Pirsch« geheiratet zu haben. Nun hatte sie uns fünf Kinder, das große Haus mit Garten, die Praxis an der Hacke, und wir waren alle von Papa abhängig, auch sie davon, dass es lief. Doch es wurden jedes Quartal weniger Patienten, und unsere Sprechstundenhilfe Frau Hansen nannte kleinlaut die Anzahl der von ihr gezählten Krankenscheine, und während Papa mal mit tausendzweihundert Scheinen gestartet war, waren wir jetzt bei knapp siebenhundert. Aber je schlechter es lief, desto mehr wuchs Mama über sich hinaus. Die große Party zu Papas Fünfzigstem war auch ihre Idee gewesen. Und es riefen an diesem Tag nach dem Fest alle möglichen Gäste an und bedankten sich für den schönen Abend. Hansen schrieb an Papa sogar auf seinem offiziellen Bürgermeisterbriefpapier handschriftlich ein paar Zeilen und erwähnte die gelungene Kinderschar. Papa schien stolz auf uns zu sein, und wir wussten, dass wir alle miteinander wieder einen guten Job gemacht hatten.

Der Herr ist mein Hirte

Der Konfirmandenunterricht war eine der zehn Plagen in meinem Leben. Und Pastor Hinrichsen unsere Heimsuchung. Jede Woche mussten wir in den Konfirmandenunterricht und jeden zweiten Sonntag in den Gottesdienst, zweiundfünfzig mal innerhalb von zwei Jahren. Und das bei diesen nicht sehr christlichen Eltern, die mich dann auch ganz allein gehen ließen. Doch als Belohnung winkten die Konfirmation, ein hübsches Kleid, Geschenke, Geld.

Immerhin waren wir nicht bei unserem alteingesessenen Pastor Mommsen, sondern bei seinem noch recht neuen Kollegen Pastor Hinrichsen, denn Mommsen war sehr autoritär und bekannt dafür, dass er früher seine Konfirmandenschüler brutal schlug, wenn sie nicht gut genug auswendig gelernt hatten. Auch mein großer Bruder wurde noch von ihm geschlagen, doch da hatten Mama und Papa sich beschwert. Mommsen sah schon aus wie ein Zehnkämpfer, der Talar betonte seine breiten Schultern, und beim Segen wirkte er wie ein wuchtiger schwarzer Vogel. Einmal hatte er in der Weihnachtspredigt behauptet, ihm wäre nachts im Schlafzimmer ein Engel erschienen, und Mama und Papa neben mir sahen sich nur vielsagend an. Es war schlecht gelogen oder sagen wir schlecht erfunden, das spürte auch ich, und diente lediglich der Vorbereitung und Bekräftigung seiner nun folgenden These, die er uns Weihnachtsgläubigen von der Kanzel aus entgegenschmetterte: »Engel sind nicht von Pappe!«

Papa kriegte sich den ganzen Heiligen Abend über nicht mehr ein und zitierte diesen Satz, mit zunehmendem Alkoholkonsum immer öfter.

Hinrichsen war schon alt, an die sechzig, und hatte weiße Haare. Für den Konfirmandenunterricht bei ihm mussten wir jedes Mal als Hausaufgabe etwas auswendig lernen, die Zehn Gebote, das »Was ist das?«, Psalmen, strophenweise Kirchenlieder. Es war viel, und auch ich musste dafür immer ganz schön lange üben, bis ich mir die Texte merken konnte.

Wenn Hinrichsen Meike Erichsen von der Hauptschule aufrief, dann stand sie stotternd da und bekam die heiligen Worte nicht auf die Reihe. Sie musste immer wieder ansetzen, schwieg, dachte angestrengt nach, biss sich auf die Lippen, dann stotterte sie weiter, und unser Pastor guckte genervt auf Meike in ihrem Ringelpullover, auch sie ein Geschöpf Gottes, wenn auch, so verriet es Hinrichsens Mimik, in seinen Augen eine schwache Ausführung. Den Anfang hatte sie immer noch gut im Gedächtnis und leierte ihn ganz schnell runter: »Der Herr ist mein Hirte, mir wird nichts mangeln, er weidet mich auf einer grünen Aue –«

Die Flipperkugel steckte fest.

»Und?«, fragte Hinrichsen, als es nicht weiterging.

Meike wiederholte die letzte Zeile, hielt sich daran fest wie ein Ertrinkender an einer Planke.

»Er weidet mich auf einer grünen Aue und – äh – und –«

»Führet mich«, sagte Hinrichsen gnädig. Aber auch nicht mehr.

Wir anderen rutschten unruhig auf unseren harten Stühlen herum. Dabei waren die Stühle neu, sowie das gesamte Gemeindezentrum neben der Kirche ein nagelneuer Pavillon war, in dem alles noch roch. Wir ahnten, wie das hier gleich weiterging.

»Er führet mich zum frischen Wasser, er erquicket … na Meike, was erquicket der Herr wohl?«

Meikes Unterlippe samt Kinn bebte, so was hatte ich noch nie gesehen.

»Den Durst?«, fragte sie, kaum hörbar.

Aber da es mucksmäuschenstill war, hörten wir es und prusteten innerlich los. Das waren die schlimmsten Lachanfälle, die aus der Peinlichkeit geborenen, völlig unangemessenen, die, bei denen wir wussten, wir durften in dieser Situation auf keinen Fall lachen. Es war, als wenn das Unterdrückenwollen des Lachens dieses noch befeuerte und bekräftigte, Anspannung, Entspannung, auf eine schaurig-schöne Art. Es war ein Akt des Widerstands, die verschämt-verklemmte Mädchen-Art zu rebellieren. Hinrichsen guckte uns wütend an, wurde rot überm weißen Hemdkragen und dem tannengrünen Lodenjanker, den er immer trug.

»Dann setz dich mal wieder Meike.«

»Er erquicket meine Seele! Ja, meine Damen, sehr erquicklich ist das ja heute wieder nicht.«

Während Meike sich ihre Tränen mit dem Ärmel ihres Ringelpullovers abwischte, sah ich ein kleines Loch in der Armbeuge. Jetzt war Anke dran, sie sollte den Psalm zu Ende aufsagen. Anke stand da und sagte den Psalm fehlerlos auf, sogar mit Betonung, wie sie es vermutlich zu Hause mit ihrer Mutter einstudiert hatte. Obwohl sie meine Freundin war, hasste ich sie in diesem Moment dafür, dass sie nicht wenigstens einmal stockte. Anke direkt nach Meike Erichsen aufzurufen, war eine besondere Gemeinheit von Hinrichsen, und ich konnte wieder mal nichts Christliches an ihm finden.

Der liebe Gott hatte die Gaben ungerecht verteilt, selten wurde das so deutlich wie hier im Konfirmandenunterricht.

Unsere Anwesenheit im Gottesdienst am Sonntag zuvor wurde uns durch Hinrichsen bestätigt, ein Stempel, den er auf hellblaue Karten drückte und mit seiner Unterschrift versah, nicht ohne uns, seine Schäfchen, zuvor noch mal kontrolliert zu haben, worum es denn in der Predigt gegangen war und welche Lieder gesungen worden waren.

Manchmal hatte er aber auch schon von der Organistin Fräulein Thiessen Beschwerden über unser Herumalbern während der Predigt gehört, sodass er bereits wusste, dass wir da gewesen waren. Wir saßen immer oben auf der Empore, und es gab viel zu bereden und zu kichern.

Es war ja auch nicht so, dass die Predigten von Hinrichsen oder Mommsen so interessant gewesen wären, dass man andächtig hätte lauschen müssen. Eher gaben sie einem einen Vorgeschmack dessen, was Ewigkeit bedeutete. Mit unserem Leben hatte das alles nichts zu tun, was da in endlosen, oft über eine halbe Stunde andauernden Predigten verbreitet wurde. Lediglich das Singen der Kirchenlieder machte mir Spaß, und auch wenn ich die Organistin Fräulein Thiessen nicht mochte, Orgel mochte ich. Orgelmusik jagte mir jedes Mal Schauer über die Arme. Da wir oben saßen, sahen wir Fräulein Thiessen, die auf das Fräulein großen Wert legte, mit ihrem weißen Dutt von hinten. Sie trug immer Schottenröcke und dunkle Strumpfhosen, weiße Blusen und eine schwarze Strickjacke. Man sagte im Dorf, dass sie eine alte Jungfer sei und Klosterfrau Melissengeist zuspreche. Uns war das egal, solange alte Jungfer nicht hieß, anderen keinen Spaß zu gönnen und sie zu verpetzen.

Im Konfirmandenunterricht war jedes Mal eine Bibelstelle dran, und wir diskutierten darüber oder über die Gebote. Doch wehe, man stellte Hinrichsen eine kritische Frage. Als ich wissen wollte, wie das denn mit der Jungfrauengeburt bei Maria angehen konnte, rollte er nur mit den Augen und sagte geradezu verächtlich: »Typisch Arzttochter!«

Eine Stunde jede Woche, außer in den Ferien, hatten wir mit diesem Mann zu tun, zwei Jahre lang. Wir saßen es ab wie eine Gefängnisstrafe. Der kleine Raum, die fünfzehn Mädchen an den neuen Tischen und auf den harten Stühlen, Hinrichsen, vor dem wir alle einen Mordsrespekt hatten und der uns in der Hand hatte, so empfanden wir es. An einem Mittwochnachmittag erläuterte uns Hinrichsen, dass Selbstmord eine schwere Sünde sei und nur Gott entscheiden dürfe, wann er das Leben, das er gegeben hatte, wieder nahm. Er, Hinrichsen, könne deshalb einen Menschen, der sich selbst entleibte, nicht beerdigen und ihm das Sakrament spenden. Papa regte sich öfter auf über die Kirche, »diesen verlogenen Verein«, wie er immer sagte, und erzählte, dass früher Selbstmörder außerhalb der Kirchhofmauern beerdigt werden mussten, in ungeweihter Erde, ein sogenanntes Eselsbegräbnis.

Ein paar Wochen zuvor hatte die alte Frau Södermann am anderen Ende unserer Straße etwas nachgeholfen. Ihr Mann war schon drei Jahre tot, sie fühlte sich allein und hatte chronische Schmerzen, da hatte sie alle ihre Schlaftabletten geschluckt. Sie war Anfang achtzig. Pastor Mommsen brüllte von der Kanzel: »Mord bleibt Mord!« Das war Thema Nummer eins im Dorf, alle redeten darüber, und wer es bis dahin noch nicht gewusst hatte, der wusste es spätestens nach der Beerdigung der alten Frau Södermann. Ich kannte sie noch von früher, sie war auch oft mittwochs am Wagen beim Fischmann gewesen, hatte eine faltbare Polyestertasche, die sie aus ihrer Handtasche herausholte und in die sie immer den in Zeitungspapier gewickelten Fisch packte. Dann stöckelte sie in ihren schief abgelaufenen Hackenschuhen davon, meist kaufte sie Kieler Sprotten.

Papa ging grundsätzlich nicht zu den Beerdigungen seiner Patienten, davon hatte ihm sein Vorgänger, Dr. Peters, dringend abgeraten, damit dürfe er erst gar nicht anfangen, dann müsse er zu allen gehen. Und Papa sagte öfter zu uns, er wolle, wenn er tot sei, nichts mit dem ganzen Kirchenkram zu tun haben, er glaube nicht an Wiederauferstehung und ewiges Leben. Wir müssten auch später nicht an sein Grab kommen und Tränen heucheln, ihm reiche ein schlichter Feldstein. Und ich stellte mir dann bei diesem »später« immer vor, wie es wäre, wenn Papa mal alt und grauhaarig war und ich mich nach seinem Tod als erwachsene Tochter um sein Grab mit kümmern würde und sicher die ein oder andere Träne vergießen. Ich war schon bei diesem Gedanken traurig, und nur die Tatsache, dass das Ganze ja noch sehr weit weg war, tröstete mich. Auf die Idee, dass es vielleicht nicht ganz normal war, dass jemand so oft von seinem Tod sprach, kam ich nicht.

Am Ende des Konfirmandenunterrichts beteten wir jedes Mal gemeinsam das Glaubensbekenntnis, dann waren wir erlöst, strebten aus dem kleinen Raum mit der schlechten Luft. Draußen warteten bereits die zu konfirmierenden Jungs, die nach uns dran waren. Sie glotzten uns immer hinterher, aber wir würdigten sie keines Blickes, sondern verteilten uns alle rasch auf unsere Schulcliquen. Wir Gymnasiastinnen, Geli, Anke, Dörte und ich, schlenderten Richtung Gelis Jugendzimmer,

203

oder wir gingen auch mal zu Anke nach Hause, und die anderen Mädchen gingen ihrer Wege. Meike Erichsen sauste auf ihrem Klapprad an uns vorbei, und wir sahen nur noch von hinten ihren Ringelpullover, den mit dem Loch in der Armbeuge.

Der Clown

Das Leben in Schallerup lief immer gleich ab: Frühling, Sommer, Jahrmarkt, Herbst, Winter mit dem Turnerfasching im Februar, und danach dauerte es immer noch ewig, bis der Frühling kam, bis weit in den April Mütze, Schal, Strumpfhosen. Dass es auch zum Turnerfasching so kalt war, schränkte die Auswahl bei den Kostümen ziemlich ein. Als Indianerin oder afrikanische Stammesprinzessin im Bastrock durften meine Schwester und ich schon, als wir kleiner waren, nur in Wollstrumpfhose gehen, auch wenn wir unseren Eltern schluchzend den ganzen Nachmittag vor dem Fasching oder Rummelpott klarzumachen versuchten, dass eine stolze Indianerin vom Stamme der Apachen und eine Prinzessin im Busch in Afrika niemals mit einer roten Wollstrumpfhose herumlaufen würden. Nichts zu machen. Interessierte sie nicht die Bohne, und selten waren sie sich so einig. Aus ihren Mündern quollen Sprechblasen wie bei Comicfiguren: Blasenentzündung!!!

Seit ich meine Tage bekommen hatte, behandelten mich meine Eltern wie ein rohes Ei. Papa hatte zudem mein Taschengeld erhöht, und auch bei meinem Kostüm für den Turnerfasching in diesem Jahr waren sie

205

erstaunlich gelassen. Mein Vater hatte während seines Studiums gefochten, und ich durfte seine Fechtuniform und Ausrüstung als Kostüm tragen. Von einer Wollstrumpfhose war keine Rede, ich trug unter der knielangen Fechthose weiße ausrangierte Netzstrümpfe von Mama, die sie mal für ein Faschingskostüm für sich gekauft hatte.

Ich ging also als Fechtmädchen dieses Jahr, ein Kostüm, das etwas Besonderes war und das Frank Bartelsen doch auffallen musste. Der Turnerfasching war nach dem Debakel mit der Tanzstunde nämlich die Gelegenheit, ihn endlich mal wieder zu sehen und auf mich aufmerksam zu machen. Geli ging als Lausbube, Anke als Hexe und Dörte als Penner. In einem Anzug von ihrem Vater, den Herr Matthiesen zurückgelassen hatte, nachdem er ihre Mutter sitzen gelassen hatte und mit deren bester Freundin durchgebrannt war. Herr Matthiesen war immer sehr nett zu mir gewesen, und es fehlte mir, dass er mir jedes Mal einen neuen Ostfriesenwitz erzählte, aber Dörte wurde stocksauer, wenn wir ihren Vater nur erwähnten. Sie hatte auch seinen Anzug zerschnitten und Flicken draufgesetzt, ging als die Pennervariante ihres eigenen Vaters. Ich musste schlucken, als ich ihr Kostüm sah, denn sie nannte ihn immer nur »den Alten« oder »den Penner«.

Mein Fechtkostüm fanden meine Freundinnen toll. Ich hatte mein Gesicht schwarz-rot-gold geschminkt und durfte mir was von Mamas Estée-Lauder-Parfum hinter die Ohren zu tupfen. Meine Haare saßen gut heute, und ich hatte keinen Herpes. Mein Vater schoss noch ein Foto von uns allen, und dann gingen wir los, es war bereits dunkel, die Große Straße entlang zum Schalleruper Hof, wo im Festsaal viele bunte Luftballons, vor allem aber viele Jungs auf uns warteten.

Der Jugendfasching vom TSV Schallerup war schon in vollem Gange. Wir hängten unsere Winterjacken an die Garderobe, betraten den Saal. Weder die bunten Papiergirlanden noch all die Papierschlangen, die von der Decke hingen, konnten vom Schweißgeruch ablenken. *Mamma Mia* von Abba lief gerade, und auf der Tanzfläche herrschte wieder mal Mädchenüberschuss. Die Jungen standen am Rand oder nahe der Theke, nuckelten an Strohhalmen ihre Colas oder Fantas und glotzten. Typisch Jungs eben. Die meisten hatten sich gar nicht richtig verkleidet. Hier und da blinkte ein blöder Sheriffstern, ein Coltgürtel mit Nieten, jemand hatte einen Cowboyhut auf, ein anderer eine Piraten-Augenklappe. Unser Nachbarssohn Peter ging als Scheich mit einem weißen Laken um den Kopf und einer Kordel drum herum und trug dazu eine Sonnenbrille, was ich witzig fand. Frank Bartelsen ging als Clown mit roter Pappnase und karierten weiten Hosen. Ein Junge wie er sah selbst mit einer roten Clownsnase noch goldig aus.

Mein Kostüm fiel auf. Herr Wollenweber, unser Volleyballtrainer, winkte mir von Weitem zu. Ich mochte ihn, doch immer wenn seine Frau wieder schwanger war, wurde er sehr zutraulich und blickte uns mit großen Bernhardineraugen an. Wollenweber, den wir unter uns Wolli nannten, reagierte auch oft sehr seltsam, wenn

Frank und seine Freunde in der Halle neben uns herumbolzten. Manchmal nahm er ihnen den Ball weg, doch dann spielten die Jungen so laut mit einem unsichtbaren Ball, dass wir uns vor Lachen nicht mehr halten konnten. Wollenweber warf ihnen dann den Fußball wieder zu und rief: »Aber etwas leiser, die Herren, wenn ich bitten darf!« Wolli lobte oft meine Schmetterbälle und meinen guten Mannschaftsgeist.

Jetzt kam *Love Is In The Air,* und die Tanzfläche füllte sich schlagartig. Auch wir vier stürzten uns aufs Parkett und tanzten los. Es war dasselbe Parkett, auf dem die Tanzstunde vor fast fünf Monaten stattgefunden hatte, und das Wonnegefühl von damals stieg wieder in mir auf, als Frank Bartelsen mich aus der Reihe Mädchen zum Tanzen aufgefordert hatte. *Er mich.* Plötzlich tanzte Frank neben mir. Ich sah nur ganz kurz zu ihm, dann drehte ich mich wieder zu meinen Freundinnen, ihm den Rücken zu. Nur einmal pritschte ich dem Jungen mit der roten Pappnase ein Lächeln über die Schulter zu.

Beim vorigen Turnerfasching ging Frank als Schlachter mit einer blutüberströmten Schürze, und den ganzen Abend standen die Mädchen bei ihm und fragten, ob das Blut echt sei. Er behauptete, ja. Am Schluss tanzte er dann einen Engtanz mit Anja Stahnke, so einer nach einem Glas Milch aussehenden Blondine aus seiner Klasse, die als Engel verkleidet war, zwei Flügelchen aus Silberpappe am Rücken. Der Schlachter und der Engel, die Köpfe gegenseitig auf den Schultern. Was für ein Bild, und es tat richtig weh, weil wir damals schon alle heimlich für ihn schwärmten.

Auf dem Rückweg vom Turnerfasching hatten wir vier dann herumgesponnen, dass Frank Bartelsen in Wirklichkeit ein Massenmörder sei und das Blut auf seiner Schürze echtes Mädchenblut und dass er jetzt auf dem Heimweg Anja Stahnke ermorden würde. Der Vater von Anja war bei der Bundeswehr, und Stahnkes waren vor ein paar Monaten aus Schallerup weggezogen.

Das Lied ging zu Ende, jetzt kam Supertramp, *Dreamer*.

»Tolles Kostüm«, schrie Frank mir ins Ohr.

»Lust auf 'ne Fanta?«

»Gern.«

Meine Freundinnen tanzten weiter, ab und zu guckte eine neugierig rüber zu Frank und mir an der Theke, doch mein Mannschaftsgeist hielt sich heute Abend in Grenzen. Für das, was ich vorhatte, konnte ich die anderen absolut nicht gebrauchen. Frank strahlte mich an, seine Wangen waren ganz gerötet.

»Scheiß Luft hier drinnen!«

»Hm« sagte ich, während die Fanta, die er mir spendiert hatte, kalt vom Strohhalm direkt in meiner Kehle kratzte.

»Hast du Lust, gleich etwas frische Luft zu schnappen?«

Bei der Frage berührte sein Atem mein Ohr, und ich roch ein Aftershave, das er vermutlich wie schon zur

Tanzstunde von seinem Vater ausgeliehen hatte. Oh, ich hatte Lust zu schnappen, Luft zu schnappen und Liebe und meinen ersten Kuss. Love is in the air. Ich war vierzehn, und noch war ich auf dem Jugendfasching des TSV Schallerup, aber nicht mehr lange, denn Frank Bartelsen, für den alle aus der Volleyballmannschaft schwärmten, hatte mich, das Fechtmädchen Clara König, gefragt, ob ich mit ihm spazieren gehen wolle. Wir tranken aus, holten unsere Jacken an der Garderobe, ich ließ die Fechtausrüstung da, und wir nahmen den Hinterausgang vom Schalleruper Hof, an den Toiletten vorbei, und ich musste kurz an die schwangere Moorleiche Margit Podimke denken.

Wir gingen nah nebeneinander, jeder die Hände in den Taschen, kamen am Spielplatz vorbei, der im Dunkeln auch nicht fröhlicher wirkte als tagsüber.

»Ganz schön kalt« sagte ich, nur um etwas zu sagen. Da legte Frank den Arm um meine Schultern. Ich musste schlucken. Ich ging das erste Mal in meinem Leben mit einem Jungen Arm in Arm. Mit einem Clown mit roter Pappnase. Der steuerte mich in eine Richtung, schien genau zu wissen, wo wir ungestört sein konnten.

Mein Herz klopfte, als Frank das quietschende Eisentor zum Friedhof öffnete. Die Dorfkirche im matten Mondlicht. Ich wusste gar nicht, wie schön unsere Kirche war. Jeden zweiten Sonntag mussten wir Mädchen aus der Konfirmandengruppe ja hierher, um unsere zweiundfünfzig Gottesdienstbesuche zu absolvieren. Doch es war nicht Sonntagvormittag, es war Mittwochabend, niemand außer Frank und mir da. Wir gingen den Kiesweg hoch, vor uns unser Atem in der Februarluft. Es war verdammt kalt an den Beinen unter meiner Fechtuniform, und ich wünschte, meine Eltern hätten auf einer Wollstrumpfhose bestanden, mich dazu gezwungen, so wie früher.

Die schlichten Grabsteine, Feldsteine. »*Hans Matthiesen, Martha Matthiesen, geborene Petersen.*« »*Hier ruht Gunnar Holm, geb. 1903 in Schallerup – gest. 1964 daselbst.*«

Die grüne Bank stand schwarz vor dem weißen Gemäuer. Unsere Winterjacken quietschten leise beim Hinsetzen und Aneinanderreiben. Frank hatte inzwischen seine Pappnase hochgeschoben auf die Stirn. Ich spürte einen heißen Handrücken an meiner Wange. Wieder roch ich das Rasierwasser seines Vaters. Die große Nase von Frank näherte sich. Ich hörte mich kichern.

»Nicht.«

Frank wühlte mit seiner Zunge in meinem Ohr, es kitzelte und war zugleich unglaublich schön. Ich bekam eine Gänsehaut. Kurz erblickte ich wieder den Grabstein mit der goldenen Schrift: »*Gunnar Holm.*« Ich sah meine eigene Grabinschrift vor mir in goldener Schrift: »*Clara König geboren 1963 in Flensburg, gestorben im Fasching 1978 auf dem Friedhof zu Schallerup bei ihrem ersten Kuss.*«

Ich schloss wieder die Augen. *Vater unser im Himmel, dein Wille geschehe. Meinen ersten Kuss gib mir heute.* Da spürte ich, wie Franks Lippen auf meinen Wangen entlangglitten und Richtung Mund vorpirschten.

Automatisch schnappte ich nach Luft, öffnete meinen Schlund.

Du sollst nicht … Was ist das?

Ich hatte eine fremde Zunge in meinem Mund, riesig, feucht und pelzig zugleich, verspielt. Das war also der berühmte Zungenkuss. Ganz anders als gedacht. Aber nicht schlecht.

Da schlug die Kirchturmuhr. Vor Schreck biss ich zu.

»Aua«.

Frank öffnete die Augen, lächelte mich unter der Pappnase an wie ein verständnisvoller Trainer, der einem einen Anfängerfehler verzieh. Es schlug erst vier Mal zur vollen Stunde und dann neun Mal.

»Du musst saugen – wie an einem Strohhalm. So …«

Ich lernte in dieser Nacht mehr über die Nächstenliebe als bei zweiundfünfzig Besuchen im Gottesdienst.

Frank brachte mich zurück zum Schalleruper Hof, ging aber nicht mehr rein, sondern verabschiedete sich vor dem Hintereingang von mir. Die rote Pappnase hatte er inzwischen in seiner Jackentasche verstaut, Fasching war vorbei.

»Wollen wir uns wiedersehen?«

Ich nickte.

»Gut, dann komm übermorgen um drei zu mir. Passt dir das?«

»Alles klar.«

»Tschüss«, flüsterte er und ging, ohne Kuss.

Ich betrat wie in Trance den Schalleruper Hof. Es war inzwischen nach halb zehn und ich eine andere als noch heute Nachmittag. Ich schnappte an der Garderobe Papas Fechtausrüstung und machte mich, ohne nach meinen Freundinnen zu sehen, die vermutlich sowieso schon längst gegangen waren, allein auf den Weg nach Hause. Es war nicht weit, ich musste nur die Große Straße ein paar hundert Meter entlanggehen. Die Geschäfte waren alle geschlossen und auch die Schaufenster nicht erleuchtet, es war kaum jemand unterwegs um die Zeit. Opa Weiß schloss gerade seinen Kiosk zu. Ich kannte ihn immer nur, wie er drinnen stand und Pommes oder Softeis von innen nach außen reichte, kannte ihn gar nicht ohne weißen, fleckigen Kittel. Jetzt stand er da in einer ausgebeulten Breitcordhose und einer Winterjacke, etwas gebeugt, sah viel älter aus von hinten als von vorn im Kiosk. Er sah mich nicht, bekam nicht mit, wie ich auf der anderen Straßenseite im Fechtkostüm unter meiner Winterjacke vorbeieilte. Ich hatte nur noch einen Wunsch: ins warme Bett und in Ruhe all das Revue passieren lassen, was heute Abend geschehen war. Ich hatte meinen ersten Kuss bekommen, noch wichtiger, ich hatte gelernt, wie man richtig küsst. Ein Junge interessierte sich für mich, nein, *der* Junge aus Schallerup, und er wollte mich wiedersehen. Übermorgen um drei. Ich wusste nicht, wie ich es bis dahin aushalten sollte. Der Mond über Schallerup tauchte mein Heimatdorf in ein sanftes Licht, war milde zu manchen Hässlichkeiten. Schallerup war in dieser Nacht fast schön.

Als ich unser Haus betrat, war noch Licht im Wohnzimmer. Zum Glück sah ich im Flurspiegel, dass meine

213

Deutschlandfarben völlig verschmiert waren. Ich ging also zuerst ins Bad und schminkte mir die staaten- und sittenlose Fechterin mit Vaseline ab, danach betrachtete ich mich lange im Spiegel, ob ich irgendwie verändert wirkte. Meine Wangen waren rot von der Kälte und dem Abrubbeln der Schminke, meine Lippen geschwollen, ganz leicht und ein bisschen röter als sonst. Und meine Augen leuchteten, als hätte ich Fieber. Dann zog ich mir mein Nachthemd an. Ich musste noch Gute Nacht sagen im Wohnzimmer.

Papa saß allein in seinem Sessel. Mama schien schon zu Bett gegangen zu sein und dort noch zu lesen. Es lief mal wieder die *Johannespassion*, sehr schöne, aber auch sehr traurige Musik, und ich hatte den Eindruck, dass mein Vater in letzter Zeit nur noch diese Platte hörte und sie auf dem Plattenspieler einfach liegen ließ und auf dieser Platte auch bestimmte Stücke immer wieder anhörte. Ich war mit klassischer Musik aufgewachsen, mit Mozart und Beethoven, mit Symphonien und Klavier- und Hornkonzerten, die ständig durch unser Wohnzimmer klangen, aber Mozart hatte Papa verdammt lange nicht mehr gehört.

Ab einer gewissen Uhrzeit stand die Flasche Rotwein nicht mehr in der Bar, sondern neben dem Sessel am Boden. Es war sicher schon die zweite Flasche, wie jeden Abend. Bei der ersten hatte Mama noch mitgetrunken. Papas Lippen waren rot gefärbt, und er lächelte mich an, schien sich zu freuen, mich zu sehen. Er wirkte unendlich einsam.

»Na, wie war's?«

»Gut.«

»Und? Ist es zum Austausch von Küssen gekommen?«

Diese Frage stellte mein Vater seit ungefähr zwei Jahren nach jeder Klassenfete, und ich hätte ihn dafür jedes Mal erwürgen können. Heute jedoch besonders.

»Mensch, Papa!«

»Man wird ja wohl noch mal fragen dürfen!«

Er grinste mit diesem typischen Papa-Grinsen, in dem auch eine gewisse Melancholie lag, und sah mich an, als suchte er nach einer Erklärung dafür, warum das so enge Band zwischen ihm und mir so locker geworden war.

»Ich bin ja mal gespannt, wen ihr später so abkriegt«, sagte er dann noch, ein Ausspruch von ihm, den er sehr oft wiederholte, so wie auch: »Ich bin ja mal gespannt, was aus euch später wird!« Unser Vater verlangte nicht, dass wir, wie er, Medizin studierten, sondern wollte nur, dass wir einen Beruf ergriffen, auf den wir uns jede Woche am Montagmorgen freuten.

Ich ging zu Papa und gab ihm, so wie ich es jeden Abend tat, einen Gutenachtkuss, wollte nur schnell weg und ins Bett.

»Schlaf gut«, sagte er, strich mir zärtlich und irgendwie traurig blickend übers Haar. Ich war mir sicher, dass Papa nichts davon mitbekam, dass ich heute Abend meine persönliche Mondlandung erlebt hatte und die ersten Schritte auf dem Planeten Frau gegangen war. Er war immer nur mit sich beschäftigt, als lebte er in einer Glaskapsel.

Mama lag mit ihrer Frisierhaube, die Papa so hasste, in ihrem Bett im Schein der Nachttischlampe, das Kopfkissen etwas hochgestellt im Nacken. Als ich eintrat, legte sie die *Forsyte-Saga*, die sie zurzeit mal wieder verschlang, beiseite. Mama hatte Irene nach der weiblichen Heldin benannt. Papa lästerte immer furchtbar über Mamas literarischen Geschmack. Es war im Grunde auch egal, was sie tat, ob sie nun Krimis im Fernsehen sah, in der Ernährung etwas umstellte, weil sie gelesen hatte, dass das gesünder war, ständig stieß sie auf seinen beißenden Spott. Die letzte Diskussion ging um »Spurenelemente«, und Papa nahm sie hoch deswegen und machte sich lustig über sie und sie gleichzeitig lächerlich. Ich hasste ihn in solchen Momenten und fragte mich manchmal, ob eine Scheidung nicht vielleicht eine Lösung wäre. Aber wenn ich an den traurigen Mann da im Wohnzimmer dachte, konnte ich mir nicht vorstellen, was aus ihm werden würde, ohne uns alle. Papa war einfach nichts mehr recht zu machen, und damit verdarb er uns allen die Laune und vertrieb uns aus dem Wohnzimmer, wo wir früher immer alle gern zusammen waren. Kein Wunder bei seiner Gereiztheit, dass auch keiner mehr gern mit ihm musizierte, auch ich nicht, was er mir übel nahm. Aber man konnte niemanden zum Singen zwangsverpflichten.

Mama lächelte mich an.

»Na, war's schön?«

»Ja, war ganz okay, mein Kostüm fanden alle toll.«

Ich übte mich mal wieder darin, eine gute Schauspielerin zu sein, aber Mama guckte mich an, als wenn sie doch was ahnte.

»Dann mal ab ins Bett. Morgen ist Schule.«

Sie lächelte fast ein bisschen wehmütig, als wenn sie sich gerade an ihre eigene Jugend erinnerte. Sie erzählte nicht viel, aber was wir so von ihren Schulfreundinnen wussten, war unsere Mutter damals sehr umschwärmt gewesen, von Klassenkameraden und Jungs aus dem Ruderklub oder Tennisverein. Wenn mal, selten genug, ein ehemaliger Verehrer von ihr aus Schulzeiten bei uns in Schallerup stoppte, um Hallo zu sagen, dann wurde unser Vater immer sehr eifersüchtig, und vom sonst so guten Gastgeber war nichts mehr zu spüren. Manche ekelte er förmlich hinaus. Aber unser Papa war auch auf den adretten Steuerberater aus Schleswig, Herrn Kröger, eifersüchtig, der einmal im Monat kam und mit Mama im Esszimmer gemeinsam die Buchführung für die Praxis machte.

Ich beugte mich über Papas Bett hinweg rüber zu meiner Mutter und gab ihr einen Kuss.

»Gute Nacht, Mama.«

»Gute Nacht, Schätzchen.«

Endlich in meinem Bett konnte ich, obwohl ich müde war, nicht einschlafen, aber es war eine schöne Art von Schlaflosigkeit, die ich bisher noch nicht kannte. Ich musste an Franks Duft denken, und immer wieder sah ich Frank vor mir auf der Bank, die rote Pappnase auf der Stirn, wie er mich liebevoll anblickte und mir erklärte, wie das ging mit dem Küssen. Irgendwann schlief ich ein.

Die Indienbluse

Das Haus von Bartelsens lag in einer Neubausiedlung. Der Bungalow kam mir sehr niedrig vor, denn er war nur wenig höher als der orangefarbene Kadett, der davor parkte. Von meiner Verabredung mit Frank hatte ich niemandem etwas erzählt. Weder jemandem in der Familie noch meinen Freundinnen. Auch nicht von dem Kuss auf dem Friedhof. Ich wollte es ungern mit Geli, Dörte und Anke diskutieren und war selbst erstaunt, denn lange Zeit hatte ich ja darunter gelitten, die Einzige noch Ungeküsste in unserer Clique zu sein, aber jetzt, wo es endlich passiert war, wollte ich es nicht an die große Glocke hängen. Natürlich hatten mich meine Freundinnen am Tag nach dem Turnerfasching in der großen Pause bedrängt, wo ich denn so plötzlich abgeblieben und was da mit Frank Bartelsen gelaufen sei. Ich log, dass wir nach der Fanta ein bisschen frische Luft im Hof geschnappt und dort mit ein paar anderen herumgestanden hätten und ansonsten nichts weiter vorgefallen sei. Es war alles zu kostbar, um es auf dem Schulhof zwischen dem Satz des Pythagoras und Past Perfect Progressive aufs Tapet zu bringen. Ich wollte es im wahrsten Sinne für mich behalten und natürlich auch meine Verabredung mit Frank erst einmal abwarten, um dann meinen Freundinnen danach davon zu erzählen, je nachdem wie der Nachmittag so gelaufen war. Sie würden sich nicht wieder einkriegen, wenn ich tatsächlich mit Frank Bartelsen zusammen wäre.

Die Zeit von Mittwochabend bis zu diesem Freitagnachmittag war mir endlos erschienen, ich war aufgeregt, hoffte, auf gar keinen Fall einen Herpes zu bekommen, war gleichzeitig auch erfüllt von wohligen Fantasien. Ich malte mir aus, wie es wäre, wenn ich mit Frank Mofa fuhr, ich hinten, die Arme um ihn geschlungen, oder wie wir im Sommer unsere Namen an die Mauer der Mole schrieben und ein Herz darum malten. Frank und Clara.

Die jüngere Schwester von Frank öffnete die Tür. Sie grinste mich breit an, und am liebsten hätte ich auf dem Absatz kehrtgemacht. Vielleicht wusste sie als kleine Schwester schon, was mich an diesem Nachmittag erwartete. Sie rief die Kellertreppe runter: »Fränkie, Besuhuch!«

»Soll ich meine Schuhe ausziehen?«

»Nicht nötig, junges Fräulein!« Die verrauchte Stimme von Frau Bartelsen dröhnte aus dem Wohnzimmer, wo ein Radio lief. Schlurfende Schritte.

»Guten Tag.«

Ich reichte ihr die Hand, knickste. Ihr Lächeln war nicht nur nett.

»Welch hoher Besuch! De Königs Tochter.«

Sie zeigte auf die Garderobe.

219

»Jacke kannst du hier aufhängen.«

Ich tat es, ansonsten hatten Frau Bartelsen und ich uns nichts zu sagen. Ich wollte ihren Sohn, und aus keinem anderen Grund hatte ich mich hier heute pünktlich eingefunden. Franks Mutter hatte gefärbte Haare und eine herausgewachsene Dauerwelle, und ich konnte meinen Vater das erste Mal verstehen, warum er Dauerwelle billig aussehend fand. Sie musterte meine Indienbluse, die ich mir extra am Vortag nach der Schule in Dellwig im Jeansshop für neunundzwanzig Mark gekauft hatte, mit einem amüsierten Blick. Die bunten Stickereien und die vielen kleinen aufgenähten Spiegel kamen mir auf einmal mitten am Nachmittag in einer Schalleruper Bungalowsiedlung etwas lächerlich vor, und ich bereute es, sie angezogen zu haben. Die Bluse gab mir keinen Halt. Im Gegenteil, sie vergrößerte meine Unsicherheit nur. Es war das erste Mal, dass ich einen Jungen besuchte, und das war aufregend genug, ich hätte meinen Rolli mit dem Bindegürtel anziehen sollen oder mein rotes Kaputzensweatshirt, vertraute Kleidungsstücke, die mich kannten und schon ein Stück des Weges mit mir gegangen waren. Die Indienbluse war mir so fremd wie die Bungalowsiedlung und Familie Bartelsen und wie alles, was auf mich zukam diesen Nachmittag.

»Hallo!«

Frank stand auf dem Absatz der Kellertreppe. Ein weißer Rolli unterm Hemd. Ohne Pappnase. Ein ganz normaler Junge mit Mitessern an der Nase. Das war der Schwarm aller Mädchen?

»Hallo.«

»Soll ich euch was zu trinken bringen?«

»Ja, Mutti, aber jetzt gleich!«

Frank führte mich in sein Zimmer im Keller. Es war so orange wie der Kadett vor dem Haus, und auf dem Boden lag ein Flokati. Auf dem Schreibtisch waren Hefte aufgeschlagen, als hätte Frank gerade noch seine Hausaufgaben gemacht. Aus einem Radiorecorder von Grundig sangen die Bay City Rollers »Give a little love, take a little love«, das musikalische Motto des Nachmittags. Ich musste daran denken, was mein älterer Bruder Sven über die Bay City Rollers gesagt hatte, dass das das Allerletzte an Musik sei. Er hatte sich standhaft geweigert, mir im Auftrag von Oma eine Platte der schottischen Band, die ich mir zum Geburtstag gewünscht hatte, zu besorgen. Stattdessen hatte er eine ABBA-Platte gekauft, was auch in Ordnung war. Sven hatte vor ein paar Jahren selbst mit ein paar Freunden eine Band gegründet, die alle paar Wochen ihren Namen änderte, am Schluss hießen sie The Horrids. Sven war an der E-Gitarre, sie spielten auf Partys, auch mal auf unserem Schulfest. Ich glaube, die Band hatten sie hauptsächlich deswegen, um an die tollen Mädchen ranzukommen, was bestens funktionierte, auch wenn Sven und Nico, der andere Gitarrist und Sänger, sich dabei manchmal in die Quere kamen. Aber jetzt hatten sich The Horrids aufgelöst.

In der *Bravo* hatten wir gelesen, dass die Bay City Rollers als echte Schotten grundsätzlich keine Unterhosen trugen, was uns schwer beeindruckte, und im

Grunde musste ich immer, wenn ich die Musik von ihnen hörte, an die Sache mit den Unterhosen denken, und ich fragte mich, ob die Story wohl wahr war. Die *Bravo* stand nicht gerade für seriösen Journalismus.

»Setz dich doch.« Frank zeigte auf eine Schlafcouch in dunkelbraunem Breitcord.

Es klopfte. Frau Bartelsen trat mit einem Tablett ein und stellte uns auf den Nachttisch eine Flasche Limonade, zwei Gläser und eine Schale Russisch Brot hin.

»So, das ist zur Stärkung«, sagte sie, und ich fand sie unanständig. Als Frau Bartelsen rausging, sah ich von hinten ihren BH unter der Bluse durchscheinen. Das hätte es bei Mama nie gegeben.

»Was willst du denn für Musik hören?«, fragte Frank und holte die Kassette heraus aus dem Recorder.

»Mir egal, such du was aus.«

Er legte *If You Leave Me Now* von Chicago auf. Treffer versenkt. Ich liebte dieses Lied und seine so sehnsüchtige Melodie. Frank schloss lautlos und sehr geübt die Tür ab, zog die braun-beige-orangefarben gestreiften Gardinen vor das schmale Fenster, das so tief im Garten lag, dass uns, wenn überhaupt, nur ein Maulwurf hätte zusehen können. Dann setzte er sich neben mich auf die Couch und begann mich zu küssen. Den Hals, den Nacken, das Ohr, dann auf den Mund, so wie bereits auf dem Schalleruper Friedhof. Zwischendrin unterbrach er und sagte: »Jetzt bist du im Vergleich zu vorgestern schon progressiv!«

»Was bin ich?«

»Fortschrittlich.«

Er grinste.

»Und was war ich dann vorher?«

»Naiv.«

»Und was heißt das?«

»Wenig erfahren.«

»Benutzt du immer so seltsame Wörter?«

»Na, wenn mich ein Mädchen vom Ginnasion besucht, dann muss ich mich doch etwas vorbereiten und ein paar Fremdwörter parat haben, oder?«

Wieder grinste er, und ich war beschämt und gerührt zugleich und hatte dennoch das Gefühl, dass er die Wörter nicht richtig verwendet hatte. Das war ja das Problem mit Fremdwörtern. Meine Oma sagte zum Beispiel zu Hotpants oder Shorts immer »kurze Shortshosen«, was unseren Vater so amüsierte, dass es bei uns zu Hause nur so hieß.

Wir knutschten weiter, dabei fasste Frank mit beiden Händen meine Taille an und rutschte immer höher. Ich hörte mich leise stöhnen.

»Gefällt dir das?«, fragte er, zog meine Indienbluse aus der Wrangler, um dann mit seinen Händen darunterzufahren. Die Bluse selbst schien er überhaupt nicht wahrzunehmen, und ich hätte sie mir im wahrsten Sinne sparen können. Ihn interessierte etwas anderes, Darunterliegendes. Ich hätte gern noch etwas geredet, hatte aber das Gefühl, dass hier in seinem Zimmer seine Regeln galten, vor allem aber, dass alles ein von ihm durchgeplanter Ablauf war, dem ich nur zu folgen hatte.

»Ich möchte was trinken.«

223

Durstig nahm ich einen Schluck Limonade, wühlte im Russisch Brot. Suchte ein C und ein F heraus.

»Guck mal hier, unsere Initialen.«

»Unsere was? Also du bist ja echt viel zu schlau für mich. Was willst du eigentlich mit einem Realschüler wie mir?«

»Hej, das ist doch echt Quatsch, ich, ich mag dich doch … trotzdem.«

Zum Beweis steckte ich mir das F in den Mund. Und hielt ihm das C hin. Er biss zu. Wir lehnten uns wieder zurück, es war irgendwie nicht wirklich gemütlich auf dieser Jugendzimmercouch, und ich war mir sicher, dass die Erfinder niemals Probe gesessen hatten. Oder man hatte sie so konzipiert, dass sich die Jugendlichen gleich aufeinanderlegten.

»Und? Bist du verliebt?«, flüsterte Frank mir ins Ohr.

»Und du?«

»Du bist besonders süß.«

Wieder waren seine Hände da, wo er sie haben wollte. Er war älter, er wusste Bescheid. Ich ließ ihn, damit er mich nicht für eine überhebliche Ginnasiastin hielt. Außerdem machte es Spaß. Inzwischen waren wir ziemlich weit runtergerutscht und zwangsläufig in der Horizontalen gelandet. Als Frank die Jeans auch noch öffnen wollte, schob ich seine Hand beiseite. Das ging mir dann doch etwas schnell.

Ich war auch nicht ganz bei der Sache, weil ich mich immer wieder zwischendurch fragte, ob Frank Bartelsen und ich jetzt zusammen waren und ob das hier, was wir gerade taten, etwas zu bedeuten hatte. Also wirklich zu bedeuten hatte. Ob ich jetzt die Freundin von Frank war und wie er das alles sah. Ich traute mich aber nicht zu fragen. Ihn zu uns nach Hause einzuladen und vor den Augen meiner jüngeren Brüder, die ihn garantiert mit frechen Sprüchen an der Haustür erwarten würden, auf mein Zimmer zu führen, erschien mir komplett unvorstellbar. Ebenso, dass ich mit ihm Hand in Hand durch Schallerup ging oder auf seinem Mofa hintendrauf saß, die Arme um ihn geschlungen, und er mir einen Kettenanhänger mit seinem Namen eingraviert schenkte. Das, was ich mir seit vorgestern Abend so ausgemalt hatte, wollte ich das wirklich?

Alles, was er in dem kleinen Zimmer mit mir tat, war schön, aber wir hatten uns nicht besonders viel zu sagen, und immer wieder machte er Anspielungen, dass ich ja aufs Gymnasium ging und er nicht. Mir wurde im Laufe des Nachmittags klar, dass das wirklich ein Problem darstellte, für ihn noch mehr als für mich. Irgendwann sagte ich, ich müsse gehen, und er bat mich nicht, noch zu bleiben. Er brachte mich hoch an die Haustür, wo ich meine Jacke anzog. Seine Mutter und Schwester waren nicht mehr zu sehen, Frank verabschiedete mich dort, ohne Kuss oder eine weitere Verabredung, nur mit einem »Tschüss, danke für deinen Besuch«, und das fand ich dann doch etwas seltsam.

Mir war auf dem Rückweg vollkommen bewusst, dass es das gewesen war und mit uns nichts wurde. Ich war nicht mal besonders traurig, nur heilfroh, es niemandem erzählt zu haben.

Besuchszeit

Auch wenn es die Cafeteria war, roch es hier genauso nach Krankenhaus, nur gemischt mit Bratenfett. Und trotz des vielen Gelbs war es das traurigste Café, das ich je gesehen hatte. Nur die dunkelbraunen Gardinen im Gegenlicht der Nachmittagssonne, einer Märzsonne, die immer wieder zwischen Wolken auftauchte, waren irgendwie tröstlich. Die meisten Patienten trugen einen Bademantel, einige Halskrausen, manche hatten Gips-beine, andere ihren Arm in Gips. Krücken waren an die Tische und Stühle gelehnt. Es wurde leise geredet. Auf den Tischen standen kleine Plastikblumensträuße. Ich war froh, dass mein Vater nicht im Bademantel, Pyjama und Hausschuhen und mit Krücken herumlief.

Es war Besuchszeit und die Cafeteria gut gefüllt. Kranke mit Angehörigen, diese an ihrer normalen Kleidung zu erkennen. Nur bei Papa und mir war das anders. Wir sahen aus wie zwei Angehörige, denen der Kranke fehlte.

Wir stellten uns in die Schlange an der Selbstbe-dienungstheke. Papa stand vor mir und schob unser orangefarbenes Plastiktablett auf dem Gitter entlang. Wir suchten uns jeder ein Stück Torte aus, die auf

Tellern hinter der durchsichtigen Plastikklappe standen; ich nahm eine Cola, er einen Kaffee. Die Frau an der Kasse trug Schwesterntracht und ein Namensschild, auf dem »Christa« stand. Mein Vater zückte sein Portemonnaie aus der Gesäßtasche.

»Na, Schwester Christa, beim Friseur gewesen? Steht Ihnen gut.«

Wie schaffte er es, immer dieses verzückte Lächeln bei Frauen hervorzuzaubern? Selten war ich so froh, dass Papa seinen Charme spielen ließ, für mich ein Zeichen, dass er doch noch leben wollte. Trotz allem.

Heute war Mittwoch, und ich brauchte deshalb nicht in den Konfirmandenunterricht zu gehen. Ich war das erste Mal bei ihm, seit es passiert war. Mama hatte mich mitgenommen, weil sie zu einem Gespräch beim Oberarzt musste, damit ich in der Zwischenzeit Papa besuchte. Sie hatte extra ein Kostüm angezogen und war auch noch vormittags beim Friseur gewesen, und ich war sicher, dass Papa das registriert hatte. Ich hatte mich danach gesehnt, mit ihm allein zu sein, ungestört zu reden. Doch jetzt war alles ganz anders, als ich es mir vorgestellt hatte. Das begann schon damit, dass mein Vater nicht, wie ich erwartet hatte, in einem Einbett-, sondern in einem Mehrbettzimmer untergebracht war, allerdings erst seit dem Vortag, vorher Intensivstation. Doch in den anderen zwei Betten lag niemand, und auch mein Vater lag nicht im Bett, sondern saß angezogen auf der Bettkante. Er wartete auf uns, erwartete uns, war frisch rasiert und uns gegenüber höflich und nett. Das Schlimme daran war: So kannte ich ihn gar nicht, und so kleinlaut war er mir fremd.

Bei der Begrüßung roch ich Papas Aftershave, das ich so liebte. Meine Mutter setzte sich schnell ab zu ihrem Gespräch mit dem Oberarzt. Ich wusste nicht, ob Papa deswegen enttäuscht war. Wusste er überhaupt, dass ich heute kommen wollte? Er schaute auf den Linoleumboden, schob mit dem Daumen verlegen seine Nagelhaut zurück. Von Mama hatte ich erfahren, dass Papa, nachdem die Ärzte ihn zurückgeholt hatten ins Leben, erst einmal ausgenüchtert wurde und jetzt Medikamente bekam, die ihn ruhigstellen sollten. Aber auf dem Nachttisch neben seinem Bett hatten keine Medikamente herumgelegen. Es gab auch keine Blumen. Und auch ich hatte ihm nichts mitgebracht. Ich hatte gar nicht daran gedacht, und es tat mir leid. Genau genommen war dies aber mein erster Besuch bei jemandem im Krankenhaus, und ich hatte keinerlei Erfahrung. Vielleicht brachte man Blumen nur bei Beinbrüchen, Blinddarm-Operationen und Geburten mit und nicht in so einem Fall, wenn jemand von den Toten wieder auferstanden war.

Wir drei jüngeren Geschwister hatten ihn Sonntagmorgen im Wohnzimmer vorgefunden, nachdem wir aufgestanden waren. Sven und Irene waren gerade mit einer Oberstufenfreizeit zum Skilaufen in Österreich. Papa hing in seinem Ledersessel, in dem er immer saß, schien ganz fest zu schlafen und schnarchte laut. Er hatte noch seinen Smoking an, das Hemd war oben aufgeknöpft, und die schwarze Fliege hing ihm offen um den Kragen. Das Seltsame war, dass er noch eine Zigarette in der Hand hielt, deren kalte Asche sich auf dem Filter ungewöhnlich hoch türmte und sogar noch einen Bogen machte. Eine Asche, die es ins *Guinnessbuch der Rekorde* geschafft hätte. Mama und Papa waren am Vorabend bei Tante Brigitte und Onkel Konrad in Schallerup zu einem Fest eingeladen gewesen.

Als wir unseren Vater so sahen, mussten Hendrik, Claas und ich zunächst grinsen, peinlich berührt. Papa, mal wieder so voll, dass er hier im Wohnzimmer eingeschlafen war. Auf dem Plattenspieler drehte sich noch die abgelaufene Schallplatte. Wir wollten ihn wecken, rüttelten an ihm, doch er reagierte nicht. Nur die Asche fiel zu Boden. Das machte uns stutzig, und auf einmal hatten wir alle dieselbe Ahnung. Während Claas loslief, um Mama zu wecken, und Hendrik weiter an unserem Vater rüttelte, ging ich zum Papierkorb in der Ecke, der voller Tablettenpackungen war.

»Papa! Papa!«, schrie ich jetzt in Panik und zeigte meiner inzwischen herbeigeeilten Mutter und meinen Brüdern den Fund. Mama schlug die Hand vor den Mund, dann fasste sie sich und rief sofort den Notarzt. Papa kam mit Blaulicht nach Schleswig, und die nächsten Stunden bangten wir zu Hause, ob er es schaffen würde. Dann am Nachmittag der erlösende Anruf des Oberarztes, eines Bekannten meiner Eltern. Er sagte Mama am Telefon, dass sie Papa den Magen ausgepumpt und ihn gerade noch hätten retten können, eine halbe Stunde später und er wäre tot gewesen. Papa sei dem Tod noch einmal von der Schippe gesprungen.

Ich konnte nicht fassen, dass mein Vater sich das Leben hatte nehmen wollen, dass er es wirklich ernsthaft versucht hatte und es ihm beinahe geglückt wäre. Hätten wir eine halbe Stunde länger geschlafen an diesem Sonntagmorgen, dann wäre er jetzt tot. Mama hatte Claas, Hendrik und mir erzählt, dass bei dem Fest am Vorabend Papa wie immer alle Frauen aufgefordert habe, nur sie nicht, und als sie dann mit anderen Männern getanzt habe, sei er wieder eifersüchtig geworden und irgendwann eingeschnappt vor ihr gegangen. Sie habe, als sie nach Hause gekommen sei, im Wohnzimmer noch Licht gesehen und Musik gehört, und sei dann aber in der Praxis schlafen gegangen. Das tat sie öfter in letzter Zeit. Mehr redeten wir erst mal nicht über die Sache.

Es war ein Wunder, dass er jetzt hier mit mir in dieser Cafeteria saß, in seinem beigefarbenen Pullover und dem schwarzen Hemd darunter, auf dessen Kragen immer weiße Schuppen lagen. Die elegante helle Hose aus Westerland und schwarze Socken und Slipper. Ein gut gekleideter Mann, zwischen all den Bademänteln und Trainingsanzügen fiel das umso mehr auf. Seine Augen waren rot unterlaufen. Papa hatte darum gebeten, dass Mama ihm seine Schreibmaschine mitbrachte. Ich wurde das Bild nicht los, wie er vorhin im Zimmer den kleinen, schwarzen Koffer mit der Olympia 2000 auf den Tisch am Fenster hob, ein Fenster, das kaum Licht hereinließ. Von hinten sah ich ihn, meinen lebenden Vater, vor dem Fenster, vor dem Schreibtisch. Nichts im Krankenzimmer deutete auf das hin, was geschehen war. Lebensmittelvergiftung lautete die offizielle Version. Mama hatte uns beschworen: »Sagt um Himmels willen niemandem, was passiert ist!« Ein Arzt, der sich das Leben nehmen wollte, das war keine gute Werbung.

»Na, wie läuft's in der Schule?«

Ich wollte Papa so gerne in den Arm nehmen und fragen: Warum? Ich wollte ihn bitten, anflehen, das nie wieder zu tun, er sollte es mir schwören. Ich wollte ihm sagen, wie sehr ich ihn liebte und wie sehr ich ihn vermissen würde, wenn er ginge. Stattdessen erzählte ich, dass ich eine Mathe- und eine Englischarbeit zurückgekriegt hatte. Eine Drei und eine Zwei.

Wir saßen an einem Tisch in der Ecke, nahe der großen Fenster, mit Blick auf einen Park. Schwarze Vögel aus Tonpapier klebten an der Panoramascheibe, das machten neuerdings alle, auch Ankes Eltern und Gelis Mutter hatten schwarze Vögel an ihre Wohnzimmerscheiben geheftet. Ich wunderte mich, dass Papa zwei gehäufte Teelöffel Zucker in seinen Kaffee schüttete. Hinter ihm saß eine alte Frau im Rollstuhl alleine am Tisch. Sie trug einen blauen Trainingsanzug, braune Cordpantoffeln, sabberte Kakao auf die Jacke. Gerade hatte ich meinen ganzen Mut zusammengenommen, um meinem Vater all das zu sagen, was ich ihm unbedingt heute sagen wollte, da fing die Alte an zu schimpfen:

231

»Ihr wollt doch alle nur das eine. Lass mich in Ruhe, du Schuft. Fass mich nicht an, ihr wollt doch alle nur mein Geld.«

Papa und ich grinsten uns über unseren Tortenstücken verlegen an.

»Wollen wir gleich in den Park gehen?« Mein Vorschlag. Ich stellte mir vor, dass wir dort irgendwo ungestört auf einer Bank sitzen und endlich reden konnten. Wie unter Erwachsenen.

Als wir gerade aufstanden und gehen wollten, sprach die Frau uns an: »Na, Dokter, Besuch von deiner jungen Freundin?«

»Das ist meine jüngere Tochter Clara.«

»Ach, so ein süßes Töchterchen«, sabberte sie, schwer verständlich. Ich lächelte die Alte an und fühlte mich wie ein kleines vierzehnjähriges Mädchen. Sie nahm meine Hand zwischen ihre Hände.

»Stimmt. Genau dieselben Augen wie der Dokter. Und sie hat ihren Papa ja so lieb. Aber warum so traurig?«

Ich musste schlucken.

»Wir wollten noch ein bisschen raus in den Park«, sagte mein Vater. »Auf Wiedersehen.«

Jetzt erst ließ sie mich los und ergriff Papas Hand.

»Schönen Tach noch. Und grüß mir den lieben Gott, wenn du ihn siehst.«

Draußen an der frischen Luft atmete ich tief durch. Hier roch es endlich nicht mehr nach Krankheit und Medikamenten, nicht nach Putz- und Desinfektionsmitteln. Mein Vater ging neben mir wie ein ganz normaler Mensch, sah nicht krank aus. Man konnte sich

fragen, was er hier im Krankenhaus zu suchen hatte.
Warum hatte er das getan? Ich traute mich nicht, ihn zu
fragen. Mir fehlten an diesem Nachmittag mehr noch
als die Worte, der Mut, sie zu gebrauchen. Und mein
Vater selbst strahlte etwas aus, was ich nicht an ihm
kannte und was ich nicht einordnen konnte auf der
Skala der Papa-Eigenschaften. Er wollte offensichtlich
nicht darüber reden, und es war eine Schwelle da, die
ich nicht von mir aus mit Worten zu übertreten wagte.
Vielleicht würde, irgendwo auf einer Parkbank, nicht
ich anfangen müssen, sondern er zu reden beginnen,
von sich aus. Ich musste an meine Freundinnen denken. Sie wussten nicht, warum ich heute im Konfirmandenunterricht fehlte. Und morgen in der Schule würde
ich ihnen erzählen, dass ich meinen Vater im Krankenhaus besucht hatte, wo er nach einer Lebensmittelvergiftung lag. Und ich hätte nicht einmal das Gefühl zu
lügen. Ihm war ja der Magen ausgepumpt worden, und
er wurde ja hier entgiftet.

Papa sagte, dass er von den Medikamenten wild
träume. Die Träume wolle er aufschreiben. Überhaupt
habe der Arzt ihm geraten, seine Gedanken zu notieren, Tagebuch zu führen. Sie seien alle hier sehr nett zu
ihm, nur der Psychologe sei ein Vollidiot.

Ich wusste nicht, was ich darauf antworten sollte.
Doch ich schöpfte Hoffnung, dass Papa sich gerade
warm redete und gleich auch noch zum entscheiden-
den Punkt käme. Er schuldete mir eine Erklärung.

Da kam Mama raus in den Park, sie wirkte hektisch
und sehr angespannt.

»Hier seid ihr, ich suche euch schon überall. Clara, wir müssen los.«

Vermutlich war sie nervös, weil sie nicht wusste, wie lange Papa ausfallen würde, und es jedes Mal schwer war, einen Vertreter für die Praxis zu finden, vor allem kurzfristig. Wir brachten Papa zurück auf sein Zimmer zu seiner Schreibmaschine. Ich umarmte ihn zum Abschied, sein Aftershave war jetzt fast verflogen. Ich mochte mir nicht vorstellen, diesen Geruch nie mehr zu riechen. Papa roch immer so gut. Ich hörte den kurzen Kuss meiner Eltern, dann ließen wir meinen Vater hinter der Tür zurück.

Auf der Rückfahrt war ich still und sah aus dem Fenster. Die Weizenfelder waren von einem ersten Grün überzogen, und ein ganz feiner Nieselregen fiel auf die Windschutzscheibe, nicht genug, um den Scheibenwischer anzuschalten. Ich spürte neben mir die Wut und Verzweiflung meiner Mutter, der sie nie Raum gab und die sich dann in ihrem Körper ausdrückte, darin, wie sie rauchte, das Lenkrad umfasste. Unsere Mutter weinte nicht, sie schrie nicht, sie verstummte, wenn die Welt um sie herum unterging, und dann riss sie sich zusammen, zog ein Kostüm an, legte Lippenstift auf, ging zum Friseur und erneuerte den Helm. Einer von Mamas Aussprüchen war: »Du kannst dich auf niemanden verlassen, außer auf dich selbst.«

Ich dachte darüber nach, wie seltsam es war, den ganzen Nachmittag froh darüber gewesen zu sein, dass mein Vater nicht wie die anderen Kranken aussah. Dabei wäre es doch für mich so viel leichter gewesen, wenn er sich einfach nur ein Bein gebrochen hätte. Dann hätte ich ihm die Türen aufgehalten und sein Stück Kuchen an den Tisch gebracht, ihm die Krücken gereicht. Dann wäre das Bein in ein paar Wochen wieder verheilt, und der Gips käme ab.

»Wir müssen ihn über die nächsten Wochen kriegen«, hatte der Oberarzt zu meiner Mutter gesagt.

Die Konfirmation

Papa war bald nach seinem Aufenthalt im Schleswiger Krankenhaus wieder in die Praxis zurückgekehrt. Der Oberarzt hatte zwar zu einer längeren Kur in einer Klinik geraten, aber die schlechte wirtschaftliche Situation bei uns sprach dagegen. Das erste Quartal '78 war miserabel gewesen. Gute Vertreter zu finden, war schwer, und sie kosteten. Und die Patienten wollten verständlicherweise von ihrem Hausarzt behandelt werden und nicht von einem Fremden. Aus all diesen Gründen war Mama dagegen, dass Papa zu lange ausfiel, zudem hätte das nur wieder irgendwelche Gerüchte in Gang gesetzt. Ich dagegen fand es unmenschlich, wie schnell Papa nach allem, was passiert war, zurück in die Praxis musste, um anderen zu helfen, wo er doch selbst dringend Hilfe benötigte.

Papa funktionierte also nach seiner Rückkehr ins Leben und nach Schallerup wieder, er bekam immer noch irgendwelche Tabletten, und die ersten Wochen behandelten wir ihn, den Lebensmüden, alle wie ein rohes Ei, was er leicht beschämt und mit einem müden Lächeln zur Kenntnis nahm. Wer sich dabei besonders ins Zeug legte, war mein Bruder Hendrik. Er fragte

Papa immer wieder, ob er einen Kaffee wolle oder einen frisch ausgepressten O-Saft, und Papa nickte dann, gerührt von seinem Sohn, der sofort loseilte, um das Gewünschte zu bringen.

Die ersten Wochen blieb Papa auch noch trocken, sie hatten ihn ja dort in Schleswig auf Entzug gesetzt, aber so ganz nüchtern und auf eine andere Weise launisch und dünnhäutig war er mir wiederum auch fremd. Wenn wir abends Doppelkopf spielten, war er noch ungeduldiger als sonst, oder wenn man am Klavier nicht rechtzeitig die Noten umblätterte. Wir sangen jetzt alle abends mit ihm, wenn er gern Hausmusik machen wollte. Papa hatte sich ja nicht grundsätzlich verändert, war nur etwas stiller als sonst und nicht mehr ganz so aufgedreht, und es lag über der Sache, die passiert war, ein bleiernes Stillschweigen, ja, eine Art Schweigegebot. Niemand redete mit ihm darüber, vor allem aber deswegen, weil er eine große Scham zu empfinden schien, sich vielleicht noch mehr, als es überhaupt gemacht zu haben, dessen schämte, es nicht richtig gemacht zu haben und gefunden und gerettet worden zu sein.

Inzwischen war es Mitte Mai geworden, und die Sache acht Wochen her. Papa hatte auch wieder zu trinken angefangen, und alles war wie immer, wie vor dem Versuch. Auch wir waren wieder wie vorher, als hätten wir vergessen, was passiert war und dass uns Papa noch einmal zurückgegeben worden war. Nur einer schien es nicht vergessen zu haben: Hendrik, bei dem sich die Fürsorge für unseren Vater, im Gegensatz zu

237

uns anderen, nicht gelegt hatte. Und so war es Hendriks Verhalten, das uns alle manchmal noch daran erinnerte.

Hinrichsen hatte mehrfach gedroht, uns nicht zu konfirmieren, wenn wir mit einer neuen Dauerwelle, einem zu kurzen Rock oder Kleid oder zu sehr geschminkt zur Konfirmation erschienen. Gleichzeitig hatte sich im Konfirmandenunterricht in den vergangenen Wochen eine gewisse Leichtigkeit breitgemacht. Wir mussten nichts mehr auswendig lernen, lediglich noch einen Konfirmationsspruch auswählen, und dann wurde gemeinsam mit den Jungen das Einmarschieren in Zweiergruppen in die Kirche einmal geprobt, und das Vortreten an den Altar für den Segen und wie wir uns zu setzen hatten. Jungs und Mädchen immer schön säuberlich getrennt. Je mehr es auf das Ende der Konfirmandenzeit zuging, desto netter wurde Hinrichsen, als hätte er uns doch alle ins Herz geschlossen, ja, er versuchte sich jetzt sogar ab und zu im Scherzen, was grauenvoll peinlich war bei Menschen, die keinen Humor hatten. Doch wir lachten ihm zuliebe, aus Höflichkeit und weil wir grundsätzlich diese Tendenz bei ihm unterstützen wollten, aber auch aus Erleichterung, dass es bald vorbei war und wir Licht am Ende des Konfirmandentunnels sahen.

Ich hatte schon vor Wochen die Gäste zu meiner Konfirmation handschriftlich eingeladen. Ein altes, dunkelblaues Samtträgerkleid von Oma, das sie früher getragen hatte, wurde von der Schneiderin leicht geändert, ich hatte mir in Flensburg eine hübsche weiße Rüschenbluse gekauft und ein paar helle Sandalen. Letzte passten nicht optimal zum dunklen Kleid, aber Bluse und Sandalen würde ich auch noch nach der Konfirmation anziehen können, da war ich ganz praktisch veranlagt. Und ich durfte einen Wunschzettel schreiben. Mama bestellte beim Blumenhändler Tischschmuck, eine Zugehfrau für den Tag zum Bedienen, Abräumen, Abwaschen, und sie machte eine Liste mit all den guten Sachen, die es zu essen geben sollte, und Termine beim Friseur, einen für sie und einen für mich. Meine beiden Patentanten würden extra kommen und ein paar Bekannte und Freunde und Oma natürlich. Opa war im Januar des Vorjahres gestorben, und meine anderen Großeltern waren auch inzwischen tot.

Und dann war er da, der große Tag. Ich trug Trägerkleid und Rüschenbluse, war dezent geschminkt. Herr Christiansen hatte mir am Vortag meinen Rundhaarschnitt gemacht, und während er die Haare über eine dicke Rundbürste nach innen zog und wie immer viel zu heiß föhnte, hatte er versucht, mich nach meinem Vater auszufragen. Weil der Föhn laut war, musste auch Christiansen laut sprechen, und es war mir alles sehr unangenehm, da auch die anderen Kundinnen im Salon ihre Ohren spitzten. So eine Lebensmittelvergiftung sei ja scheußlich, wie er sich die denn zugezogen habe. Ich erzählte die einstudierte Version mit den Pilzen, und dass man niemals Pilze aufwärmen sollte. Christiansen nickte. Dann sagte er noch, dass er meinen Vater sehr mochte und schätzte.

239

Ich stand mit meinen Freundinnen auf der rückwärtigen Seite der Kirche, wo wir uns alle vor dem Konfirmationsgottesdienst versammelten. Anke trug einen schwarzen Rock und eine weiße Bluse mit Rüschenkragen, der eng am Hals anlag, und Dörte eine schwarze Stoffhose mit einer weißen Hemdbluse. Geli hatte extra ein cremefarbenes Konfirmationskleid bekommen, dessen lange Ärmel leicht transparent und mit Spitze versehen waren. Die vorderen Haare hatte sie seitlich hochgesteckt, in den Spangen zwei Gänseblümchen. Sie hatte uns wieder mal alle ausgestochen.

Wir stellten uns wie einstudiert in Zweierreihen auf, ich an der Seite von Anke, Dörte und Geli vor uns, und gingen hinter Pastor Hinrichsen in seinem schwarzen Talar auf dem Kiesweg um die Kirche zum Hauptportal, vorbei an der Sitzbank, auf der ich vor drei Monaten das Küssen gelernt hatte. Ich hatte meinen Freundinnen zwar inzwischen erzählt, dass Frank und ich beim Fasching spazieren waren und uns geküsst hatten, aber ich hatte weder den Friedhof noch meinen Besuch bei ihm zu Hause erwähnt. Eine Frau musste auch ihre Geheimnisse haben.

Die Glocken läuteten wie wild, und dann klangen sie aus, und zur Orgelmusik von Frau Thiessen marschierten wir in die Kirche ein. Langsam, würdevoll schreitend, im Takt des Orgelvorspiels, und ich sah die wunderschönen glänzenden Locken von Geli vor mir auf ihrem Kleid ganz leicht mitwippen. Fräulein Thiessen spielte sehr laut und gewaltig, als stünde sie

unter Drogen, zumindest unter etwas zu viel Klosterfrau Melissengeist. Meine Gänsehaut überzog dieses
Mal den ganzen Körper. Und dann passierte etwas,
womit ich nicht gerechnet hatte und was mich ganz
unvorbereitet traf. Sobald wir die Kirche betreten
hatten und den Hauptgang entlangschritten, erhoben
sich all die feierlich gekleideten Gottesdienstbesucher
uns zu Ehren und wandten sich uns zu. Es war ein
unbeschreibliches Gefühl, im wahrsten Sinne »erhe-
bend«. Meine Familie entdeckte ich in der vollen Kirche nicht, aber Gelis Mutter, Frau Jakobsen, wie sie
mit Tränen der Rührung und voller Liebe auf Angelika, aber auch auf uns, Gelis Freundinnen, sah, als
wollte ihr leicht wehmütiger Blick sagen: Ach, seid ihr
groß geworden!

Dann schritten wir weiter bis nach vorn, und ich
kämpfte selber mit den Tränen, konnte mich aber Gott
sei Dank beherrschen. Es wäre mir peinlich vor den
anderen gewesen, außerdem ist es nie gut zu weinen,
wenn man geschminkt ist. Vorn setzten wir uns, und
der Gottesdienst begann. Pastor Hinrichsen hielt sich
in seiner Predigt dieses Mal sowohl bei der Länge als
auch bei seinen moralischen Appellen etwas zurück,
verfluchte niemanden, lobte uns, »seine fleißigen Konfirmanden«, sogar, und wie froh er sei, uns an diesem strahlenden Maitage konfirmieren zu dürfen. Er
sprach uns aus der Seele. Es wurden noch viele Strophen von meinem Lieblingslied *Geh aus, mein Herz,
und suche Freud* gesungen, und ich sang so inbrünstig
mit, dass Dörte und Anke schon ganz erstaunt zu mir

241

rüberguckten, aber es war mir egal, dass sie mich für eine Kirchenliedmitsingstreberin hielten.

Dann wurden wir alle einzeln aufgerufen und unser Konfirmationsspruch laut verlesen. Nachdem die meisten »Der Herr behüte mich und lasse mich weiden auf seiner Aue« oder »Der Herr ist mein Hirte, mir wird nichts mangeln« gewählt hatten, fiel mein Spruch heraus. Vermutlich war ich die erste Konfirmandin in ganz Schleswig-Holstein, ja, vielleicht sogar in ganz Deutschland, die »Herr, lehre uns bedenken, dass wir sterben müssen, auf dass wir klug werden« ausgewählt hatte. Mir selbst schien der Spruch, als er verlesen wurde, nicht gerade für diesen Anlass geeignet.

Als wir vier Freundinnen gemeinsam in einer Reihe vortraten an den Altar, um uns segnen zu lassen, fiel Geli beim Niederknien ein Gänseblümchen aus ihrem Haar herunter auf den Steinboden. Sie grinste kurz rüber zu mir, und ich grinste zurück.

Dann war der Gottesdienst zu Ende, und wir zogen zu Orgelmusik aus der Kirche aus, jetzt frisch konfirmiert, aber der Auszug war nicht mehr so bewegend wie unser Einzug.

Kurz darauf fanden wir uns zu Hause ein, alle gratulierten mir, und es gab ein Glas Sekt, auch für mich, die Konfirmandin, das erste Glas Sekt meines Lebens. Wenn man bis dahin immer nur Kaba fit Erdbeer, Fanta, Cola, Sprite, Spezi oder Rabenhorst-Säfte gewohnt war, kam einem Sekt ziemlich sauer vor, aber gleichzeitig fühlte ich mich nun auch sehr erwachsen.

Papa begrüßte die Gäste, und alle erhoben ihr Glas

und stießen auf mich an, und dann kam die Belohnung
für zwei Jahre Konfirmandenunterricht bei Hinrichsen, für zweiundfünfzig mit Stempeln und Unterschrift
beglaubigte Gottesdienstbesuche, fürs Auswendiglerner-
nen und Bravsein. Ich fühlte mich wie eine Gewin-
nerin bei der Rudi-Carell-Show *Am laufenden Band*,
nur ohne Fragezeichen: ein orangefarbener Föhn mit
Bürstenaufsätzen, ein Luxusmodell an Föhn!, ein rotes
Nageletui, eine Halskette mit Anhänger, ein Stapel
Handtücher, Stofftaschentücher, eine neue Sporttasche
aus Fallschirmseide, eine Brieftasche aus rotem Leder,
Geldscheine ohne Ende fielen aus Briefumschlägen, und
ich hatte ein dunkelblaues Hollandrad bekommen, das
ich mir so gewünscht hatte. Papa machte auf der Terrasse ein Foto von mir und dem neuen Fahrrad. Meine
beiden Patentanten nahmen mich immer wieder liebevoll und stolz in den Arm, und Papa fotografierte auch
das. Weil wir so viele Kinder waren und Mama und
Papa ihre eigenen Geschwister schon bei Sven und Irene
als Paten eingesetzt hatten, bekam ich eine alte Freundin meiner Mutter und eine befreundete Kollegin von
Papa als Patentanten, die eine war Lehrerin und die
andere Ärztin, berufstätige Frauen, wie ich es von meiner Mutter nicht kannte. Mama half zwar manchmal
in der Praxis mit, aber das hatte sie ja nicht gelernt.
Meine Patentanten lebten beide weiter weg, und ich
sah sie nicht oft, aber sie schickten mir immer zum
Geburtstag und zu Weihnachten Briefe und Geschenke,
und es tat mir zweifellos gut, dass es sie gab und dass
sie so zuverlässig waren. Hendrik hatte zum Beispiel

als Patentante die Ehefrau eines alten Jugendfreundes meines Vaters abbekommen, eine Sängerin, die sich nie gemeldet hatte und irgendwann ganz verschwunden war, nachdem die Ehe auseinandergegangen war. Aber meine Tante Marie, Papas ältere Schwester, die schon Svens Patentante war, übernahm dann die Patenschaft auch für Hendrik, und ich weiß noch, wie wir drei jüngeren Geschwister am Abend nach der Konfirmation von Sven gerade in der Badewanne saßen und sie das Badezimmer betrat und mit Tränen der Rührung auf Hendrik sah, dessen Haare mit Kosili-Schaum bedeckt waren. Sie sagte, sie sei gefragt worden, ob sie jetzt seine Patentante sein wolle, und sie sei es von Herzen gern. Dann setzte sie sich auf den Badewannenrand und shampoonierte ihm die Haare. Hendrik strahlte, und ich freute mich für ihn, dass er jetzt wieder eine Patentante hatte. Und was für eine nette. Wir mochten unsere Tante Marie, aber leider lebte sie weit weg in Schwaben, und wir sahen sie nur alle paar Jahre. Zu meiner Konfirmation war sie nicht extra gekommen.

Nach dem Sektempfang und dem Auspacken der Geschenke gab es Mittagessen. Erst Rinderbouillon, dann Braten, Fürst-Pückler-Eis und eine Rede von Papa. Ich saß am Tischende neben ihm, und alle lauschten andächtig. Ich war es nicht gewohnt, so sehr im Mittelpunkt zu stehen, und es war mir ein kleines bisschen peinlich. Gleichzeitig hatte ich das Gefühl, dass Papa sich mit der Rede selbst in den Vordergund spielte. Auch fand ich, dass nicht alles, was er da über mich verbreitete, so stimmte, manches war übertrie-

244

ben oder falsch dargestellt, aber ich hatte ja auch sonst nicht das Gefühl, dass mein Vater mich besonders gut kannte.

Ich saß also neben Papa, der zwei getippte Blätter in der Hand hielt und sich, obwohl er seine Rede ablas, dennoch recht oft verhaspelte. Papa erfüllte seine Funktion, aber er war für mittags ein Uhr ziemlich dun, und ich war der Ansicht, dass er sich bei meiner Konfirmation etwas mehr hätte zusammenreißen können. Ich hatte keine Ahnung, dass mein Vater sich vor dem Konfirmationsgottesdienst gedrückt und in der Zwischenzeit mit Onkel Bruno, dem Ehemann meiner Patentante, bereits ein paar Cognacs genehmigt hatte.

Am späten Nachmittag belauschte ich dann zufällig ein Gespräch meiner beiden Patentanten miteinander im Hausflur, als sie sich an der Garderobe zum Fahren bereit machten und einen Moment lang allein wähnten. Ich hörte nur, wie die eine mit gedämpfter Stimme zur anderen sagte: »Es war ein Riesenfehler, sich hier in Schallerup niederzulassen. Davor habe ich Roman damals gewarnt.«

»Die arme Freya«, sagte die andere. »Ich bin wirklich entsetzt, was aus ihm geworden ist.«

»Ja, ist schlimm.«

Mir wurde ganz schummerig bei ihren Worten, und ich wünschte, nicht ich, sondern Papa hätte sie gehört. Dann verabschiedeten sich meine Patentanten und fuhren zurück in die Großstädte weit weg, in denen sie lebten und arbeiteten.

245

Weil Papa nicht zum Konfirmationsgottesdienst mitgekommen war, was ich nach wie vor nicht wusste, aber noch unser erstes Abendmahl anstand, zu dem wir Konfirmanden alle verpflichtet waren, hatte Mama Papa dazu verdonnert, mich zu begleiten, wovon ich ebenfalls nichts wusste. Ich wunderte mich nur etwas, dass ausgerechnet mein Papa, der meistens nur über die Kirche lästerte, zwei Tage nach meiner Konfirmation zum abendlichen Gottesdienst in unserer Schalleruper Dorfkirche mitkam, ja, ich war, als er und ich gemeinsam zur Kirche gingen, sogar sehr stolz auf meinen Vater. Ich wusste nicht, dass er es nicht mir zuliebe machte, sondern weil er bei meiner Mutter Abbitte leisten musste.

Die Eltern von Anke waren entfernte Bekannte von meinen Eltern, und so setzten wir uns alle gemeinsam in eine Bank in der Mitte der Kirche. Ich sah Dörte und Geli vorn mit ihren Müttern in der ersten Reihe, und wir nickten uns zu. Papa machte von Anfang an seine Witzchen, Frau und Herr Döbbertin, aber auch Anke reagierten auf seine Albernheiten dummerweise mit unterdrückten Kicksern, was Papa noch befeuerte. Nur ich konnte nicht mehr als ein müdes Grinsen aufbringen und sagte ab und zu »Pscht, Papa!«, denn die Leute vor und hinter uns schüttelten schon den Kopf und begannen zu tuscheln. Papa war mir wieder mal sehr peinlich. Als wir vom Abendmahl vorn am Altar in unsere Kirchenbank zurückkehrten, sagte Papa nur: »Die Chips waren aber nicht salzig genug«, und wieder kicherte vor allem Anke laut auf, und ich hätte ihr am liebsten eine geklebt.

Mein erstes Abendmahl, es hatte nichts Heiliges, dabei aßen wir ja Christi Leib, und sein Blut war für uns gegeben, und der Akt des Becherreichens und des Oblate-auf-den-Mund-Legens war doch etwas ganz Besonderes oder sollte es sein, aber ich fühlte mich wie ein Kindermädchen, das einen Pennäler begleitete. Ich verfluchte innerlich auch meine Mutter, die sich gedrückt hatte.

Saturday-Night-Fieber

Wenn ich in den letzten Wochen bei Mama gebettelt hatte, dass ich endlich mal ins Soldatenheim in Dellwig in die Disco gehen wollte, hatte sie mich stets vertröstet: »Warten wir noch ab, bis du konfirmiert bist.«

Nach dem Desaster mit dem Abendmahl hatte Mama ein so schlechtes Gewissen, dass ich sie überreden konnte, uns an einem Samstagabend um sieben zur Disco zu bringen, Dörtes Mutter und ihr Freund Willy sollten uns dann um halb elf abholen. Wir würden also endlich das erste Mal in eine echte Disco gehen mit lauter Musik und Disco-Kugel, in die alle Jugendlichen von Dellwig und Umgebung gingen, sofern ihre Eltern sie ließen oder fuhren, und wo sich die Soldaten und die Einheimischen mischten, was selten genug war. Wir standen nicht auf Soldaten und hatten nicht den leisesten Hintergedanken, mit einem von ihnen was anzufangen, was leicht gewesen wäre, da sie alle weit weg von der Heimat in diesen tristen Kasernen stationiert waren und aus Heimweh und Einsamkeit, und weil es trostlos war bei der Bundeswehr, sicherlich liebend gern mit jedem Mädchen angebandelt hätten. Wir jedoch hatten unsere Augen auf ganz andere Jungs gerichtet, die in

Dellwig ein, zwei oder drei Klassen über uns gingen, keine Akne hatten, halblange Haare und Locken trugen und Jeansjacken, und die schon siebzehn oder achtzehn waren. Sie waren meist einmal sitzen geblieben, gehörten zur linken Szene, die sich im Jugendzentrum in Dellwig traf, waren Sympathisanten der Sympathisanten. Diese Jungs, sie waren der Schwarm sehr vieler Mädchen, galt es, wenn schon nicht zu erobern zumindest dazu zu bringen, auf uns, die Dancing Queens aus Schallerup, aufmerksam zu werden. Wir waren im »Saturday-Night-Fieber«.

Den Film selbst hatten wir gerade vor ein paar Wochen in einer Nachmittagsvorstellung im Capitol in Dellwig gesehen und fanden ihn total bescheuert. Es war so viel Tamtam um diesen Film gemacht worden, dass wir das Gefühl hatten, ihn auf keinen Fall verpassen zu dürfen. Und dann fanden wir ihn so was von seltsam, und John Travolta war überhaupt nicht unser Typ. Ein Mann, der mehr Zeit als wir vor dem Spiegel verbrachte, sich ewig kämmte und mit dem Arsch wackelte. Der Film war reinste Taschengeldvernichtung!

Anke durfte nicht mit zu unserem aufregenden Disco-Abend im Soldatenheim, das war der erste Tiefschlag. Ihre Mutter sagte, sie solle erst in der Tanzstunde gewesen und mindestens sechzehn sein, und ihr sei das nicht geheuer mit all den Bundeswehrsoldaten, die sich dort betranken und es doch nur darauf abgesehen hätten, ein anständiges Mädchen zu entjungfern. Frau Döbbertin redete oft so seltsam, aber auch Ankes Vater sagte, dass dort bestimmt mit Drogen gedealt werde und alle sich betrinken würden, und dem sei Anke auch noch gar nicht gewachsen. Dass wir doch alle brav sein, keinen Alkohol trinken und aufeinander aufpassen und um halb elf auch zurückfahren würden, interessierte Ankes Eltern nicht. Anke selbst war tapfer und sagte uns, dass sie dann eben mit ihren Eltern *Am laufenden Band* gucken würde.

Ich hatte mal vor zwei Jahren an einem Wochenende bei Döbbertins übernachtet, und die Eltern von Anke saßen abends beide in Schlafanzügen und eleganten Bademänteln vor dem Fernseher, weil sie immer samstags ihren Badetag hatten. Frau Döbbertin hatte ein mintfarbenes Handtuch wie einen Turban um den Kopf gebunden und lackierte sich die Fingernägel rot, ihr Mann trug die Haare frisch mit Haarwasser gescheitelt, und nebenbei lief irgendeine Show. Für uns Mädchen hatte Frau Döbbertin kleine Schüsseln hingestellt mit Erdnussflips, die wir vor dem Fernseher in uns reinstopften, und die Schüssel füllte sich auf wundersame Weise immer wieder.

Anke und ich, wir waren dann nach der Show auf ihr Zimmer im ersten Stock gegangen und hatten uns schlafen gelegt, denn wir wollten unbedingt eine Mitternachts-Pyjama-Party wie bei *Hanni und Nanni* im Internat feiern. Der Wecker riss uns um fünf vor zwölf aus unserem Tiefschlaf, ich lag auf der Gästematratze neben Ankes Bett, dann tapsten wir in unseren Schlafanzügen mit einer Taschenlampe in der Hand nach unten in die Küche und durchleuchteten den Kühlschrank,

250

denn das musste bei einer Mitternachtsparty einfach
sein, dabei waren wir noch pappsatt von etlichen Toast
Hawaii und Erdnussflips. Während wir kichernd eine
Salami und Gewürzgurken herausholten, hörten wir
Herrn Döbbertin im Elternschlafzimmer am Ende des
Flures stöhnen und keuchend »Oh, Babsi, ohhhhh«
rufen, und Ankes Mutter tirilierte etwas zurück, das
wie »Jaha, Bärchen, jaha, so ist gut!« klang. Anke lief
rot an, und ich sah im Schein der Taschenlampe das
erste Mal im Gesicht eines anderen Mädchens, wie das
war, wenn man sich seiner Eltern schämte, dann sagte
sie betont locker: »Die sind im Saturday-Night-Fieber.«
Mir fiel ein, dass Ankes Eltern sich schon den ganzen Abend über während des Fernsehens immer wieder
vielsagende Blicke zugeworfen hatten, wie ich es von
meinen Eltern absolut nicht kannte, und Frau Döbbertin beim Lackieren der Fingernägel manchmal so
Bemerkungen gemacht hatte wie »Ja, so sind wir wieder schön für das Wochenende« oder »Na, was sagst
du, Bärchen, schick, oder?«.

»Ich hab, ehrlich gesagt, gar keinen Hunger mehr«,
sagte ich zu Anke vor dem Kühlschrank, und sie nickte
zustimmend, packte die Salami und das Glas mit den
Gewürzgurken wieder zurück. Auch die Lust auf unsere
Mitternachtsparty war mir vergangen. Im Grunde war
ich müde, und wir einigten uns oben im Bett darauf,
die Party ein anderes Mal nachzuholen. Im Dunkeln
fragte Anke mich dann noch, ob ich meine Eltern auch
manchmal beim Sex hörte, was ich verneinte.

Wir würden also ohne Anke den Disco-Planeten erobern. Papa sagte, dass Disco von lateinisch Scheibe käme, und lachte, als ich erwiderte, ich könne mir nicht vorstellen, dass die Langweiler aus meinem Lateinbuch, die immer nur Kriege zu führen schienen, jemals getanzt hätten.

Dieses Mal trafen wir uns bei mir, weil Mama uns ja fahren sollte. Geli und Dörte trugen ihre selbst gebatikten T-Shirts im Partnerlook zur Jeans, ich hatte mir meine Indienbluse angezogen, der ich an dem Abend eine neue Chance geben wollte. Ich stellte mir vor, dass dort Dämmerlicht herrschte und die kleinen Spiegel und bunten Farben der Bluse im Licht der Disco-Kugel bestimmt gut zur Geltung kämen. Ich war nicht mal sicher, ob es eine Disco-Kugel gab, aber ging fest davon aus.

Mama setzte uns auf unseren Wunsch hin ein paar hundert Meter entfernt vom Soldatenheim ab, wir wollten auf keinen Fall direkt vorgefahren werden, wie wir ihr erklärten, und was sie nur mit einem süffisanten Grinsen kommentierte. Es war aber ausgemacht, dass Dörtes Mutter und ihr Freund Willy um Punkt halb elf genau vor dem Eingang in ihrem Auto auf uns warteten, und Willy hatte Dörte eingeschärft, dass er nicht eine Minute auf uns warten werde, wenn schon unseretwegen sein Samstagabend versaut sei.

Dörte sagte, dass sie den Widerling niemals mehr um einen Gefallen bitten werde, und die nächsten Male, wenn wir in die Disco fuhren, würde sie lieber trampen und sich dabei vergewaltigen lassen, als sich noch

einmal von Willy anzuhören, dass sie seinen Samstagabend versaut habe. Er trank sonst kaum, aber samstags gab er sich die Kante, und dann war er noch
widerlicher als sonst. Dörte verstand überhaupt nicht,
was ihre Mutter an Willy fand. Einmal hatte sie uns
erklärt, dass es nicht nur ganz schlimm war, als ihr
Vater von einem Tag auf den anderen ausgezogen war
und ausgerechnet was mit Gerdi, der besten Freundin
ihrer Mutter und der Trauzeugin der beiden, angefangen hatte, das allein hätte ja wohl schon gereicht, nein,
aber nicht mal zehn Wochen später saß da ein Typ im
Unterhemd auf dem Sofa in ihrem Wohnzimmer mit
einem Holsten in der Hand, der sie mit einem »Moin,
ich bin der Neue von deiner Mudder, du kannst ruhig
Willy zu mir sagen« begrüßte und dann nicht wieder
ging, sondern einfach auf dem Sofa sitzen blieb.

Das war wirklich hart, da gaben wir ihr alle recht.
Außerdem, so Dörte, kochte Willy am Wochenende
immer widerliche Eintöpfe aus Porree und mit ganz
viel Bauchspeck, den er so liebte und der sich im Laufe
der Zeit auch immer mehr an seinem eigenen Bauch
abzeichnete. Willy war gelernter Maurer, inzwischen
aber aufgestiegen zum Bauleiter und fuhr immer nach
Flensburg zur Arbeit. Dörtes Mutter war Avon-Bera-
terin und sah aus wie die bezaubernde Jeanie aus der
Serie, die ich sehr, sehr nervig fand. Ihre langen blonden Haare steckte Frau Matthiesen hoch zu schicken
Türmen oder drehte sie am Hinterkopf zu Bananen. Sie
war immer geschminkt, was sich aber für ihren Beruf
gehörte. Es war wirklich nicht zu verstehen, was sie an

Willy fand. Sie hätte doch jeden anderen Mann haben können. Sie hatte vor Willy auch mal eine Affäre mit unserem Bürgermeister Uwe Hansen, aber das war wohl so kurz und blieb so geheim, dass auch Dörte darüber nichts weiter wusste. Erfahren hatte Dörte es auch erst vor Kurzem, und seitdem sagte sie manchmal: »Ach, wenn mein Stiefvater doch CDUwe wäre und nicht Willy, dann würde ich zur Kindergilde mit ihm und meiner Mutter im offenen, blumengeschmückten roten Karmann-Ghia vor dem Spielmannszug vorneweg fahren oder zum Schalleruper Jahrmarkt als Erste ins Riesenrad einsteigen!«

Dörtes Fantasie war unerschöpflich, was das anging, und sehr ansteckend.

»Du würdest auf der Leistungsschau des Rinderzuchtvereins den besten Zuchtbullen prämieren«, neckte ich sie, und Geli fügte hinzu: »Und du müsstest beim jährlichen Mülleinsammeln in Krollerup mit als Erste vorneweg mitmachen.«

Dörte grinste. Aber nicht CDUwe Hansen würde uns in seinem Sportwagen von der Disco abholen, sondern Willy mit seinem Opel Kadett.

Die Marine war in Dellwig stationiert, und sie hatten extra vor ein paar Jahren ein neues Wohnviertel für die Soldatenfamilien errichtet, lauter Hochhäuser und eine moderne Kirche, auf dem Weg zum Strand fuhren wir dort immer vorbei. Die Kasernen für die Soldaten lagen ein paar Kilometer entfernt nahe dem Marinehafen, aber die Verwaltung war ebenfalls in dem neuen

Wohnviertel angesiedelt, und in einer riesigen Beton-halle hatten sie nun das Soldatenheim errichtet, mit einer Kegelbahn im Keller und einer Disco darüber, die aber nur samstags stattfand. Ein besserer Name als Soldatenheim fiel ihnen nicht ein, und alle nann-ten es nur so.

Wir zahlten am Eingang den Eintritt, bekamen jede einen Stempel auf das Handgelenk. Schlagartig fühlte ich mich um Jahre älter. Es stand zwar nur »bezahlt« darauf, aber für mich stand da jetzt »erwachsen«. Außerdem bekam jede einen hellblauen Bon, der als Getränkecoupon galt und einen Wert von zwei Mark hatte. Dann hängten wir unsere Jacken an eine Garde-robe, die bereits überquoll.

Die Musik dröhnte sehr laut, und wir mussten uns anschreien, sobald wir den Saal betreten hatten. Dieser war ganz schwarz gehalten, und tatsächlich hing in der Mitte über der Tanzfläche eine Disco-Kugel, und rosa und lila Scheinwerfer flackerten auf die Tanzenden nie-der. Perfekt für eine Indienbluse.

Es lief gerade *Lost In France* von Bonnie Tyler. Ich mochte ihre rostige Stimme, und wir traten auf die Tanzfläche und legten los, wobei es sehr wichtig war, das ganz selbstverständlich aussehen zu lassen. Es durfte auf keinen Fall irgendjemand merken, dass wir das erste Mal hier waren.

Auf der Tanzfläche waren hauptsächlich Mädchen, die meisten kannten wir nicht, sie kamen aus Dellwig und Umgebung und gingen offensichtlich auf die dor-tige Realschule. Ein paar Mädchen vom Gymnasium aus den Klassen über uns waren auch da, aber sie taten so, als wenn sie uns Küken nicht kannten. Die interessanten Jungs waren alle noch nicht da, daran hatten wir nicht gedacht. Welcher Siebzehn- oder Achtzehnjährige, der zur linken Szene gehörte und was auf sich hielt, ging um sieben Uhr in die Disco?

Nachdem wir eine Weile getanzt hatten und es sich schon ein bisschen so anfühlte, als wenn wir das jeden Samstag machten, rief ich meinen Freundinnen zu: »Wollen wir was trinken?« Sie nickten, und wir gingen an die Bar, stellten uns dort in einer Schlange an. Als wir dran waren, legten wir unsere Coupons auf den Tresen, und der Barkeeper schrie uns an: »Was soll's denn sein, ihr Hübschen?«

»Drei Cola bitte!«, schrie ich, und er brüllte zurück: »Dann kriege ich noch drei Mark!«

Wir kramten jede noch eine Mark aus unseren Portemonnaies, was er genervt abwartete. Natürlich sagten wir Hübschen nichts, aber wir fanden drei Mark für ein kleines Glas halb voll mit Eiswürfeln eine ziemliche Frechheit.

Wir verließen die Bar, stellten uns seitlich an die Tanzfläche und tranken durstig unsere viel zu kalte Cola.

Plötzlich hielt jemand Geli von hinten die Augen zu, verwundert drehten Dörte und ich uns um und entdeckten Dirk von Sagwitz aus dem Reitstall. Er ließ los, und Geli drehte sich lachend zu ihm um und schien nicht die Bohne überrascht, ihn zu sehen, als wenn die beiden verabredet gewesen wären.

»Ecki holt gerade was zu trinken«, sagte Dirk zu

Dörte, und ich kapierte, dass meine Freundinnen sich hier heute Abend tatsächlich mit ihren beiden Verehrern aus dem Reitstall verabredet hatten. Es war ein Schlag in die Magengrube.

Dirk und Ecki gingen auf das Edelinternat Elisensund an der Schlei, das den Ruf hatte, dass dort diejenigen, die für das Gymnasium zu dumm waren, noch eine Chance aufs Abi bekamen, sofern ihre Eltern das viele Geld dafür hatten. Nicht alle waren dumm, manche waren einfach auch nur schwer erziehbar oder hatten Drogen genommen oder einfach Pech gehabt mit ihren vorigen Lehrern. Sie waren meist etwas arrogant, aber auch abgebrüht und auf ihre Weise witzig, und sie umwehte alle die Traurigkeit von Kindern, die sich eben doch abgeschoben fühlten, Edelinternat hin oder her. Ich hatte zwar mit dem Reiten vor einem Jahr aufgehört, aber aus meinen Zeiten im Reitstall kannte ich noch die Internatsschüler, die dort ab und zu auftauchten und die ich, allein schon weil sie so anders waren als alle anderen Kinder und Jugendlichen, interessant fand. Ich fragte vor allem die Mädchen immer aus nach ihrem Internatsleben, und sie erzählten bereitwillig von ihren Lehrern und den Häusern, in denen sie in Gruppen lebten mit Gasteltern, von denen der Vater ein Lehrer an der Schule war, und vom Segeln und Rudern auf der Schlei und von allen möglichen Gesetzen und Verboten, die es gab, aber dass es dort auch sehr schön sei und die Freunde dann die Familie ersetzen würden. Sie waren alle viel weiter als wir, tranken Alkohol, rauchten, und manche der Mädels waren regelrechte Früchtchen und erinnerten mich an Nastassja Kinski in *Reifezeugnis*. Und sie trugen, zumindest wenn sie im Reitstall auftauchten, ihre Freizeit-Schuluniform, einen lässig-eleganten dunkelblauen Pullover mit einem roten V-Ausschnitt, um den ich sie heiß beneidete. Allein wegen des Pullis wäre ich sofort in dieses Internat gegangen, und tatsächlich überlegte ich mir nach den Gesprächen mit den Internatsschülern aus Elisensund, ob das nicht für mich was sein könnte. Aber meine Eltern hätten mich niemals in ein Internat gegeben. Dafür war ich viel zu gut in der Schule und einfach nicht problematisch genug.

Inzwischen war Ecki mit zwei Gläsern Bier gekommen und begrüßte Dörte und Geli. Ecki hatte schon den Führerschein, und er und Dirk waren offensichtlich mit dem Auto den weiten Weg gekommen, um meine beiden Freundinnen zu sehen. Ich fühlte mich, im wahrsten Sinne, wie das fünfte Rad am Wagen, denn die beiden Jungs nahmen meine Freundinnen ganz in Beschlag und waren auch nicht die Bohne an mir interessiert. Ich ließ meinen Blick schweifen und guckte, ob ich jemanden kannte, mit dem ich mich etwas unterhalten konnte. Andererseits war es viel zu laut für eine Unterhaltung, von den Jungs neben mir hörte ich nur Fetzen wie »sind ausgebüchst ... keinen gefragt ... schön dich zu sehen, siehst toll aus«. Geli sah auch wirklich toll aus in ihrem gebatikten Shirt und mit den langen Haaren, die sie frisch gewaschen hatte. Ich verstand jeden Jungen, der ihretwegen heimlich aus dem Internatsfenster sprang und ein Auto knackte, nur um sie zu sehen.

Ecki und Dirk kamen beide aus Hamburg und machten so ihre Scherze über das Soldatenheim. Und dann kamen zwei Freunde von ihnen, die draußen noch eine geraucht hatten, und ich wunderte mich, wieso sie draußen rauchten, wo es doch drinnen erlaubt war. Wir standen also zu siebt an der Tanzfläche, die beiden Freunde hatten sich mit Thilo und Albert vorgestellt. Höflich waren sie immerhin. Thilo war ziemlich dünn und trug eine Nickelbrille wie John Lennon, bei der ich nicht ganz sicher war, wie ich sie fand, und Albert sah aus wie der jüngere moppelige Bruder von James Dean. Beide taxierten mich und meine Indienbluse, und ich hatte in diesem Moment das Gefühl, dass die Bluse ein absoluter Fehlkauf gewesen war und nur einem Menschen gut gefiel, nämlich mir. Aber auch ich begann allmählich zu zweifeln. Thilo und Albert sahen sich um, was sonst noch für Mädchen da waren, die Auswahl war riesig, und ich fühlte mich immer unwohler. Dörte und Geli hatten sich, nachdem die Jungs miteinander getuschelt hatten, mit Ecki und Dirk verzogen, ich wusste nicht wohin. Inzwischen lief *Dancing Queen* von ABBA.

»Du bist auch aus Schallerup?«, brüllte Thilo in mein Ohr, und ich nickte. »Und dann ist Dellwig und das Soldatenheim hier die ganz große Sause für euch, was?«

»Klar«, schrie ich zurück und fühlte mich wie das totale Landei.

»Was trinkst du denn da?«, fragte er. »Spezi?«

»Cola-Rum«, log ich, und er guckte anerkennend. Das war mein erster Punkt heute Abend, aber ich war weiß Gott nicht stolz darauf, und ich wusste selbst nicht, warum ich log.

Er zog aus seiner Hosentasche einen Zwanzig-Mark-Schein und schickte Albert damit an die Bar.

»Bertchen, Onkel Thilo spendiert drei Cola-Rum!«

Albert nickte und zog los.

Thilo guckte mich an, dann zupfte er an meinem Ärmel. »Die totale Hippiebluse, von indischen Kindern in Handarbeit gefertigt?«

»Nee, von Leprakranken«, antwortete ich, und er lachte.

Wir hatten gerade neulich in Erdkunde einen Film über Leprakranke in Indien gesehen, sonst wäre mir das nicht eingefallen.

»Was macht ein Leprakranker in der Disco?«, brüllte Thilo.

Ich zuckte mit den Schultern.

»Er tanzt, bis die Fetzen fliegen.«

Jetzt lachte ich. Dabei sah ich, wie die älteren Mädchen vom Gymnasium neugierig rüberguckten, immerhin stand ich, die erst vierzehneinhalb war und in die achte Klasse ging, zusammen mit einem Jungen, der ein Tweedjackett trug, das ihn ziemlich erwachsen aussehen ließ. Und niemand anderes hier in der Disco trug so was. Thilo war sicher auch schon siebzehn oder achtzehn wie Dirk und Ecki.

»Wo kommst du her?«, fragte ich ihn.

»Aus Hamburg-Blankenese«, schrie er in mein Ohr.

Albert brachte die drei Gläser, und wir stießen an. Bis auf das Glas Sekt zu meiner Konfirmation und hin und wieder mal einen Minischluck Bier bei Papa, das mir jedes Mal viel zu bitter war, hatte ich noch nie Alkohol getrunken, aber ich fand Cola-Rum nicht so schlimm. Es schmeckte ja immer noch nach Cola, wenn auch eben anders. Die Jungs leerten ihr Glas in wenigen Zügen, ich nuckelte daran herum, aber dann ging Thilo los und holte wieder drei Gläser, und ehe ich mich versah, hatte ich zwei Gläser Cola-Rum intus und einen ganz heißen Kopf.

Wir waren inzwischen zum Hinterausgang rausgegangen, und die Jungs rauchten eine Zigarette, die Albert schon fertig gedreht aus seiner Jackentasche hervorgeholt hatte.

»Willst du auch mal einen Zug? Ist ein Joint«, sagte Albert, doch ich winkte ab. So standen wir hinter dem Soldatenheim, es war inzwischen weit nach neun, und ich merkte plötzlich, dass ich mich doch mal hinsetzen sollte. Wir fanden eine Bank, und die Jungs nahmen mich in ihre Mitte und reichten sich gegenseitig den Joint immer wieder über mich hinweg einander zu, inhalierten, behielten das Zeug einen Moment im Mund und atmeten dann aus. Es hatte etwas von einem eingespielten Ritual. Thilo, Albert und ich, wir sahen auf den Abendhimmel über uns, und Thilo zeigte plötzlich auf einen Stern und sagte: »Das da ist Ariane«, und als ich ihn fragend ansah, erklärte er mir, dass sich eine Mitschülerin von ihnen vor einer Woche das Leben genommen hatte.

Ich guckte ihn entsetzt an. »Echt?«
Beide nickten.

261

»Und wie hat sie es gemacht?«, fragte ich, und Albert reichte Thilo den Joint, bevor er sagte: »Sie hat Schlaftabletten genommen und sich zusätzlich die Pulsadern aufgeschlitzt, aber längs. Wusstest du, dass man sie sich längs aufschneiden muss, wenn man wirklich sterben will?«

Ich schüttelte den Kopf.

»Sie war allein am Wochenende in Elisensund auf ihrem Zimmer, die Mitbewohnerinnen waren alle ausgeflogen, und da hat die liebe Ariane Schluss gemacht.«

»Aber warum?«, insistierte ich.

Sie zuckten mit den Schultern. »Magersucht, Liebeskummer, Drogen, ihr drohte der Rauswurf.«

»Und jetzt«, sagte Thilo, »dürfen wir alle im Internat keine Tabletten und Rasierklingen mehr besitzen.« Beide kicherten.

Ich musste an Papas Selbstmordversuch denken, und wie er da im Wohnzimmer im Sessel gesessen hatte und wir an ihm gerüttelt hatten. Und was für ein Glück es gewesen war, dass er noch hatte gerettet werden können. Es Albert und Thilo erzählen, mochte ich jedoch nicht. Ich hatte es ja nicht mal meinen Freundinnen anvertraut.

Albert sagte mit Blick auf seine Armbanduhr: »Mann, die sind aber lange weg«, und ich kapierte, dass Ecki und Dirk mit Dörte und Geli im Auto weggefahren waren.

»Hauptsache, sie sind bis halb elf wieder da, da kommt Willy, der Widerling, und holt uns ab«, hörte ich mich selbst nicht mehr ganz artikuliert sprechen, und die Jungs warfen sich nur einen vielsagenden Blick zu.

Albert rauchte den Rest vom Joint auf, dann erhob er sich. »Ich guck mich drinnen noch mal um.« Und weg war er.

Thilo legte seinen Arm um meine Schulter. Wir waren nicht ganz für uns, aber es war niemand da, den ich kannte oder erkannte. Alles um mich herum war leicht verschwommen wie im *Bilitis*-Film, und ich spürte, wie sich Thilos Hand Richtung Busen anpirschte, und das gefiel mir gar nicht. Hier nutzte jemand meine Schwäche aus, anstatt mich zu beschützen wie ein echter Gentleman. Ich musste kurz an die warnenden Worte von Herrn und Frau Döbbertin denken und an den gemütlichen Fernsehabend mit Rudi Carell, den meine Freundin Anke weit weg in Schallerup gerade verlebte. Was beneidete ich sie!

Ich rückte etwas ab von Thilo, doch das wiederum schien ihn zu kränken. Jetzt guckte er mich beleidigt an, und er hatte die arrogante Visage eines aus Blankenese stammenden Elisensund-Schülers, der meinte, nur weil er einem Mädchen zwei Cola-Rum spendiert hatte, ihm jetzt an den Busen fassen zu dürfen.

Ich stand auf, er zog mich am Arm zurück.

»Komm schon, was ist denn?«

»Nein … ich will nicht«, sagte ich.

Ich merkte, wie mir das abrupte Aufstehen und die Aufregung auf den Magen schlugen, meinen armen Magen, der heute Abend mit viel zu viel eiskalter Cola und zu viel Rum traktiert worden war.

263

»Was hast du denn?«, fragte er.

»Mir ist schlecht«, sagte ich nur und hastete rein, wo ich verzweifelt die Toiletten suchte. Kaum hatte ich die Kabine hinter mir abgeschlossen, musste ich mich übergeben, und ich kotzte all meine Enttäuschung über den ersten Disco-Abend aus mir heraus und die Wut auf meine Freundinnen, die mich dermaßen hintergangen und im Stich gelassen hatten. Mir war hundeelend, und beim Blick auf meine Armbanduhr sah ich, dass es noch knapp eine halbe Stunde dauerte, bis wir abgeholt wurden.

Ich trat aus der Kabine und ging an eines der vielen Waschbecken und spülte meinen Mund mit Wasser aus, dann ließ ich kaltes Wasser über mein Gesicht laufen, und es war mir egal, dass ich geschminkt war. Das Wasser rann und rann, irgendwann stellte ich es ab und betrachtete mich im Spiegel, dabei musste ich mich auf dem Waschbecken abstützen. Ich hatte gerötete Augen wie ein Albinokaninchen, die Wimperntusche, die verlaufen war, machte ich mit einem Papierhandtuch weg. Es war mir in meinem Zustand auch ganz egal, wer hinter mir sonst alles in die Toilette hereinkam und wieder ging oder sich nebenan die Hände wusch und mich vielleicht beobachtete. Ich hatte mal gehört, dass man doppelt sieht, wenn man betrunken ist, aber ich sah nicht doppelt, ich war es. Da stand eine sehr unglückliche und ungewöhnlich blasse Clara vor dem Spiegel, die einem leidtun konnte, aber die andere, die auf sie guckte, studierte sie so genau wie ein Forschungsobjekt und ohne jedes Mitgefühl. Und als irgendwann die Tür aufging und zwei Batikshirts auf mich zugeschossen kamen und fragten, was denn um Himmels willen passiert sei, da konnte ich nicht mehr an mich halten und weinte los.

Geli streichelte mir über die Haare, und Dörte tätschelte meine Schulter. Geli sagte, sie habe Dirk beim Reiten nur so nebenbei erzählt, dass wir diesen Samstag ins Soldatenheim gingen, und dann sei er gekommen, und gerade eben hätten sie nur eine kurze Spritzfahrt machen wollen, aber die Jungs wollten noch unbedingt an die Ostsee und einfach nicht umkehren.

»Ich hoffe, ihr hattet euren Spaß«, sagte ich nur, und beide sahen mich so schuldbewusst an, dass sie mir fast schon wieder leidtaten. Aber einen Moment lang musste ich das noch auskosten. Nachdem alles raus war, ging es mir etwas besser.

Geli sah auf die Uhr: »Oh, Gott, schon fünf vor halb elf!«

Wir suchten im Gewühl nach unseren Jacken, wobei Dörtes Parka unter zig anderen das Problem war. Als wir hinaustraten, hatte Willy seinen Motor schon angelassen, und Dörtes Mutter winkte uns vom Beifahrersitz aus zu. Gerade als wir die hinteren Autotüren öffnen wollten, um einzusteigen, fuhr Willy, der Widerling, an. Er hatte ja gedroht, keine Minute zu warten, und es war sicher schon nach halb elf.

Doch dann stoppte er, vielleicht hundert Meter weiter weg, und stellte den Warnblinker an. Dörte verfluchte ihn, während wir dem Opel hinterherdackelten, und stellte den Hundert-Meter-Schimpfwortrekord auf: »Steck-dir-deinen-Kadett-sonst-wohin-du-Porree-

265

Schweinebauch-Arschloch-Warnblinker-Blödmann-Holsten-Asi.«

Kleinlaut kletterten wir auf den Rücksitz, und es ergab sich, dass ich in der Mitte saß.

»Willy hat nur einen Scherz gemacht«, sagte Frau Matthiesen, und Willy grinste zwischen seinen Koteletten in den Rückspiegel, was vor allem ich mitbekam. Er hatte seinen Spaß gehabt.

Dann fuhr er los mit einem Kavalierstart, sodass wir alle im Sitz zurückflogen, und rief: »Disco-Fahrdienst Willy Marxen im Einsatz. Wir düsen nach Schallerup!«

Wir Mädchen hinten verdrehten die Augen, doch Frau Matthiesen lachte über diesen Spruch.

»Na, wie war es denn?« Sie drehte sich vom Beifahrersitz zu uns um. »Habt ihr schön getanzt?«

Wir nickten, dabei war das Tanzen viel zu kurz gekommen.

»Hübsche Bluse, Clara. Steht dir gut.«

Frau Matthiesen lächelte mich an.

»Danke«, sagte ich, etwas heiser.

»Bist ganz schön blass, ist dir nicht gut?«, fragte sie besorgt, und Willy fixierte mich im Rückspiegel. Vermutlich hatte er Angst, dass ich ihm in seinen Opel Kadett kotzte.

»Nee, nee, alles prima«, sagte ich und klang wie Bonnie Tyler. Ich lehnte mich zurück und legte meinen Kopf an die Schulter von Dörte, die still aus dem Seitenfenster starrte. Wir fuhren die kurvige Bundesstraße nach Schallerup, mal wurde ich mehr zu Geli, dann zurück zu Dörte geworfen, denn Willy fuhr sehr schnell. Er überholte auch an ziemlich riskanten Stellen, und ich hörte Frau Matthiesen »Vorsicht, Willy!« rufen. Im Radio liefen Schlager, und als von Marianne Rosenberg *Er gehört zu mir* kam, drehte Willy voll auf, und er und Dörtes Mutter sangen laut mit. Dörte rollte mit den Augen in unsere Richtung, doch mir war alles egal. Ich fühlte mich, als läge zwischen mir und der Welt ein großes, weiches Kissen.

Das Gewicht der Wolken

Man konnte gegen CDUwe Hansen sagen, was man wollte. Er hatte als Bürgermeister für Schallerup ein Freibad durchgesetzt. Es war rechtzeitig vor der Gemeindewahl fertig und groß eingeweiht worden. Die freiwillige Feuerwehr hatte wie immer falsch geblasen und die Bundeswehrkaserne Gulaschkanonen zur Verfügung gestellt. Dann hatte CDUwe ein rotes Band am Eingang durchgeschnitten, eine erste Eintrittskarte gelöst und war später mit einem Köpper vom Ein-Meter-Brett ins glatte türkisfarbene Wasser eingetaucht. Wer genau hinsah, konnte bemerken, dass ihm unter Wasser die Badehose leicht über die weißen Pobacken heruntergerutscht war, und als er wieder auftauchte, hielt er sie am Bund fest. Irgendein Vorlauter von der SPD-Ortsgruppe hatte dann gerufen: »Hansen, lass ruhig mal die Hosen runter, das wird sehr interessant bei all deinen schmutzigen Geschäften!«

Bei der Ausschreibung für den Bau des Freibades war angeblich der Bruder von Hansen mit seiner Hoch-Tiefbaufirma begünstigt worden, und es hieß, dass unser Bürgermeister zu Hause sein eigenes Badezimmer gleich komplett habe mitfliesen lassen. Uns war das egal. Wir hatten endlich ein Freibad und saßen an heißen Sommertagen in Schallerup nicht länger auf dem Trockenen.

Mama fuhr zwar ab und zu nachmittags noch mit uns an die Ostsee, aber Papas Schuppenflechte war so schlimm geworden, dass er gar keine Lust mehr auf Strand hatte. Er mochte sich einfach nicht mehr in Badehose blicken lassen, fühlte sich wie ein Aussätziger, wie er es ausdrückte, und als wir Anfang Juni mit der Familie ein paar Tage auf Sylt verbrachten, wollte er auf keinen Fall am Strand fotografiert werden. Die Schuppenflechte deprimierte ihn zu allem anderen noch zusätzlich.

Die ersten zwei Juliwochen hatten Mama, Irene, Hendrik, Claas und ich in dem Wohnwagen einer Bridgefreundin meiner Mutter ganz in der Nähe auf einem Campingplatz an der Ostsee Urlaub gemacht und unser neues Surfbrett dabeigehabt. Papa war dann mal mit Sven zusammen an einem Nachmittag vorbeigekommen und hatte einen Super-8-Film von uns Kindern beim Surfen gedreht. Er hatte sehr lange keinen Film mehr gemacht, bestimmt zwei Jahre lang nicht, und wollte unser neues Hobby dokumentieren. Aber auch dabei hatte Papa wegen der Schuppenflechte seine lange Hose und sein langärmeliges Hemd nicht ausgezogen, obwohl es ein heißer Sommertag gewesen war. Und er war nicht mal mehr schwimmen gegangen, er, der früher immer von uns allen als Erster Richtung Wasser gestürmt war und sich mit einem lauten »Jappadappaduh« hineingestürzt hatte.

Wir trafen uns wie immer bei Geli und zogen von dort aus gemeinsam los, nachdem wir uns fürs Freibad zurechtgemacht hatten. Heute extra mit wasserfester Wimperntusche und wasserfestem Lidschatten und weißem Lippenstift. Frau Döbbertin war schon wieder dagegen, dass Anke mitging wie bereits bei der Tanzstunde und dem Disco-Abend im Soldatenheim. Sie sagte, dass dort im Freibad Fußpilz drohe und alle möglichen Keime herumschwirrten, aber dieses Mal ließ Anke sich von ihrer Mutter den Spaß nicht verderben und packte einfach ihre Badetasche.

Wir schlenderten also los, unsere großen Sisaltaschen lässig über der Schulter, hatten unsere hübschesten Handtücher dabei und Butterkekse, Gummibärchen und Capri-Sonne. Unsere Badesachen hatten wir schon untergezogen.

Es war ein heißer Tag mitten in den Schulferien und eine lange Schlange vor dem Freibad. Als wir endlich drin waren, beschlagnahmten wir auf dem Rasen ein kleines Stück, stellten unsere Taschen daneben und zogen unsere Kleider aus. Wir suchten uns immer einen Platz möglichst nah am Becken und vor allem in der Nähe des Drei-Meter-Sprungturmes aus, damit wir gleich die besten Springer entdecken und anhimmeln konnten. Wir legten uns auf den Bauch, alle vier nebeneinander, und blickten auf das Becken. Es war voller kreischender Kinder und roch stark nach Chlor.

»Wenn CDUwe mein Stiefvater wäre und nicht Willy, dann würde ich das Freibad immer nach Ende der Öffnungszeiten privat nutzen können, und dann würden wir hier ganz allein liegen!«, sagte Dörte.

»Ja, aber beim Sonnenuntergang«, erwiderte Anke.

»Na und?! Dann würden wir hier tolle Mitternachtspartys feiern!«

Vor ein paar Wochen hatte ich mir bei Christiansen die Haare kurz schneiden lassen, einfach so, und weil ich es leid war, die Haare immer über die Rundbürste föhnen zu müssen. Es sah nicht schlecht aus, wie auch meine Freundinnen zugeben mussten. Christiansen hatte einen guten Tag gehabt, und ich musste feststellen, dass er doch mehr als drei Haarschnitte draufhatte. Mit dem Thema Dauerwelle war ich inzwischen durch.

Ich holte die neue Ausgabe der *Mädchen* aus meiner Sisaltasche, und wir lasen uns gegenseitig unser Horoskop vor. Geli war auch Waage wie ich.

»Du übst diese Woche eine unschlagbare Anziehungskraft auf das andere Geschlecht aus. Heiße Sommerflirts stehen dir bevor. Du kannst ruhig wählerisch sein bei dieser Auswahl. Glückwunsch!«

»Geli, wie wär es mit dem da als dein heißer Sommerflirt?«

Ich zeigte auf den recht korpulenten Bademeister von Schallerup, René Andresen, der seine wenigen verbliebenen Haare sorgfältig seitlich über seine schweißglänzende Glatze gekämmt hatte. Das war ganz oben auf der »Ekelliste ältere Männer«, noch vor »Hose auf den Bauch hochgezogen tragen«.

Unsere Unterschenkel zappelten vor Lachen in der Luft.

271

René saß auf einem weißen Plastikstuhl am Beckenrand, uns gegenüber. Er hatte eine Kartoffelnase, deren
Profil sich am Bauch wiederholte.

Es ging das Gerücht, dass der liebe René nicht mal
schwimmen konnte und den Posten als Bademeister hier
im Freibad über Beziehungen zu Hansen gekriegt hatte.
René hatte früher den Imbiss im Schalleruper Bahnhof,
ging pleite, war dann ein paar Monate verschwunden.
Manche sagten, zu einer Entziehungskur, andere, er sei
schwul geworden und verdinge sich jetzt als Schiffs-
koch zwischen Hamburg und Honolulu. Wenn es um
Gerüchte ging, waren die Schalleruper immer sehr ein-
fallsreich. Auf jeden Fall war René zurückgekehrt nach
Schallerup und machte jetzt im Sommer den Bademeis-
terjob. Er trug ein weißes Poloshirt und weiße Shorts
und schwarze Plastikbadelatschen.

René war Patient bei meinem Vater und hatte vor ein
paar Monaten am Samstagabend, als Papa Wochen-
enddienst hatte und es gerade in Strömen goss, bei uns
geklingelt. Es war an mir, an die Praxistür zu gehen.
René sah mitleiderregend aus, und das lag nicht nur
daran, dass er im Regen stand. Er fragte, ob er den
Herrn Doktor dringend stören dürfe. Ich ließ ihn ins
Wartezimmer. Als mein Vater später aus der Praxis
hochkam ins Wohnzimmer, sagte er, dass René eine
Geschlechtskrankheit habe, »die ihn furchtbar da unten
juckte«. Mit der Schweigepflicht nahm mein Vater es ja
nicht so genau. Ich dagegen schon. Ich wusste, dass ich
diese Dinge natürlich niemandem weitersagen durfte.
So lag ich im Freibad auf dem Handtuch und wusste

über unseren Bademeister mehr als alle anderen. Dinge, die ich lieber nicht gewusst hätte. Doch mein Vater erzählte mir alles ungefragt. Über den alten Brinkmann, den ehemaligen Leiter der Berufsschule, zum Beispiel, dass er eine fortgeschrittene Leukämie hatte. Seitdem grüßte ich Herrn Brinkmann im Dorf immer besonders freundlich, weil ich mit seinem baldigen Tod rechnete.

René war nicht gestorben an seiner Geschlechtskrankheit, mein Vater hatte ihn geheilt von seinem unangenehmen Jucken, und seitdem war René auch zu mir sehr freundlich, als wenn ich an seiner Rettung Anteil gehabt hätte. Gerade winkte er herüber zu mir. Geli, Dörte und Anke bekamen einen Lachkrampf, und Geli glückste: »Guck mal, dein heißer Sommerflirt winkt dir sehnsüchtig zu!«

Ich drehte mich auf den Rücken und sah in den Himmel, wo eine weiße Riesenwolke ganz langsam, ja, fast schwerfällig vorüberzog und dabei wie in Zeitlupe ihre Form veränderte. Sie sah erst aus wie ein Wolkenschloss, dann wie ein Drachen, und schließlich teilte sie sich. Ich fragte mich, ob Wolken ein Gewicht hatten, das man messen konnte.

Vorhin, nach dem Mittagessen, als Papa und ich allein in der Sonne auf der Terrasse saßen, hatte er mir etwas erzählt, was ihn offensichtlich sehr bedrückte. Es war eine blöde Sache passiert, ein Mann war gestorben, der nicht sein Patient war, sondern jemand, bei dem Papa an einem Wochenende in Vertretung für Dr. Bruckner gewesen war. Da gerade ein Magen-Darm-Virus grassierte und der Mann ebenfalls Durchfall

273

hatte und starke Kopfschmerzen, hatte Papa zunächst
darauf getippt, vielleicht war es auch eine Gehirnerschütterung, und den Mann erst mal krankgeschrie-
ben und Bettruhe verordnet. Dann war der Patient an
einer Hirnblutung gestorben, und jetzt warf dessen
Familie Papa vor, dass er schuld daran sei, und er hätte
sofort den Rettungshubschrauber rufen müssen. Papa
hatte mich angesehen und gesagt: »Ich rufe doch nicht
bei einem Verdacht auf Gehirnerschütterung den Rettungshubschrauber von der Uniklinik Kiel nach Schallerup!«, und ich hatte ihm recht gegeben. Und dass es
keine Gehirnerschütterung gewesen sei, sondern eine
Hirnblutung, etwas, was sehr selten vorkomme und
was man beim besten Willen nicht von außen erkennen könne, das habe er nicht ahnen können. Auch Helmut, Papas bester Freund und Internist in Rendsburg,
hatte zu ihm gesagt, dass Papa keine Schuld trage. Die
Krankheit sei einfach sehr unglücklich verlaufen, und
kein Arzt hätte da einen Rettungshubschrauber gerufen,
sondern erst mal den Patienten beobachtet. Papa fuhr,
wenn er Probleme hatte, mit Helmut im Auto durch
die Gegend, sie besuchten auch gemeinsam Patienten
und besprachen schwierige Fälle miteinander. Papa vertraute Helmut aber auch sonst vieles an, was er mit niemand anderem besprach.

Irene und ich, wir hatten noch vor Beginn der Ferien
am letzten Schultag Mitte Juni gemeinsam von der Tele-
fonzelle vor der Schule in Dellwig aus beim Oberarzt
im Schleswiger Krankenhaus angerufen. Es war ein

Ferngespräch, und wir hatten gleich zwei Mark-Stücke reingeworfen, denn wir wollten nicht durch das Nachwerfen der Münzen gestört werden. Von zu Hause aus telefonieren ging nicht, es sollte ja niemand mitkriegen. Das Telefonat selbst war meine Idee gewesen, aber Irene hatte gleich zugestimmt, und es war klar, dass sie als die Ältere auch das Gespräch führte. Ich stand daneben. Zum Glück wurden wir sofort mit dem Oberarzt verbunden. Irene hatte gesagt, dass sie die ältere Tochter von Roman König sei und wir Töchter uns große Sorgen um Papas Zustand machten. Er trank wieder sehr viel und war sehr schlecht drauf und zu nichts zu bewegen. Und es müsste dringend etwas geschehen, aber niemand sollte erfahren, dass wir angerufen hatten. Ich bewunderte meine Schwester, wie sie die ganze Misere in wenigen Sätzen so sachlich auf den Punkt brachte. Irene lauschte, was am anderen Ende gesagt wurde, dann sagte sie: »Danke. Auf Wiederhören.«

Sie hängte den Hörer ein, erwartungsvoll sah ich sie an.

»Er wird sich darum kümmern und auch von dem Telefonat nichts verraten.«

Dann hauten wir auf den Fernsprecher, doch er gab uns unser Restgeld nicht heraus.

»Oh, guckt mal, Frank Bartelsen!«

Dörte zeigte auf das Drei-Meter-Brett, wo sich Frank gerade in Pose stellte für einen Sprung. Ich drehte mich auf den Bauch, und wir vier blickten gespannt hinauf. In Badehose kannte ich ihn noch nicht. Die Badehose

275

war bunt, er weiß, aber drahtig, und er federte mehrmals an der Kante des Sprungbretts, ließ sich Zeit, damit auch wirklich alle Mädchen von Schallerup die Gelegenheit hatten, ihn da oben zu bewundern. Ich hatte Frank schon lange nicht mehr gesehen, seit dem Turnerfasching und meinem Besuch bei ihm hatte er auch nicht mehr während unseres Volleyballtrainings in der Halle nebenan herumgebolzt.

Jetzt stand er da oben vor dem Julihimmel und breitete seine Flügel aus. Wie Ikarus aus meinem Lateinbuch hob er ab und flog in einem großen Bogen durch die Luft, schloss die Arme und stürzte ins türkisfarbene Wasser. In unsere Richtung. Vielleicht hatte er das nur für mich getan, um mir zu imponieren. Da tauchte er auf, kletterte an der Metallleiter auf der gegenüberliegenden Seite aus dem Becken. Strich sich durch die nassen Locken, ging zurück an seinen Platz, schräg gegenüber von unserem Terrain.

Er wurde erwartet.

Unsere Augen waren auf das Mädchen gerichtet, das ihm sein Handtuch reichte.

»Hej, das ist doch Daniela Kuschinski«, sagte Geli in die Sommerhitze hinein. Er saß mit seinem Handtuch um die Schultern neben Daniela, sie hatte sich aufgerichtet, und ihr Hals war voller Knutschflecken. Ich drehte mich zurück auf den Rücken und sah in den jetzt wolkenlosen Himmel. *Was hat sie, was ich nicht habe?*

»Dieses Flittchen, jetzt lässt sie sich von ihm den Rücken eincremen«, hörte ich Dörte.

Was fand er an ihr? Sie war zierlich und hatte halblange blonde Haare, mit Dauerwelle, aber ihre Nase
war spitz, und sie war nicht wirklich hübsch. Und sie
hatte Akne. Aber vielleicht schlief sie mit ihm.

»Jetzt rubbelt sie ihm die Haare ab und guckt immer
hierher rüber, diese Schnepfe.«

Die Stimmen meiner Freundinnen wurden zu einem
piepsigen Brei. Ich fühlte mich Daniela Kuschinski in
gewisser Hinsicht überlegen, ich war rein und Jung-
frau, aber sein Sprung durch die Luft war nicht für
mich gewesen. Ich schnappte mir meine *Mädchen* und
tat bewusst gelangweilt.

»Ih, jetzt küssen die sich auch noch auf Zunge«,
hörte ich Anke.

Mit dem Freibad war ich fertig. Alles ein Beschiss
von Anfang an. Vetternwirtschaft, ein Bademeister, der
vermutlich nicht mal schwimmen konnte, Warteschlan-
gen, nur ein bisschen Rasen, ein zu kleines Becken,
Chlorwasser und Fußpilzgefahr.

»Wollen wir schwimmen gehen?«, fragte Geli.

»Gute Idee«, sagte ich und stand als Erste auf.

Es war das Beste, so zu tun, als wenn wir seinen Auftritt gar nicht mitbekommen hätten, das zu tun, was
wir sowieso getan hätten. Wenn Frank Bartelsen jetzt
zufällig rübersah, musste er mich, Clara König, bemerken. Ich war braun gebrannt, und mein rosa Badeanzug glitzerte im trockenen Zustand. Doof war nur, dass
man eigentlich eine Badekappe aufsetzen musste beim
Schwimmen, aber René würde sich niemals trauen,
mich zu ermahnen, nach der Sache da vor ein paar

Monaten. Anke, Dörte und Geli erhoben sich müde, stopften ihre Haare unter ihre hässlichen Gummibadekappen. Ich ging voran und sprang mit einem verbotenen Kopfsprung von der Seite ins Wasser. Ohne vorher zu duschen, ohne Badekappe. Als ich auftauchte, drückte jemand meinen Kopf unter Wasser. Ich wehrte mich. Japsend kam ich an die Luft, das Chlor stach bis in die Stirn.

Mein Bruder Claas grinste mich an: »Hallo Eule. Wie siehst du denn aus?«

Nicht mal auf die wasserfeste Wimperntusche war Verlass. Und dann warf René einen wuchtigen Schatten auf uns und hob den Zeigefinger Richtung Claas.

»Solange ich hier Bademeister bin, Freundchen, wird niemand unter Wasser gedrückt. Haben wir uns da verstanden? Wenn du das noch einmal machst, dann scheuch ich dich auf deinen Brustwarzen übern Rasen!«

»Ist schon gut, Herr Andresen«, ich machte einen eulenhaften Augenaufschlag, »das ist mein Bruder.«

René lächelte: »Na dann. Grüßt mal euren Vadder schön von mir. Und du nächstes Mal mit Badekappe, min Deern.«

Und ich ahnte weder, dass ich René Andresen schon bald in einem ganz anderen Zusammenhang wiedersehen würde, noch, dass dies der letzte Sommer meiner Kindheit war.

Teil III

Nach dem Regen

Ende September und der erste trockene und sonnige Tag seit Wochen. Der Regen hatte uns den ganzen Monat lang im Griff gehabt und sämtliche Aktivitäten an der frischen Luft unterbunden, ein endlos langweiliger, grauer und trüber Himmel war jetzt schönstem Blau gewichen. Man konnte es gar nicht glauben, dass es die Sonne noch gab, die sich uns so lange nicht mehr gezeigt hatte. Alle waren an diesem Tag guter Laune in der Schule gewesen, selbst die Lehrer.

In neun Tagen würde ich fünfzehn werden, und Oma hatte mich schon gefragt, was ich mir wünschte. Feiern wollte ich nicht, zumindest nicht groß. Keine Party und nix mit Jungs, höchstens mit meinen Freundinnen, mal sehen.

Es war Mittwochmittag. Nach der fünften Stunde, der langweiligsten Geschichtsstunde meines Lebens, hatte ich eine Mitfahrgelegenheit von der Schule zurück nach Hause bei Christian Glädicke, einem Schalleruper Kommunisten, der in die Oberstufe ging und seinen VW Käfer immer vollstopfte mit Leuten. Das Auto gehörte seinen Eltern, und Christian verlangte nie mehr als ein solidarisches Lächeln, genau genommen zwei. Eines, wenn man ihn fragte, und eines beim Abschied, und ich schenkte ihm dieses Lächeln sehr gern, dafür dass ich nicht noch eine Stunde lang hungrig auf den Schulbus warten musste, der dann ewig nach Hause brauchte, weil er an jeder Milchkanne hielt.

Im Auto erkundigten sich alle nach meinem großen Bruder, der inzwischen sein Abi hatte und jetzt zur See fuhr als Offiziersanwärter, bei der Handelsmarine. Gerade war Sven nach seiner Äquatortaufe irgendwo auf dem Ozean vor Australien, und ich vermisste seine Witze und Sprüche und seine Versuche, mir Nachhilfe in gutem Musikgeschmack oder in Sachen Jungs zu geben. So sagte Sven mir immer wieder, dass Jungs überhaupt nicht auf stark geschminkte Mädchen stehen würden, und ich solle später bloß nicht mit so beknackten Typen ankommen wie Irene. Sven war es aber auch, der mir ab und zu nette Komplimente machte. Er würde erst im November wieder nach Hause kommen und ein paar Wochen frei haben, um dann erneut auf große Fahrt zu gehen. Wir schrieben ihm oft alle zusammen Luftpostbriefe in irgendwelche Häfen, die Papa mit der Schreibmaschine adressierte, und hinten schrieb unser Vater dann als Absender mit seiner geschwungenen Handschrift »König, Germany«, worüber wir Kinder uns köstlich amüsierten. Typisch Papa.

Nachdem Christian Glädicke mich vor unserem Haus abgesetzt hatte, ging ich hinten herum, wie ich es immer tat, nicht durch den Vordereingang. Einen Haustürschlüssel besaßen wir Kinder gar nicht. Aber schon beim Anblick des Hauses hatte ich ein komisches

Gefühl, weil Mama morgens irgendwie anders gewesen war als sonst und auf meine Frage, ob etwas sei, Nein geantwortet hatte, und wir sollten jetzt unseren Schulbus erwischen. Als wollte sie uns loswerden.

Ich betrat über den Hof, die Außentreppe und den Küchenbalkon die Küche, wo zu meiner Überraschung nichts auf dem Herd kochte, wie sonst immer um diese Zeit, und wo unsere Sprechstundenhilfe Frau Hansen auf der Küchenbank saß. Sie heulte Rotz und Wasser, offensichtlich schon länger, denn ihr Stofftaschentuch war klitschnass. Ihr von der Höhensonne braun gebrannter Teint war knallrot, und das mit Wasserstoffperoxyd blondierte Haar, sonst der absolute Blickfang zu ihren braunen Augen, hing lasch herunter, als wäre keinerlei Spannkraft mehr darin. Sie war immer sehr modisch gekleidet, aber der rote V-Pullover heute wirkte seltsam zu dem roten Gesicht und ihr weißer Minirock in unserer Küche und ihrem Zustand unpassend. Als sie mich sah, unterbrach sie kurz ihr Weinen und nickte mir über ihrem Stofftaschentuch und mit verschmierter Wimperntusche zu, wie jemandem, der einem sehr leidtat. Ich ging nichts Gutes ahnend weiter, durch den Flur, wo Dr. Lassen, eine Kollegin von Papa, am Telefon sprach. Sie senkte etwas die Stimme, als ich an ihr vorbeikam. Jetzt das Schlimmste ahnend, trat ich ins Esszimmer, das ins Wohnzimmer überging, von wo meine große Schwester Irene auf mich zukam und zu mir sagte: »Clara, es ist etwas Schreckliches passiert! Papa hat sich heute Nacht das Leben genommen.«

Es gab Sätze, die das Leben veränderten, Sätze, nach denen nichts mehr wie vorher war. Das war so ein Satz, der die Zeit aus den Fugen hob und eine neue Zeitrechnung markierte. Vor Papas Tod. Nach Papas Tod. Ein Kloß schob sich von meinem Hals in den Magen und blieb dort liegen.

Irene nahm mich in den Arm, wie eine echte große Schwester, und in dieser tröstenden Umarmung versuchte ich das Unfassbare zu verstehen und Halt zu finden. Und so standen wir einen Moment lang da, so innig und verbunden wie noch nie in der gemeinsamen Trauer um unseren Vater. Er hatte es wirklich getan. Mein Herz schlug mir bis zum Hals und so laut wie noch nie zuvor. Weinen konnten wir beide nicht.

Meine Mutter saß in der Sitzecke des Wohnzimmers zusammen mit zwei unserer Dorfpolizisten, die Uniform trugen, und einem mir nur entfernt bekannten älteren Mann, einem Freund meines Opas, Rechtsanwalt in Dellwig. Sie waren vertieft in ein Gespräch, und es schien wichtig zu sein. Mama nahm mich kaum wahr, und ich wollte nicht stören, grüßte nur kurz höflich und hilflos in die Runde. Irene und ich, wir setzten uns an den Esstisch, und sie erzählte mir, dass Mama, als Papa morgens nicht neben ihr im Bett lag, hinuntergegangen war, wo sie die Praxistür abgeschlossen vorfand. Da habe Mama sie, Irene, geweckt, und sie seien gemeinsam runtergegangen und hätten die Tür aufgebrochen. Papa habe in seinem Sprechzimmer an seinem Schreibtisch gesessen, den Kopf nach vorn gekippt, war erstickt. Dieses Mal war es zu spät. Dieses Mal hatte er es gründlich gemacht, und es nützte kein Rettungswagen und Magenauspumpen mehr. Dieses Mal musste Mama keine Lüge ausgeben. Papa war tot, er hatte einen Cocktail aus Morphium, Valeron und einer Flasche Whiskey eingenommen. Er lag noch unten in der Praxis auf der Behandlungsliege, dort hätten sie ihn aufgebahrt, und Mama habe noch einen Zweig vom blühenden Oleander auf der Fensterbank abgebrochen und Papa zwischen seine Hände gesteckt. Irene riet mir, ich solle ihn mir lieber nicht angucken, sein Gesicht sei blau angelaufen und aufgedunsen und kein schöner Anblick.

Papa hatte einen kleinen Abschiedsbrief an uns Kinder verfasst, den Irene mir zeigte. Auf einem Rezeptblockblatt stand: »*Liebe Kinder, es ging nicht mehr weiter. Seid gegrüßt. In Liebe Euer Paps.*«

Ich las die Zeilen, dachte mir, dass er das vielleicht noch im letzten klaren Moment geschrieben hatte, weil ihm einfiel, dass er nicht ganz ohne ein Wort gehen konnte. Das »Seid gegrüßt« erschien mir seltsam, und »Paps« sagten wir eigentlich auch nie zu ihm. Und dass es ein Rezeptblock war, fand ich unangemessen, und unsere Mutter auszuschließen war gemein von ihm und vergiftete die liebevollen Zeilen an uns etwas.

Ich war hin- und hergerissen. Ich wollte meinen Vater gern sehen, mich davon überzeugen, dass er wirklich tot war, was ich nicht fassen konnte. Glauben schon, mir vorstellen irgendwie ja, aber im wahrsten Sinne nicht fassen. Stunden später war da auch der Wunsch, Abschied zu nehmen, aber ich wollte andererseits nicht für immer sein aufgedunsenes Gesicht bei mir behalten, das sollte nicht mein letztes Bild von ihm sein. Ich fühlte mich mit der Entscheidung überfordert. Wenn jemand gesagt hätte, wir gehen jetzt alle gemeinsam hinunter und verabschieden uns von ihm, wenn das die Losung gewesen wäre, gemeinsam mit den anderen hätte ich es getan. Aber da war niemand, der diese Losung ausgab. Da war niemand, der uns an der Hand nahm. Unsere Mutter war selbst im Ausnahmezustand, voller Wut auf Papa, dass er das getan hatte, ihr angetan hatte, uns.

Der einzige Mensch, der weinte, war Papas Sprechstundenhilfe, Frau Hansen. Warum sie ganz allein in der Küche sitzen musste und wann sie endlich nach Hause gehen durfte und was mit der Praxis und den Patienten war an dem Tag, ich weiß es nicht mehr. Ich weiß nur noch, dass die Küche kalt blieb, aber wir hatten eh alle keinen Hunger.

Der Hund hatte sich eines von Papas Oberhemden von einem Wäschehaufen im Schlafzimmer geschnappt und legte sich darauf, war anders als sonst. Hendrik hatte sich ins Bett verzogen und war nicht ansprechbar, er reagierte gereizt, als ich es probierte. Claas saß vor seinem Aquarium und versuchte gleichzeitig, seinen Zwilling zu trösten, was rührend anzusehen war. Die beiden hatten immer einander, ich dagegen fühlte mich ziemlich allein. Also ging ich in mein Zimmer und schnappte mir eine leere Kladde und begann, mit einem schwarzen Filzstift alle Gedanken, Gefühle und Beobachtungen zu notieren, ganz in dem Bewusstsein, dass gerade etwas Außergewöhnliches in unserem

Leben passiert war und ich diese Tage dokumentieren sollte. Irene fing an, Kuchen zu backen, für die Verwandtschaft, die eintreffen würde. Aus der Küche hörte ich das typische Geräusch der Küchenmaschine, den Metallschneebesen, der in der Metallschüssel einen Teig schlug, und meine rührige Schwester mit Geschirr klappern. Sie schaffte es immer, sich eine sinnvolle Beschäftigung zu suchen und damit abzulenken.

Am Nachmittag war ich um drei mit Anke verabredet, wir wollten zusammen für eine Mathearbeit am nächsten Tag üben. Vektorrechnung. Ich war keine Leuchte in Mathe, und die Arbeit stand mir ziemlich bevor. Am Telefon hörte ich mich es das erste Mal aussprechen, meinen Vater für tot erklären: »Ich kann heute nicht kommen, Papa ist gestorben, er hat sich das Leben genommen.«

Anke am anderen Ende der Leitung sagte nur völlig fassungslos: »Oh, mein Gott! Das ist ja schrecklich.«

Im Hintergrund hörte ich Frau Döbbertin fragen: »Ankelein, was ist denn passiert?«

Und ich weinte los und legte den Hörer auf, doch das Weinen stoppte sofort wieder.

Zwei Männer in schwarzem Kittel mit schwarzem Rolli darunter kamen, um ihn abzuholen, zu meiner großen Verwunderung war einer von ihnen René Andresen. Er sah mich mitleidig an und sagte: »Mein herzliches Beileid, min Deern.« Ich nickte ihm zu, aber konnte es nicht fassen, dass unser korpulenter Bademeister jetzt, wo das Freibad geschlossen war, als Bestatter arbeitete und der Erste war, der mir kondolierte. Gute zwei

287

Monate war es her, dass er Claas und mich am Beckenrand ermahnt hatte. Der Anblick der Bestatter verur-
sachte in mir fast einen Brechreiz, einen Ekel, der dann
aber wieder verging. Der Chef des Schalleruper Bestat-
tungsinstituts, ein hagerer, älterer Mann, stellte sich mit
Johannsen vor, kondolierte meiner Mutter förmlich mit
einstudierten Worten und fragte, wo der Verstorbene
sei, und sie verschwand mit ihm und René in die Praxis.

Ich ging in mein Zimmer und hörte Simon & Gar-
funkel, immer wieder, nur diese eine Platte. An der
Pinnwand hing noch die Kinokarte von *Eis am Stiel*, ein
Film, den Papa mit Claas, Hendrik und mir gemeinsam
an einem Regensamstag vor nicht mal zwei Wochen im
Kino in Dellwig angeguckt hatte. Es war ein besonders
schöner Nachmittag gewesen und eine Besonderheit,
dass unser Vater mit uns ins Kino ging, das hatte er vorher noch nie getan. Meist kam nur Schrott im Capitol,
Kung-Fu- und Actionfilme oder Pornos für die Mari-
nesoldaten. Papa spendierte gute Plätze und Eiskonfekt
für jeden, und wir vier saßen da in der Dunkelheit, ich
zwischen Papa und Hendrik, und schauten fasziniert
zu. Der Film spielte in Israel, und es ging um die erste,
große Liebe, ersten Sex, eine ungewollte Schwangerschaft und eine Abtreibung, und mir hatte der Film
gefallen. Papa jedoch war richtig aus dem Häuschen
und schwärmte noch tagelang, wie toll dieser Film sei
und dass es so etwas in seiner Jugend nicht gegeben
hätte und wie verklemmt alles damals gewesen sei. Er
schien froh, dass sich die Zeiten geändert hatten und es
jetzt solche Filme gab, die die Jugend auf unterhaltsame

Weise aufklärten und auch heikle Themen ansprachen und nicht beschönigten.

Auf meinem Nachttisch lag Papas Exemplar von *Der kleine Prinz*, das er mir ans Herz gelegt hatte mit den Worten: »Lies das mal, das ist großartig!« Aber ich konnte mit dem Buch nichts anfangen und hatte es schon nach den ersten Seiten aus der Hand gelegt, worüber er enttäuscht war. Jetzt schnappte ich mir das Buch, Papa zuliebe und um eine Verbindung zu ihm zu haben, aber ich fand den Anfang wieder gestelzt, und ewig dieses »die großen Leute« und dieses altkluge Kind, das da beschrieben wurde. Meine Lektüre scheiterte erneut. Ich war im genau falschen Alter für den kleinen Prinzen.

Von meinem Zimmerfenster aus sah ich durch die Stores auf der anderen Straßenseite Christiansen vor seinem Friseursalon stehen. Er rauchte, guckte auf unser Haus, als erwartete er irgendwelche Zeichen, vollgeweinte Bettlaken oder Ähnliches, auf jeden Fall etwas Bemerkenswertes, was er dann drinnen im Salon weitererzählen konnte. Sicher war Papas Tod Thema Nummer eins im Dorf, und es hatte sich wie ein Lauffeuer herumgesprochen, weit über Schallerup hinaus. Doktor König hat sich das Leben genommen. Der König hat sich umgebracht. Selbstmord. Der König ist tot.

Ich wollte dieses Mal noch weniger als sonst wissen, was sie da drüben im Salon Chic auf den Stühlen mit den abgenutzten Kunststoffbezügen und unter den Trockenhauben über uns redeten. Ich konnte mir schon denken, dass es wieder die schlimmsten Gerüchte gab

289

und Halbwahrheiten, die mit allen möglichen bösen
Unterstellungen und Verleumdungen verflochten wurden wie damals bei Margit Podimke nach ihrem Selbstmord. Was wurde diese Frau mit Dreck besudelt. Ich
nahm mir vor, nie wieder zu Christiansen zu gehen,
sondern mir ab jetzt in Dellwig einen Friseur zu suchen.
Ich hatte keine Lust darauf, wie vor meiner Konfirmation, von Christiansen ausgefragt zu werden. Ich war
jetzt alt genug, selbst zu bestimmen, wohin ich zum
Friseur ging.

Da Mama befürchtete, dass unser Dorfpastor Mommsen wie bei der Beerdigung der alten Frau Södermann
was von »Mord bleibt Mord« in der Predigt sagen
würde, hatte sie mittags den Propst, einen Bekannten,
angerufen, um ihn zu bitten, ob nicht *er* die Predigt halten könne. Er sagte ihr, dass er nicht in Schallerup pre-
digen könne, aber sie solle sich keine Sorgen machen,
er werde mit Mommsen reden.

Mommsen kam dann am Nachmittag vorbei, er trug
Zivil, ich kannte ihn eigentlich nur im Talar, und fand,
dass er etwas ärmlich gekleidet wirkte, vor allem seine
aufgetragenen Schuhe irritierten mich. Unser Pastor
hatte sieben Kinder, vermutlich waren sie nicht sehr
reich. Er unterhielt sich mit Mama, Irene und mir im
Wohnzimmer über Papa. Das Gespräch mit dem Propst
musste unserem Schalleruper Pastor die Augen geöffnet
haben, jedenfalls ließ er uns keinerlei Verachtung spüren. Er hörte mitfühlend zu, machte sich für die Predigt
am kommenden Tag ein paar Notizen in ein kleines,

in schwarzes Leder gebundenes Büchlein, das mir sehr imponierte. Mommsen schien nach allem, was wir ihm über Papa erzählt hatten, zu verstehen, wie groß die Verzweiflung sein konnte, dass sich jemand zu diesem Schritt entschied. Von dem Pastor mit den groben Fäusten und den von der Kanzel gebrüllten Plattitüden war an dem Nachmittag nichts geblieben, er hatte auch ein paar wirklich tröstende Worte für uns, war ein guter Hirte. Am Schluss beteten wir, und als wir die Hände falteten, sah ich, dass Mama Papas stets ungetragenen Ehering neben dem ihren trug. Erst sprach Pastor Mommsen ein paar Worte, und dann brummelten wir gemeinsam das Vaterunser, das noch nie in unserem Wohnzimmer gebetet worden war.

Am späten Nachmittag, als wir wieder unter uns waren, schrieben wir Geschwister gemeinsam einen Brief an unseren großen Bruder nach Melbourne, und Mama fügte eine zusätzliche Seite hinzu. Sie hatte auch die Reederei schon informiert, und der Ausbilder sollte es meinem Bruder schonend beibringen.

Danach saßen wir vier Kinder mit Mama im Wohnzimmer zusammen und überlegten alle gemeinsam, welche Anzeichen es gegeben hatte für Papas Entscheidung. Papa hatte am Dienstag noch so einiges erledigt, die Luft aus der Heizung abgelassen in unseren Zimmern, damit wir nicht froren, meinen Kleiderschrank repariert, mir geholfen, mein Zimmer etwas umzustellen. Er hatte ebenfalls am Vortag einer Medizinstudentin, die Praktikantin in der Praxis war, schon Wochen vor Ablauf des Praktikums, ein fantastisches Zeugnis ausgestellt, was wiederum Frau Hansen Mama erzählt hatte, der Papa das Zeugnis diktiert hatte. Frau Hansen selbst hatte vor ein paar Wochen zu ihrem Geburtstag eine sehr teure goldene Armbanduhr geschenkt bekommen von Papa, und unsere Mutter war stinksauer deswegen. Jetzt wussten wir, dass die Uhr ein Abschiedsgeschenk gewesen war, für Frau Hansens jahrelange Treue, auch in schweren Zeiten.

Mir wiederum hatte Papa vor einer Woche zwei eingepackte Geschenke überreicht, die er in Flensburg besorgt hatte, und als ich ihn erstaunt angesehen und gesagt hatte, dass mein Geburtstag doch erst in zwei Wochen sei, da hatte er mich gedrängt, sie gleich aufzumachen. In dem einen Päckchen befand sich eine kleine Kette mit einem fliederfarbenen Emailleherzen als Anhänger. Der Modeschmuck war nicht ganz mein Geschmack, dafür war das zweite Päckchen ein Volltreffer: ein Block mit wunderschönen Briefbögen und passenden Umschlägen und ein hübsch bedruckter kleiner Pappkarton. Als ich ihn öffnete, traute ich meinen Augen nicht. Darin lagen ein Stempel mit Herzchenabdruck und zwei verschiedenfarbige Stangen Siegelwachs, wie Papa mir erklärte. Das müsse man über einer Kerze erwärmen, und dann könne ich meinen Stempel hineindrücken. Das hatte natürlich etwas sagenhaft Romantisches, aber das Siegelwachs war in Leuchtfarben, Pink und Orange, eine moderne Variante des altmodischen Rituals.

Ich umarmte Papa mit einem »Vielen, vielen Dank!«, und er freute sich über meine Freude, war aber auch ein bisschen beschämt bei allem und sagte dann noch: »Für deine Liebesbriefe!«

Ich verstand trotzdem nicht ganz, warum die Geschenke nicht bis zum Geburtstag warten konnten, andererseits war unser Vater immer sehr ungeduldig, und es passte wiederum zu ihm, dass er mir seine Geschenke sofort überreichen wollte.

Und mir fiel ein, dass Papa mir in den Sommerferien auf der Terrasse nach dem Mittagessen von dem Patienten erzählt hatte, der an Hirnblutung gestorben war. Jetzt, wo Papa nicht mehr lebte, war ich mir sicher, dass er schon seit Wochen wusste, dass er es tun würde, und das Erzählen war wie das Entlüften der Heizung und das Überreichen der Geschenke eines der letzten Dinge, die er noch zu erledigen hatte. Und ich fragte mich, ob »mit den drei Kleinen ins Kino gehen« auch auf seiner Liste gestanden hatte von Dingen, die er sich noch vor seinem Tod vorgenommen hatte.

Dass Papa in den letzten Wochen immer wieder aus der Matthäuspassion den Schlusschoral hörte, war uns natürlich aufgefallen, aber das hatten wir seiner Stimmung zugeschrieben und unserem norddeutschen Unendlichregen. Andererseits war Papa, eingefädelt vom Oberarzt in Schleswig, ja seit August bei einem Psychoanalytiker in Behandlung und fuhr zweimal die Woche nach Flensburg und erzählte ganz begeistert, wie gut die Gespräche waren. Er schien Dr. Schüler, seinen Therapeuten, zu mögen, und das war schon mal ein großer Fortschritt.

Mama sagte, dass Papa sich in den letzten Wochen

doch noch ganz aufwendig und teuer seine Zähne habe machen lassen, das habe sie auch als Hoffnungszeichen angesehen. Und Irene meinte, dass Papa vielleicht noch ihren achtzehnten Geburtstag und ihre Volljährigkeit abwarten wollte, bevor er sich das Leben nahm. Ihr Geburtstag war vor zehn Tagen gewesen.

Hendrik erzählte, dass Papa ihn am Abend zuvor noch mindestens dreimal gebeten habe, einer befreundeten Familie einen bestimmten Fotoabzug zu geben, und er, Hendrik, habe jedes Mal geantwortet: »Wird gemacht, Papa!«, und Papa habe erwidert: »Alles klar, Chef.«

Papa hatte am Vorabend schlechte Laune gehabt, wie so oft. Das an sich war kein Anzeichen, aber als ich mich von ihm mit dem üblichen Gute-Nacht-Kuss verabschiedete, hatte er mich gefragt: »Wenn ich sterbe, kommst du dann auch zu meiner Beerdigung?« Genervt von dieser gemeinen und bescheuerten Frage und das nicht verbergend, hatte ich ihn angesehen und geantwortet: »Mensch, Papa!«

Das waren meine zwei letzten Worte an ihn gewesen.

Am selben Abend kam auch der Psychoanalytiker aus Flensburg noch zu uns, bei ihm war Papa insgesamt zu zwölf Sitzungen gewesen. Dr. Schüler war klein, rundlich, sehr sympathisch, vielleicht so um die sechzig und wirkte wie ein gemütlicher Typ, auch unser aller Vertrauen hatte er im Nu gewonnen. Er sagte zerknirscht: »Es ist ein Jammer!«, und er mache sich große Vorwürfe, denn er habe in den letzten Wochen und Sitzungen keinerlei Suizidgefahr bei Papa gesehen. Und er gab all dem, was wir die vergangenen Jahre erlebt hatten, einen Namen: Manische Depression.

»Euer Vater war krank. Das ist eine Krankheit.«

Endlich eine Erklärung, endlich ein Wort für Papas Auf und Ab, für seine Launen, seine Verzweiflung. Ich war erleichtert, die zwei Worte Manische Depression lieferten mir einen Schlüssel für Papas Verhalten und auch eine Entschuldigung für seine Tat. Dr. Schülers Diagnose führte aber auch dazu, dass ich mich fragte, wie sehr Papa dann Herr seiner Taten gewesen war, wie selbstbestimmt er die Entscheidung getroffen hatte, wenn er doch vielleicht gerade von dem depressiven Ich gesteuert war. Ich versuchte, wie immer, meinen Vater zu verstehen, nachzuvollziehen, warum er das getan hatte. Meine Kladde füllte sich Seite um Seite mit den Erörterungen. Und ich kam zu dem Schluss, dass für ihn das Nichts, denn nichts anderes erwartete er vom Tod, besser war als das Leben, als die Depression, als zu Tode betrübt zu sein.

Die Tränen der anderen

Sein Schreibtisch aus Ahorn in seinem Praxis-Sprech-
zimmer war groß und aufgeräumt. Alles stand da wie
immer. Die kleine Uhr, die Stiftebox, die Schreibtischunterlage mit dem Aufdruck »Bellergal«, das Blutdruckmessgerät rechts am Rand, der Brieföffner aus
Marokko. Man sah dem Zimmer nicht an, was geschehen war. Was hier geschehen war.

In der Ferne hörte ich unsere Kirchturmuhr einmal schlagen und dann noch einmal. Papas Uhr zeigte
13:01. Noch eine halbe Stunde, dann mussten wir los
zur Kirche.

Hier hatte er gesessen, hier war es passiert. Ich hatte
zum Mittag kaum etwas gegessen, ich hatte seit dem
Vortag noch nicht richtig geweint, und ich schämte
mich dafür.

Es war mehr eine Eingebung. Ich zog am Schlüssel,
die Schublade des Schreibtisches glitt mir entgegen. Da
lag sie, seine Brille. Damit hatte ich nicht gerechnet.
Ich musste schlucken. Die Brille, sie gehörte zu meinem Vater wie seine Schuppenflechte und seine schönen
Hände. Ich kannte ihn immer nur mit Brille. Vorsichtig
nahm ich sie heraus, die Pilotenbrille mit dem Gold-

rand, wie fast alles, was mein Vater trug, hochwertig, geschmackvoll. Ich legte sie vorsichtig und wie etwas Kostbares auf die Schreibtischunterlage. Hatte er sie in der Schublade vorher abgelegt? Oder hatten Mama und Irene sie hier hineingetan, nachdem sie ihn gefunden hatten?

Ich hielt die Brille gegen das Tageslicht und sah, dass die Gläser fleckig waren, Schuppen lagen darauf, und, das haute mich um, eine Wimper von ihm schien in einem Tränenfilm zu kleben. Durch die Gläser hindurch bekam ich eine leise Ahnung von seiner Verzweiflung in dieser Nacht. Fast musste ich weinen, aber wieder nur fast. Ich steckte tränenmäßig fest, alles in mir war starr. Schockgefrostet.

Um zwei war die Trauerfeier in der Schalleruper Kirche, eine Beerdigung gab es nicht, weil mein Vater testamentarisch verfügt hatte, dass sein Leichnam der Medizinischen Fakultät der Universität Kiel zur Verfügung gestellt werden sollte. Er wusste, dass die Leichen zum Sezieren für die Medizinstudenten dort knapp waren, und nach seinem Tode wollte Papa noch der Wissenschaft, der doch eigentlich sein Herz gehörte, dienen. Damit brachte Papa uns ein zweites Mal um die Möglichkeit, von ihm richtig Abschied zu nehmen. Sie brauchten den Leichnam frisch, innerhalb von achtundvierzig Stunden. Und so hatte alles seit dem Vortag sehr schnell zu gehen. Zeit, um Einladungen für den Trauergottesdienst zu verschicken, blieb gar nicht. Aber die engsten Freunde und Bekannten wussten natürlich alle, was passiert war.

Am Vormittag hatte ich mir einen schwarzen Rolli aus Mamas Kleiderschrank geliehen. Bis dahin hatte ich noch nie Schwarz getragen und fühlte mich auf einmal viel erwachsener.

Als ich losging, um im Dorf für meine Mutter ein paar Dinge zu besorgen, sah ich, wie Frau Lorenzen und Frau Lassen in ihren Kittelschürzen vor dem Salon Chic auf dem Bürgersteig miteinander tuschelten, und bildete mir ein, dass es um uns ging, gehen musste. Ich erinnerte mich daran, wie ich die beiden als Kind manchmal in der Schlange mittwochs am Fischwagen beim Tratschen belauscht und es mich wahnsinnig gemacht hatte, dass ich nur Fetzen verstand und sie stets das Entscheidende so leise sprachen, dass ich sie nicht verstehen konnte. Als sie mich aus dem Haus kommen sahen, unterbrachen sie ihr Gespräch und guckten in einer Mischung aus Mitleid und lüsterner Neugier zu mir rüber, und ich bemühte mich, stolz zu blicken und mir nichts anmerken zu lassen, und ging besonders aufrecht die Große Straße entlang davon. Ich musste zuerst zur Post, Briefmarken kaufen. Um diese Zeit war ich sonst nie in Schallerup unterwegs, und ohne meine drei Freundinnen war es seltsam. Das war ja unsere Straße, aber das gemeinsame Bummeln hatte in den vergangenen Monaten nachgelassen. Schallerup erschien mir ziemlich leer, und ich fragte mich, was so aufregend für uns daran gewesen war, hier entlangzuschlendern. Mir war in diesem Moment noch nicht bewusst, dass etwas ohne Vorwarnung und unwiderruflich zu Ende gegangen war.

Zum Glück traf ich keine Bekannten. Es war wieder ein schöner Herbsttag, ich brauchte keine Jacke, und so ging ich in Jeans und schwarzem Rolli und die Ledereinkaufstasche in der Hand, aber es war so, als wenn da eine andere einkaufen ging, mein eineiiger Zwilling, der das netterweise für mich übernahm.

Als ich auf dem Rückweg nebenan bei Nissens ein paar Lebensmittel anschreiben ließ, sagte Herr Nissen zu mir: »Das muss ja schrecklich bei euch drüben sein.«

Ich nickte nur.

Er sah mir in die Augen, voller Mitgefühl, vielleicht sah er mich das erste Mal überhaupt richtig an, als eigenständige Person und nicht als die kleine Schwester und Anhängsel von Irene, die früher nachmittags mit Claudia spielte. Dann ging Herr Nissen zum Regal und drückte mir eine große Packung Haribo Gummibärchen in die Hand, und ich sagte: »Vielen Dank.«

Zu Hause zog ich den schwarzen Rolli sofort wieder aus, Schwarz war nicht meine Farbe, wie ich vor dem Spiegel festgestellt hatte. Ich ging näher heran an den Spiegel und versuchte herauszufinden, ob man meinem Gesicht ansah, was passiert war, ob ich jetzt irgendwie anders oder älter wirkte. Danach zog ich meinen vertrauten dunkelblauen Pullover an und war wieder ich, Clara, das Mädchen, das sich fragte, ob und wenn ja, wie es sich am besten zur Trauerfeier schminkte. Irene konnte ich nicht fragen, sie schminkte sich ja nie und würde mich wieder total oberflächlich finden, aber ich wusste, dass mein Papa nichts dagegen hätte, im Gegenteil. Wenn ich an die Schminkredakteurin Cornelia von

299

der *Mädchen* geschrieben hätte: »Liebe Kosmetik-Redaktion, habt ihr ein paar Tipps, wie ich mich am besten für die Trauerfeier meines Vaters schminken kann? Clara, fast fünfzehn, braunhaarig, braune Augen.«, dann hätte Cornelia in etwa Folgendes geantwortet: »Liebe Clara, das mit deinem Vater tut uns sehr leid. Umrahme die Augen mit einem nicht zu dunklen Kajalstift und setze dann etwas rauchiges Grau auf die Lider und tusche die Wimpern zweimal kräftig mit wasserfester Wimperntusche, am besten der neuen von Dior. Etwas Puderrouge dezent auflegen und hellrosa Lipgloss. Fertig!«

Zur Trauerfeier waren Papas vier Jahre jüngerer Bruder, Onkel Felix, mit seiner Frau angereist und Tante Marie, Papas ältere Schwester, mit ihrem Mann. Wir gingen gemeinsam los Richtung Kirche, die nur ein paar hundert Meter entfernt lag. Vor der Kirche empfing uns der Bestatter Herr Johannsen, der jetzt einen grauen Frack trug und einen farblich passenden Zylinder und in dieser Garderobe noch verkleideter wirkte als am Vortag. Er sagte zu Mama, dass die ersten Reihen für uns reserviert seien. Ich sah nur ganz kurz die grüne Bank an der Kirchenwand, auf der ich vor einem halben Jahr das Küssen gelernt hatte. Es kam mir vor, als wäre das in einem anderen Leben gewesen.

Wir betraten die Kirche, die nicht sehr voll war. Da es ja keine offiziellen Einladungen gegeben hatte und so schnell hatte gehen müssen, war alles improvisiert, und auch von unserer Verwandtschaft hatten viele gar nicht kommen können oder waren einfach nicht eingeladen. Mama hatte es bewusst auf den engsten Familien- und Freundeskreis beschränkt. Unter der Traueranzeige im *Schalleruper Boten* an dem Tag hatte zudem ein falsches Datum für die Trauerfeier gestanden, worüber unsere Mutter nicht unglücklich war. Aus dem Dorf, von den Nachbarn und den Patienten waren nur wenige gekommen. CDUwe Hansen saß da in einem schwarzen Mantel, neben ihm schon wieder eine neue Flamme, die ebenfalls Schwarz trug, und sie hielten Händchen. Zu meinem großen Erstaunen war seine Neue Tante Rena, die ich früher oft mit Papa besucht hatte. Sie färbte sich ihre Haare immer noch rot und fiel völlig heraus aus dem üblichen Beuteschema von Hansen, meist Blondinen und so Barbie-Typen wie Dörtes Mutter, Frau Matthiesen, und ich fragte mich, wie die beiden sich kennengelernt hatten. Auch Papas Patientin Frau Möller, die zur dänischen Minderheit gehörte und ihm vor Jahren den Spruch gestickt hatte, der seitdem bei uns auf der Kindertoilette hing, war gekommen. Mit rot geweinten Augen unter ihrer Dauerwelle hatte sie mir ganz lieb zugenickt und mich mitleidig angeguckt, als wir den Hauptgang entlang an ihr vorbeigingen.

Ich saß zwischen Mama und Irene, vorne vor dem Altar stand der geschlossene Sarg mit Blumenschmuck, ein schlichter, heller Holzsarg. Mein Problem war nur, dass ich mir beileibe nicht vorstellen konnte, dass mein Vater darin Platz fand, weil mir der Sarg viel zu klein vorkam. Obwohl mir durchaus klar war, dass er dort in dem Sarg liegen *musste*. Vielleicht hing das damit zusammen, dass ich ihn nicht tot gesehen hatte und sein Tod irgendwie abstrakt blieb. Ich hatte sogar den Gedanken, dass Papa schon längst in Kiel war und sie bereits an ihm herumschnippelten und der Sarg da vorne nur eine Attrappe, ein Ablenkungsmanöver war.

Ein Stück von Bach, das Irene ausgesucht hatte, wurde auf der Orgel gespielt, und dann begann Pastor Mommsen mit seiner Traueransprache. Er verglich Papa mit einem Schauspieler und dass dieser Roman König nun von der Bühne abgetreten war. Ich hörte meinen Onkel Felix hinter mir in der Kirchenbank schluchzen.

Bei den Kirchenliedern gab ich mir Mühe, besonders schön für meinen Vater zu singen. Weinen konnte ich auch hier nicht. Ein alter Bekannter, ein befreundeter Arzt aus Schleswig, trat nach vorn und hielt eine kleine Rede auf Papa, doch es war ganz seltsam: Ich war eher wütend als ergriffen oder in Trauer, war wütend auf all die anwesenden Bekannten und Freunde, viele waren auf der großen letzten Party zu Papas fünfzigstem Geburtstag gewesen, und ich dachte nur: Jetzt wo es zu spät ist, seid ihr da. Aber wo wart ihr, als es ihm so schlecht ging?

Nachdem wir uns am Schluss erhoben und gebetet hatten und die Orgel erneut etwas von Bach spielte, flüsterte Mama mir zu: »Du hast aber sehr schön gesungen für deinen Vater, Clara.«

Dann traten wir aus der Kirche heraus, und der Sarg wurde den Kiesweg hinuntergetragen von Herrn Johannsen, René und ein paar Freunden von Papa, darunter Helmut, sein bester Freund, zu dem Papa nach seinem misslungenen Versuch im März gesagt hatte, das werde ihm beim nächsten Mal nicht noch einmal passieren. Und wir alle folgten dem Sarg. Ich sah Tränen auf der Wange von René und Helmut, was mich mehr als alles andere berührte und mir gleichzeitig guttat. Sie schoben ihn hinten in einen auberginefarbenen Mercedes-Kombi hinein, dessen mausgraue Gardinen an den Seitenfenstern zugezogen waren, und unser Vater fuhr in diesem Auto davon auf seine letzte Reise, über die kurvige Landstraße Richtung Kiel, und wir waren wütend auf die Medizinstudenten.

Nach der Trauerfeier in der Kirche fanden wir uns im engsten Familienkreis zu Hause im Wohnzimmer zusammen. Es gab Irenes Kuchen, Kaffee, Tee, für die Erwachsenen Cognac, wir hörten gemeinsam den Schlusschoral aus der Matthäuspassion.

»Wir setzen uns mit Tränen nieder und rufen dir im Grabe zu: Ruhe sanfte, ruhe sanfte, sanfte ruh!«

Irene erhob sich und ergriff das Wort. Sie stand da, meine große Schwester, las ihre sorgfältig formulierte Rede von einem Blatt ab und weinte ein bisschen, und wir alle hatten Tränen in den Augen. Bei meinem Onkel irritierte es mich, dass er dieselben Augen wie mein Vater und auch die Kurzsichtigkeit der Familie geerbt hatte und dass mich Papas Augen durch eine andere Brille aus einem anderen Gesicht ansahen, war seltsam. Und dann redeten wir weiter über Papa und die Gründe für seinen Selbstmord, und jeder trug Mosaiksteinchen

303

für Mosaiksteinchen dazu bei, aber es fehlten noch viele Steine für ein vollständiges Bild, und jeden von uns würde dieses Mosaik noch jahrelang beschäftigen.

Unsere Tante Marie, Papas drei Jahre ältere Schwester, hatte erst sehr spät geheiratet, einen Witwer, mit dem sie regelrecht verkuppelt wurde, und es hatte wunderbar geklappt und sogar gefunkt zwischen beiden. Onkel Egon war ein warmherziger Typ mit einer kleinen Kartoffelnase und einem tollen Humor. Tante Marie erzählte, dass sich ihr Bruder Roman schon im Alter von fünfzehn Jahren heimlich in der Speisekammer am Rumtopf bedient hätte, und als sie ihn dabei mal erwischte und fragte: »Roman, was machst du da? Brauchst du das zur Stimulation?«, da habe ihr ertappter Bruder, unser Vater, nur genickt.

Seinen ersten Selbstmordversuch hätte er mit siebzehn Jahren begangen, das war im Krieg, und Papa hatte Ärger mit seinen Eltern, weil er heimlich Schnaps gebrannt hatte und beim Schwarzverkaufen erwischt worden war, und danach hatte er versucht, sich mit Tabletten das Leben zu nehmen. Er wurde aber noch rechtzeitig gefunden und bereute es nicht, das Gefundenwerden, als seine Schwester ihn danach darauf ansprach. Papas Liebäugeln mit dem Tod war also viel älter und hatte mit uns gar nicht so viel zu tun, es war alles schon immer latent da, seit seiner Jugend.

Und da er immer schon schwierig war und sich oft an der Grenze zur Kriminalität und Legalität bewegte, war seine Familie heilfroh, als unser Papa dann mit dreißig Jahren heiratete, eine Familie gründete und sich als

Arzt niederließ. Sie hatten die Hoffnung, dass ihn das endlich in geordnete Bahnen bringen würde, zur Vernunft kommen ließe.

Später erzählten wir uns bei der Trauerfeier aber auch noch Witze und Anekdoten, und Papa, da war ich mir ganz sicher, hätte unser Witzeerzählen und Lachen gefallen. In diesem Albernsein und Faxenmachen waren wir ihm alle sehr nah. Seine Streiche wurden noch einmal aufgewärmt, meine Tante und mein Onkel fügten ein paar neue Anekdoten hinzu oder erzählten alte Familiengeschichten aus einer ganz anderen, oft gegensätzlichen Perspektive und mit anderen Pointen als denen unseres Vaters, die wir als Kinder immer geglaubt hatten. Wir wiederum erzählten ihnen davon, wie Papa Irenes Verehrer durch seine Smokingverkleidung vertrieben hatte und dass er Briefe an Sven hinten mit »König, Germany« versah.

Es war Donnerstag, und um sechs fand mein Volleyballtraining statt. Ich sehnte mich nach meinen Freundinnen, Albernsein, Bewegung, nach Normalität und sagte zu Mama, dass ich gern zum Volleyball gehen würde. Sie sah mich an und sagte sehr bestimmt, aber gleichzeitig auch liebevoll: »Schätzchen, nicht heute, wo die Trauerfeier von deinem Vater ist.«

»Aber warum denn nicht?«, insistierte ich. »Ich hätte so Lust, und das lenkt mich etwas ab.«

»Clara, das geht nicht. Du warst ja heute auch nicht in der Schule. Wie sieht das aus?!«

Und dann klingelte das Telefon im Flur, Mama ging hin und nahm ab. Ich hörte sie »Danke, das ist sehr nett!« sagen, dann lauschte sie und wurde ganz farblos im Gesicht und bekam ihre schmalen Lippen, und schließlich sagte sie: »Nein danke, da habe ich momentan keinen Bedarf. Auf Wiederhören.« Und legte auf. Sie taumelte ganz leicht beim Aufstehen, und als ich fragte: »Mama, wer war das denn?«, da sagte sie, das sei Herr Thomsen gewesen, der gesagt habe, sie wolle sich doch jetzt in ihrer Situation als Witwe sicher verändern und ein kleineres Auto fahren. Er habe da einen Peugeot 305 für sie im Angebot.

Fassungslos sah ich meine Mutter an. Und obwohl sie die Breitseite abbekommen hatte, traf es auch mich.

Auf all den Wegen

Einmal im Jahr hatte ich meine Familie besonders lieb, und mir ging das Herz über. Da standen sie vor dem Gabentisch und verdeckten ihn, Mama, Irene, Claas und Hendrik und, braun gebrannt an der Gitarre, die größte und allerschönste Geburtstagsüberraschung: Sven. Mein großer Bruder war von Australien zurückgeflogen, sobald er von Papas Tod erfahren hatte, hatte auch die Seefahrt geschmissen und wollte jetzt bei uns in der Nähe bleiben, zumindest nicht mehr Kontinente entfernt. Sven war seit dem Vortag wieder da, und wir waren nun, bis auf Papa, vollzählig. Jetzt sangen sie alle zusammen für mich *Viel Glück und viel Segen,* und ich hatte Tränen in den Augen. Natürlich war es schrecklich, nur eine gute Woche nach Papas Tod Geburtstag zu haben. Aber in diesem Moment war es einfach nur schön und durch den Schicksalsschlag, der uns alle zusammenschweißte, dieses Jahr vielleicht noch inniger. Sonst begleitete ja immer Papa bei den Bescherungen auf seiner Gitarre die Lieder, aber nun mussten wir ohne ihn auskommen. Wo auch immer er war, wenn er uns gerade sah, hätte er zufrieden gelächelt, denn für ihn war eine singende Familie eine glückliche Familie.

Sie stimmten dann noch das Familiengeburtstagslied *Kräht der Hahn früh am Morgen* an, und bei jeder Strophe trat einer von meinen Geschwistern hervor, zum Refrain stimmten dann wieder alle ein, und ich stellte fest, dass die Stimme meiner Mutter vom vielen Rauchen tiefer geworden war. Hendrik sang die Strophe mit dem Eichhörnchen, er hatte ja auch diese süßen Eichhörnchenaugen, Irene sang natürlich die Strophe »Und der Kuchen auf dem Tische macht sich dick und macht sich breit« und Claas traditionell seine Lieblingsstrophe »Kommt ein Häschen angesprungen, macht ein Männchen vor Freud«, und ich stand da, tief berührt, dass sie alle für mich sangen und sich hübsch gemacht hatten, und danach umarmten sie mich und gratulierten mir, Mama wie immer zuerst.

»Herzlichen Glückwunsch zum Geburtstag, meine Süße!«

Auf dem Gabentisch stand ein von Irene gebackener Napfkuchen mit fünfzehn brennenden Kerzen und in der Mitte eine größere, dem Lebenslicht. Daneben lagen die verpackten Geschenke. Von Mama bekam ich zu meiner großen Freude eine komplette Pflegeserie für das Gesicht, Reinigungsmilch, Gesichtswasser und eine Tages- und Nachtcreme. Außerdem eine neue Volleyballhose. Sven schenkte mir einen echten australischen Bumerang, und Hendrik und Claas hatten mir einen Lachsack gekauft, den wir gleich mal ausprobierten. Irene überreichte mir einen Gutschein »Für 1x abends abholen mit dem Auto«. Sie hatte den Führerschein frisch und fuhr noch wie der Henker, ich wusste also

nicht, ob ich mich darüber wirklich freuen sollte, tat
aber so. Und die Idee war natürlich süß von ihr. Von meiner einen Patentante hatte ich eine Cat-Stevens-Schall-
platte gekriegt, ein Buch von der anderen.

Am Vortag war zwischen der Geburtstagspost ein
gefütterter Umschlag von Kodak gewesen, mit einem
von Papa beschrifteten Adressaufkleber. Ich musste
schlucken, als ich das sah. Nicht nur dass ein Toter
Post bekam, sondern auch noch mit eigener Schrift an
sich selbst adressiert. Es war vermutlich der entwickelte
Surffilm vom Juli, den Papa noch kurz vor seinem Tod
eingeschickt haben musste.

Ich öffnete zum Schluss der Bescherung den Geburts-
tagsbrief meiner Tante Marie, aus dem ein Geldschein
herausfiel für eine Zugfahrkarte nach Stuttgart, wo ich
sie in den Herbstferien besuchen sollte.

Dann musste ich die Augen schließen und durfte mir
etwas wünschen, und mir fiel sofort ein Wunsch ein.
Die Schülerzeitung wollte bei der heutigen Redaktions-
sitzung darüber entscheiden, ob sie eine Glosse von mir
in der nächsten Ausgabe abdruckten. Ich hatte vor ein
paar Wochen unter dem Titel »Luftpostlügen« meinen
Senf zum Sinn von Brieffreundschaften abgelassen und
dort eingereicht. Papa hatte die Glosse noch gegenge-
lesen und ganz toll gefunden und gesagt, die Redaktion
wäre bescheuert, wenn sie die nicht nehmen würden.
Dann blies ich die Kerzen aus, scheiterte aber wie
immer daran, alle auf einmal auszupusten. Das hatte
ich das letzte Mal mit fünf Jahren geschafft. Ich war eine
Geburtstagskerzenausblasniete. Das Lebenslicht blieb

309

noch an während des Frühstücks, und ich durfte den Kuchen anschneiden und großzügig an alle Geschwister verteilen. So war die Geburtstagsabmachung. Nett sein, lächeln, singen, dafür mindestens ein Stück vom Geburtstagskuchen.

Da fiel mir etwas ein, und ich holte aus meinem Zimmer noch die Geschenke, die Papa mir vor zwei Wochen überreicht hatte und die nicht bis zum Geburtstag hatten warten können, und legte sie auf den Gabentisch. Die anderen lächelten verlegen. Dann setzte ich mich wieder an den schönen Geburtstagsfrühstückstisch, wo heute das edle Rosenthal-Service gedeckt war und kleine, frisch gepflückte Blumenblüten meinen Teller umrahmten. Es gab zum Geburtstag immer heißen Kakao morgens, es war einfach das schönste Frühstück des Jahres.

Doch allmählich mussten wir aufbrechen. Seit Irene ihren Führerschein hatte, fuhren wir mit meiner Schwester morgens zur Schule in Mamas VW. Ich saß, wie immer etwas angespannt, neben ihr auf dem Beifahrersitz. In den Tagen nach Papas Tod und als ich wieder zur Schule ging, hatte ich seltsame Reaktionen meiner Umwelt erlebt. Viele hatten weggeguckt, geschwiegen und mir nicht mal kondoliert. Den meisten der Lehrer und Mitschüler war die Sache irgendwie unangenehm, das spürte ich, und ich half ihnen dabei, drüber hinwegzugehen, so zu tun, als wenn nichts wäre. Es gab nur zwei Menschen, die mir die Hand gaben und in die Augen sahen und sagten: »Das mit deinem Vater tut mir sehr leid.« Geli und mein Englischlehrer. Die wenigsten waren in der Lage dazu, etwas Passendes zu sagen. Dörte sagte nur »Scheiße« und verglich die Situation mit der Scheidung ihrer Eltern, was ich nicht nur unpassend, sondern auch unangemessen fand. Einige zeigten ihre Anteilnahme indirekt. Mein Geschichtslehrer, indem er einfach den von mir versäumten Stoff wiederholte, was ich sehr nett fand, und unser Volleyballtrainer, Herr Wollenweber, der mich die Mannschaft wählen ließ, weil er wusste, dass ich das immer gern tat, und mich beim Training lobte.

In einer Woche begannen die Herbstferien, und ich freute mich auf meine Reise nach Süddeutschland zu Tante Marie und ihrem Mann, die beide so nett waren. Und dann würde ich mit meiner Tante noch ganz viel über meinen Vater, ihren Bruder, reden und sie Löcher in den Bauch fragen nach Papa und seiner Familie und wie das früher so war, und sicher würden wir auch noch mal ein bisschen gemeinsam weinen. Die ganze Familie königlicherseits war schrecklich nah am Wasser gebaut, aber das machte nichts. Ich würde jedenfalls Tante Marie, als der älteren Schwester, ihren Versionen, Pointen und Interpretationen mehr Glauben schenken als denen meines Vaters. Ich wusste ja, dass er gern übertrieb und die Dinge zu seinen Gunsten und sich am Ende dann oft als Gewinner darstellte, zumindest als denjenigen, der den anderen überlegen war.

Und ich freute mich auf den Nachmittag. Geli, Anke und Dörte hatten sich für mich etwas Besonderes zum Geburtstag ausgedacht, es dann vermutlich mit ihren Müttern besprochen und mich vor zwei Tagen gefragt, wie ich das fände. Am Nachmittag um vier würde Frau Döbbertin uns zur Kegelbahn im Soldatenheim bringen, und alle meine Schalleruper Freundinnen und noch ein paar meiner Freundinnen aus der Schulklasse würden mit mir gemeinsam kegeln, mich dazu einladen, und Herr Döbbertin würde uns dann um sieben wieder abholen. Mama hatte darauf bestanden, dass ich die Getränke bezahlte und meine Freundinnen dazu einlud, was alle akzeptierten. Wir würden also mit insgesamt acht Mädchen herrlich viel Spaß haben, uns kugeln beim Kegeln. Ich war zwar auch im Kegeln eine Niete, aber das war ganz egal. Es würde auf jeden Fall sehr lustig werden und war genau das Richtige, denn bei mir zu Hause hätte ich momentan nicht feiern mögen. Richtig gute Freundinnen erkannte man daran, dass sie manchmal genau die richtigen Ideen hatten.

Epilog

Der verlorene Horizont

Papas letzter Super-8-Film vom Sommer 1978, jetzt digitalisiert. Wir alle am Strand, mit dem neuen Surfbrett. Ein Sonntag? Sven hatte zu Beginn des Sommers einen Kurs im Windsurfen spendiert bekommen und musste es im Gegenzug uns, all seinen Geschwistern, beibringen, was er gern tat. Sven auf dem Film ein junger Mann, neunzehn. Halblange Haare, Locken. Mädchenschwarm. Wir fünf alle braun gebrannt, Irene fast siebzehn, fraulich, ich vierzehn in einem blauen Badeanzug, rückenfrei und am Hals gebunden, kurzes Haar. Die Zwillinge noch zwei halbe Portionen, klein, schmächtig. Claas macht für die Kamera ein paar Faxen, hebt die Arme, um seine Muckis zu zeigen. Wirkt aber nicht mehr wie der kleine Strahlemann, der er immer war, sondern irgendwie unsicher.

Mama steht am Ufer in einem in schwarz-weiß-beige-farben gemusterten Badeanzug, modisch, aber mit einer weißen Badekappe mit Blumen drauf, die wir alle nicht nur deswegen nicht mögen, weil sie sie alt, sondern weil sie sie zu einem ganz anderen Typ macht. Sie ist doch sportlich, elegant, nicht altmodisch oder tussig. Aber die Frisur muss geschont werden. Mama steht am Wasser, sie ist Anfang vierzig, immer noch schlank, doch sie hat ihre Lässigkeit verloren, ist irgendwie steif, als sei ihr etwas in die Glieder gefahren, Angst und Unglück denke ich jetzt mit Abstand. Sie blickt auf Irene auf dem Surfbrett, wendet Papa den Rücken zu und hat nicht mal mehr ein müdes Lächeln für ihn, für die Kamera übrig.

Papa filmt als Erstes Irene beim Windsurfen, die an ihren halblangen Locken und weiblichen Kurven zu erkennen ist. Doch Irene, das Surfsegel, das Meer, weiße Segel von Segelbooten am Horizont, alles verschwimmt, und es dauert und dauert, und man fragt sich, wann Papa, der Kameramann, endlich schärfer stellt. Und als erster Gedanke kommt mir, dass er einfach nicht nüchtern ist, nicht klar sehen, geschweige denn scharf stellen kann, als befände er sich in einem Nebel.

Es ist, als gäbe es für unseren Vater keinen Unterschied mehr zwischen Strand und Meer, Ufersaum und Horizont, zwischen Welt und Jenseits, zwischen Diesseits und Dort. Als wäre alles gleich gültig.

Papa kommt auf seinem eigenen Film nicht mehr vor, es kommt auch keiner auf die Idee, ihn zu filmen. Es ist, als führte er sich mit der Kamera vor Augen, dass seine Kinder, alle Teenager, bereits auf eigenen Füßen, sogar auf einem kippeligen Surfbrett stehen können, groß sind, groß genug, es ohne ihn zu schaffen. Er hält fest, was nicht mehr zu halten ist, was ihn nicht mehr hält.

Papa entlässt uns, seine Nachfahren, aufs Meer, auch ein Abschied umgekehrt, wir dürfen gehen, in die Welt ziehen, davonsurfen bei sanften Winden. Und wie alle seine Filme, diesem wunderbaren Vermächtnis, das er uns hinterlassen hat, scheint auch dieser zu sagen: Seht her, das war euer Leben. Wir haben uns Mühe gegeben. Wir haben es versucht, eine glückliche Familie zu sein.

Der Film ist wie ein Abschied. Von der Schärfe, vom Klarsehen, vom Leben, von der Welt. Der Film ist eine Ode an das Meer und den Horizont, spiegelt eine Sehnsucht nach dem Jenseits, dem ewigen Schlaf im ewigen Meer.

Es geht nur noch um uns fünf. Und unser Vater filmt unsere Sportlichkeit und Jugend mit einem liebevollen Blick, als verneige er sich vor uns und verabschiede sich von jedem seiner Kinder, die wir nacheinander aufs Surfbrett steigen. Und dann bricht der Film ab, und es gibt kein Ende.

Verlagsgruppe Random House FSC® N001967

PENGUIN VERLAG

PENGUIN und das Penguin Logo sind Markenzeichen
von Penguin Books Limited und werden
hier unter Lizenz benutzt.

1. Auflage
Copyright © 2018 Penguin Verlag
in der Verlagsgruppe Random House GmbH,
Neumarkter Str. 28, 81673 München
Umschlaggestaltung: Designbüro Lübbeke Naumann Thoben, Köln
Umschlagabbildung: © privat
Satz: Buch-Werkstatt GmbH, Bad Aibling
Druck und Bindung: Friedrich Pustet, Regensburg
Printed in Germany
ISBN 978-3-328-60015-2
www.penguin-verlag.de

Dieses Buch ist auch als E-Book erhältlich.